# ちっちゃな私の二度目の人生、今度こそは幸せに

Chicchana watashi no nidome no jinsei, kondokoso ha shiawase ni

一ノ谷鈴

Illustration

π猫R

CONTENTS



Chicchana watashi no
nidome no jinsei,
kondokoso ha shiawase ni

# 第1章 ✦ 私の二度目の人生

「女王を殺せ！」

「あの女を処刑しろ！」

処刑台に縛りつけられた私を取り囲んで、民たちは叫んでいた。熱に浮かされたような声で、高らかに。どことなく、嬉しそうに。


私は、湖月《こげつ》の王国の女王だった。つい、この間までは。

そもそもの始まりは、父王がおかしな妄想に取りつかれたことだった。父王は、周囲の国が攻めてくるのだと、自分の命を狙っているのだとことあるごとに口にするようになった。

のみならず父王は、国の守りを固めるために防壁や砦を山ほど作り、兵士を補充するために過酷な徴兵を続けた。その結果、この湖月の王国はあっという間に傾き、民の間には怨嗟の声が満ちるようになってしまった。私がいくら進言しても、父王は聞き入れてはくれなかった。

しかしそんな状況は、ある日突然急変した。父王が、眠ったまま息を引き取ったのだ。そうして私が、新たな女王となった。

それからというもの、私はひたすらに頑張り続けていた。傾いた国を立て直し、民が安らかに過ごせる日々を取り戻すため。自分のことは二の次にして、七年もの間、必死に。

けれど、私のそんな思いは何一つ民たちに届いていなかった。私の苦悩は、全て無駄だった。どうやって示し合わせたのか、各地の民たちがゆるやかに、密かに王都に集まっていた。そうして彼らは、一斉に蜂起したのだ。内乱、だった。

徴兵により苦しんだ民を解放するために、私は最低限の兵士しか残していなかった。そうやって守りが薄くなった王宮に、民たちは攻めてきたのだ。

あまりにもあっけなく捕らえられた私に、民たちは非難の声を叩きつける。

「重い税を取り立てやがって、俺たちが飢えて死ねばいいと思ってたんだろ!」

違う。父王の頃よりも、税は下げた。ほんの少しではあるけれど。それに私は取り立てた税を、より貧しい人々を救うために使ったのだ。一人でも多くの民が飢えずに済むよう、生き延びられるよう、必死に配分を考えて。

「厳しい法をいくつも定めて、俺たちを苦しめて楽しんでやがった!」

それも違う。私は父王が好き勝手に作った法を廃して、まともな法を定めただけで。

「あげく、たくさんの人間を処刑して……血も涙もない女だ!」

違う、違う! この国が傾いたせいで、悪だくみをする者がはびこってしまっていた。私は法にのっとって、そういった人間を処罰しただけなのに!

「お願い、話を聞いて……！　あなたたちは、勘違いしているの！　この七年、少しずつだけれどこの国はよくなってきた、そうでしょう!?」

必死に訴えたけれど、彼らは顔をしかめたまま鼻で笑うだけだった。何度叫んでも、民たちは私の言葉に耳を傾けようとはしなかった。

そうして、地下牢に放り込まれる。数少ない大臣たちも騎士たちも、周囲にはいない。今ここに捕らえられているのは、どうやら私一人のようだった。もしかしたら、彼らは陥落しつつあった王宮から逃げ切ることができたのかもしれない。それは喜ばしいことだけれど、同時に、寂しくてたまらなかった。誰も、私のそばにはいてくれない。助けてくれない。あんなに頑張ったのに、何も、誰も残らなかった。

薄暗い地下牢で、声を殺して泣いて。そうして、あきらめた。もう、どうでもいい。もう、何もかもに疲れてしまった。こんな下らない人生、終わってしまえばいい。

民の歓声に満ちた処刑台に連れていかれる間、私は少しも抵抗しなかった。

処刑人の刃が風を切るひゅんという音を聞きながら、私はそっと絶望の笑みを浮かべた。

あうー。

そんな間の抜けた声を聞きながら、記憶をたどる。私はあの時、確かに死んだ。首に感じたあのおぞましい衝撃も、まだはっきりと覚えている。

あうあー、うあー。

なのに気がついたら、私は柔らかな寝台に寝ころんでいた。知らない天蓋がぼんやりと見えている。色とりどりの装飾がされていて、中々に豪華だ。おそらくここは、貴族の屋敷の一室だろうか。訳の分からない事態に混乱し、ひとまず立ち上がろうとして。

ううー。

動けなかった。手足を動かしてもがくのが精いっぱいだった。さらにもがいていたら、ぼやけた視界の端にちっちゃな手が見えた。私の手であるはずのそれは、見知ったものとはまるで違っていた。とても小さくて柔らかで、傷一つなくて……これ、赤ちゃんの手だわ。

その時、気がついた。さっきから聞こえている間の抜けた声もまた、赤ちゃんのものだということに。どういうこと、とつぶやこうとしたら、うあうーという声が漏れた。……信じたくないけれど、これ、私の声みたいね。

もしかして私、赤ちゃんになっているの？　まさか、そんなはずが。

呆然としていたら、部屋の扉がそっと開いた。続いて、人影が二つ入ってくる。その二人は私のすぐそばまでやってきて、幸せそうに笑った。

「プリシラ、ジゼルが目覚めたよ。私たちを見ているね」

「まあ、本当。とっても可愛いわねえ、レイヴン」

「できることなら、一日中でも眺めていたいよ」

私を囲んでそんなことを言い合っているのは、若い男女だった。金の髪を短く整えた、おっとりとした茶色の目の男性がレイヴンで、明るい茶色の髪を編み込んで、生き生きとした紫の目で私を見つめている女性がプリシラだろう。

「ほーらジゼル、パパでちゅよー。あっ、こっちを見たよ！」

「あなたばっかりずるいわ！　ジゼル、ママもいるでちゅよー」

そうして二人は、てんでにそんなことを呼びかけてくる。どうやらこの赤ちゃんの私は、ジゼルというらしい。女王だった私の名前とは、まるで違う。

生まれ変わり、というのを聞いたことがある。一度死んだ者が、その記憶を残したまま新しい人間として生まれてくるという、そんな現象だ。私もそうやって生まれ変わったのだと考えれば、つじつまは合う。今の私はジゼル、レイヴンとプリシラの娘。

そこまでは、どうにか納得できた。というか、無理やり納得した。それはそうとして。

お父様、お母様。その赤ちゃん言葉は止めてください。恥ずかしいです。

一生懸命、そう主張してみる。けれど当然ながら、私の口をついて出るのはあうあーという声だけで。

「まあ、今この子私たちに話しかけてきたわ。どうちたのジゼル、もっとお喋りちまちょう？」

少しでも意思を伝えられないかと、声を上げたり手を振ったりしてみる。しかし私がそうやって頑張るたび、両親の顔がどんどん緩んでいく。この上なく嬉しそうだ。

「ああ、ジゼルが返事をしているよ。この子は賢いなあ。将来は学者かな、皇妃かな」

「魔導士になるかもしれないわね。こんなにちっちゃいのにとても利発そうで、ちょっと謎めいた雰囲気で……」

「私も同感だ。けれどこの子が将来どんな道を選んでも、全力で応援してあげよう。そうだろう、プリシラ」

「もちろんよ、レイヴン」

相変わらず甘ったるい両親の声に耳を傾けながら、また考え込む。『皇妃』というからには、ここは前世の私が暮らしていた湖月の王国ではない。そんな呼び方をするのは、皇帝が治める帝国だけだ。

……そういえば、湖月の王国の隣に帝国があった。もしかすると、そこに生まれ変わったのかな。両親に尋ねることができれば、すぐに分かるのだけれど……またちょっと無理みたい。もうちょっと大きくなったらあちこち調べて回れるから、それまで辛抱しよう。

もう一つ、気になる言葉があった。どうやら、この帝国では魔導士と呼ばれる存在がいるらしい。魔法についても、広く知られているようだった。……そのうち、魔法を実際に見られるかも。

湖月の王国の人々は、魔法について何も知らないも同然だった。よその国には、魔法を使う人間がいるらしい。そんな不確かな噂だけが、ひっそりと語り継がれていただけで。

そして前世の私は、密かに魔法に憧れていた。いつか国を立て直すことに成功したら、周囲の国との国交を深め、魔法について知りたい。できることなら、この目で見てみたい。そんな、ささやかな夢を抱いていた。結局その夢は、かなうことはなかったけれど。

そうやってあれこれ考えていたら、ふと気づいた。女王だった私は死んだ。今の私は、ただの貴族の子供だ。優しい両親に守られた、ちっちゃな赤子。

……そうか、私、自由なんだ。もう、傾いた国のために必死に働かなくてもいいんだ。

だったら今度こそ、自分の好きなように生きよう。何一つ報われなかった前世の分も、やりたいことをやるんだ。前世のことなんて、全部忘れて！

子供らしく、たっぷりと遊んでみようかな。それに、魔法についても知りたい。あと、友人を作ってみたい。もしかしたら、恋だってできるかも。どれもこれも、前世では無縁のものだった。

「あうー！」

ちっちゃく柔らかなこぶしを突き上げて、元気よく叫ぶ。これが私の決意表明だ。今度こそ、幸せになってやる！

そんな私を見て、両親は手を取り合って笑み崩れていた。

とはいえ、私はやっぱり赤ちゃんなので。

眠い。とにかく眠い。食事とかそういったことの不便さには目をつぶるとしても、このものすごい眠気だけはどうしようもない。

体もまだ育っていないから、立つこともできない。おまけに周囲の風景が、全部ぼやけて見える。

これではどうしようもない。なのでうとうとと眠りつつ、時間が過ぎるのをひたすら待つことにした。

「ジゼル、今はおねむかな？」

「お顔を見せてくだちゃいねえ」

今日も今日とてぼんやりしていたら、そんなひそひそ声が聞こえてきた。私を起こさないように気遣っているものの、とても浮かれた両親の声だ。よし、来た。

甘い甘い赤ちゃん言葉にさえ慣れてしまえば、二人のお喋りを聞いているのは割と楽しい。

目を開けて寝返りを打ち、とびっきりの笑みを両親に向ける。さあ、今日は何の話を聞けるかな。

「起きちゃったの、ジゼル。あらあ、いい笑顔でちゅねえ」

「ああ……天使の微笑《ほほえ》みだ!!」

そうやってひとしきり私のことを褒めそやして、両親は私の頭をなでる。

「髪が伸びてきたわね。柔らかくてふわふわで、夕焼けの雲みたいで……」

「若葉色の目と、よく合っているね」

「また、この子の肖像画を描かせましょう。こないだの絵師はいい腕をしていたから」

「そうだね。その時々のジゼルの愛らしさを、しっかりと残しておかなくては！」

二人の言葉に、首をかしげる。夕焼け色の髪に若葉色の目、それは前世の私と同じだ。そしてその色は、両親どちらにも全く似ていない。もっとも二人は、そのことを少しも気にしていないようだけど。

それはそうとして、せっかくだから二人をもうちょっと喜ばせてみようと思う。いつも可愛がってもらっているから、たまにはお返しだ。

　ころんと寝返りを打って、そのままうつ伏せになる。それから両手を使ってふんばって……できた！　座れた！　こっそり練習してはいたけれど、うまくいってよかった。

「きゃあー!!　座ったわっ!!」

「ジゼル、素敵だよ!!」

　そして二人は、予想通り……いや、予想よりもずっと激しく喜んでいた。歓声を上げながら手を取り合って、ぴょんぴょん跳ねている。大げさだなあと思いながらも、嫌ではなかった。ううん、嬉しかった。


　それから私は、積極的に動き回るようになっていた。ずっと寝台の上というのも退屈なので、早く歩けるようになろうと思ったのだ。そもそも私は普通の赤ちゃんと違って、立ち方や歩き方は知っている。だから必要なのは、筋力だ。

　まずは、はいはいで筋肉を鍛えることにした。子供用の寝台の上をせっせと這っていたら、両親が別の子供部屋まで運んでくれた。靴での立ち入りが禁止された、柔らかいじゅうたんがびっしりと敷かれた特別な部屋だ。

　寝台の上より動きやすいし、転んでも怪我をすることはない。私は喜び勇んで、子供部屋で鍛錬し続けた。はいはい、つかまり立ち、つたい歩き、一人歩き。そんな私の成長を、両親はいつも大はしゃぎで見守ってくれた。

　あっという間に、私は三歳になっていた。まだ時々転ぶけれど、好きなところに歩いていける。

食事も、大人と同じものが食べられる。まだちょっと舌が回らなくて幼稚な口調になってしまうけれど、そこは気にしない。

そうやって成長していく私を、両親はさらに愛してくれた。それこそ、目に入れても痛くないくらいに。

子供部屋には、たくさんのおもちゃが並んでいた。職人の手による、おもちゃというより美術品のようなぬいぐるみや積み木、それに美しい絵本の数々。両親はおもちゃを使って一緒に遊んでくれたし、絵本も読んでくれた。

……こんな風に親と過ごしたのは、初めてだ。

前世の私の母は、私が幼い頃に亡くなった。そして前世の私の父は、ずっと私のことをほったらかしにしていた。周囲の国が攻めてくるという妄想に取りつかれてからは、ひたすら自分の身を守ることしか考えていなかった。愛情なんて、一度も注いでもらえなかった。

そんなことを思い出してしまって、気分がずんと重くなる。くまのぬいぐるみを笑顔で振っていたお父様が、おろおろしながら私の顔をのぞき込んできた。

「どうしたんだいジゼル、この遊びに飽きたのかな？　それとも、お腹が痛いのかな？」

「……だいじょうぶ」

そう短く答えて、お父様の首にすがりつく。背中をとんとんと叩いてくれる大きな手の感触に、ちょっぴり泣きそうになってしまった。この人たちの子供に生まれてきてよかったなと、そんな思いを噛みしめながら。

そうしてのどかに過ごしていたある日、私はついにかねてからの計画を実行に移すことを決めた。身動きできない赤ちゃんだった頃からずっと温めていた、そんな計画だ。

昨日お母様が贈ってくれた可愛い子供服を着て、とことこと廊下を歩く。満面に笑みを浮かべた両親がすぐ後ろをついてきているけれど、いつものことなので気にしない。

……こうして動き回るようになって気づいたのだけれど、両親はしょっちゅう私のところに顔を出している。というか、入り浸っている。

貴族の子供の子守りは、普通乳母の仕事だと思う。お父様はここフィリス伯爵家の当主で、お母様は伯爵夫人。執務もあれこれとあるはずなのだけど、子供にばかり構っていて大丈夫なのかな。

「ああ、やっぱりよく似合うわ、新しい子供服……」

「君の見立ては完璧だよ、プリシラ。腰のリボンの色なんか、特に……」

うっとりとした声を背中で聞きながら、小さな足を動かしてせっせと歩く。すると、通りすがりのメイドが足を止めて微笑みかけてきた。さらにもう少し進んだら、今度は執事と出くわした。彼も目元にしわが寄るくらいはっきりと笑って、私たちに会釈してきた。

……この屋敷、使用人たちものんびりとしている。前世の王宮では、みな疲れた顔をしていたのに。やっぱり、ここは平和なんだろうな。

安堵と少しの寂しさを覚えつつ、書斎の扉の前で足を止める。まだ歩けない頃から、両親が私を抱っこしてあちこち散歩させてくれていたので、屋敷の間取りはもう頭に入っている。

本当はもっと早くここに来たかったのだけれど、子供の未成熟な目では大人向けの本を読むのは難しそうだった。なので仕方なく、見送っていたのだ。でも、今なら。

「ここ、あけて。はいりたい」

振り返って、両親にそう頼む。本当なら「この扉を開けてくれませんか」くらいは言いたい。ただ、まだ舌がよく回らないのだ。それに、ごく普通の幼児はそんなことを言わないし。なので開き直って、しばらくの間は子供らしい話し方をすることにしたのだ。

重厚な扉の取っ手は私の背丈より上にあって、うんと手を伸ばしても取っ手に触れるのがやっとだ。どうやっても、自分では開けられない。

すると、さっとお父様が扉に歩み寄り、細心の注意を払いながら扉を開けてくれた。

「ぱぱ、ありがとう」

きちんとお礼を言ってから部屋に入り、辺りを見渡す。そびえ立つような大きな本棚が、四方の壁際にびっしりと並べられている。私の体が小さいということもあって、かなりの迫力だ。

そこに収められているのは、どっしりとした革の表紙に、金文字で題が記された大きな本だ。本自体、決して安いものではないけれど、これは一目で高級品と分かる代物《しろもの》だった。

……私が生まれ変わったこのフィリス家は伯爵家、貴族の位としては中くらい。でも、最初に寝かされていた子供用の寝台も、私のためだけの子供部屋も、おもちゃや子供服も、みんなとても贅沢なものだった。正直、前世のほうが質素な暮らしをしていたくらい。

この家が特に裕福なのか、それともこの帝国そのものが裕福なのか。ともかく、これだけ本があるのなら、目的のものも見つかるかも。

手近な本棚に歩み寄り、本の背表紙を見てみる。『翠翼《すいよく》の帝国、その歴史』『帝国領、及び近隣諸国の領地変遷について』などという文言が目に飛び込んできた。

この帝国は、どうやら翠翼の帝国と言うらしい。その名前には聞き覚えがあった。前世で暮らしていた湖月の王国の東隣に、そんな名前の国があったのだ。一度だけ、視察の使者がやってきた覚えがある。

私、思ったより近くに生まれ変わったみたい。……あの王国は、今どうなっているのだろう。この本に、書かれているかな。

ふとそんなことを考えて、大きな本に手を伸ばし……そうになって止まる。

耳の奥に、あの日の声がこだました。ぼろぼろの農具や斧などを振りかざして、王宮に攻め寄せてきた民たちの叫び声。あの民たちはまだ、今もあの王国で暮らしているのだろうか。

手をぎゅっと握りしめて、立ち尽くす。

「あらあらどうしたの、泣きそうなの？」

お母様がそう言って、私の隣に膝をついた。両腕を差し伸べて、しっかりと抱きしめてくれる。その温もりと甘い香りに、ほっと息を吐いた。

今の私には、優しい両親がいる。前世のことなんて、もう気にしない。考えない。新しい人生を目いっぱい幸せに生きるって、そう決めたんだから。

「まま、だっこして。うえ、みたいの」

気を取り直して、お母様にお願いする。下のほうの本、歴史とか地理とかの本については、しばらく無視しよう。それより、今日はどうしても探したいものがあるのだ。そのために、わざわざここまで来たのだし。

「もちろんよ。ジゼルはご本に興味があるのねえ」

にこにこしているお母様に抱え上げられて、今度は上のほうの本をじっと見ていく。『地方の伝承』『気候が服飾に与える影響について』……ここでもないか。

「まま、まほうのごほん、ないの？」

ここには、うなるほど本がある。この小さな体で一つ一つ確認していてはらちが明かない。お母様に尋ねると、彼女は興味深そうに目を見張って、別の書棚に連れていってくれた。

「もちろんあるわ。私たちは魔法を使えないけれど、魔法について知っておくのは、大切な教養なのよ」

「魔法が使える者は、魔導士として皇帝陛下にお仕えすることができるんだよ。それは我が帝国の者にとって、とても光栄なことなんだ」

お父様も近づいてきて、二冊の本を取り出した。片方は可愛い絵本で、もう片方は飾り気のかけらもない本だった。それぞれ『まほうについて知ろう』『初学者のための、基礎から学ぶ魔法』と書かれている。あ、それ、読みたい！　二冊目のほう！

身を乗り出して手を伸ばし、気になったほうの本の端っこをしっかりとつかむ。

「おや、こちらが読みたいのかい？　これは、もっと大きな子のための本だけれど……それこそ、学園の高等科に入ってから……」

「いいじゃない。ジゼルはその本が読みたくてたまらないみたいよ。二冊とも、子供部屋に持っていきましょう」

「うん、よみたい！　ぱぱ、おねがい！」

にっこり笑っておねだりしたら、お父様が笑み崩れた。というか、でれでれしている。

「そうか、よしよし、それじゃあパパが読んであげるからな！」

浮かれた様子の両親に連れられて、書斎を後にする。そのまま子供部屋に戻り、私用のちっちゃな椅子に腰かけた。すぐにお母様が子供用の机を運んできて、お父様が絵本を広げる。

「それでは、こちらの絵本を読もうか……え、やっぱりそっちなのかい？」

「えほん、ひとりでよめるの。だから、こっちをよんで」

胸を張って、難しいほうの魔法の本に触れる。お父様はふふっと笑い、本を開いた。

「『本書は、魔法について学び始める者の助けとするために、時の魔導士長の命において上梓《じょうし》されることとなったものである……』……ジゼル、分かるかい？」

「レイヴン、この子ったらとても真剣な顔で本を見つめているわ。このまま続けましょう」

戸惑いがちのお父様に、乗り気のお母様。そして私は、目の前の本に釘付けになっていた。

なるほど、この魔法の本は小さな子供にはちんぷんかんぷんな代物だ。でも私なら自力で問題なく読めるし、たぶん理解できる。でも、こうやって本を読んでもらうのは好きだった。前世では一度も体験したことのない、そんな時間だから。

両親が交互に本を読み上げてくれる声に聞き入りながら、魔法についての知識を頭に叩き込んでいった。ああ、幸せだなあと、そんなことを思いながら。


何度も両親に付き合ってもらって魔法の本を読み、両親がいない時は自分一人でじっくり読み。そうして一冊きっちりと読み切ることで、何となく魔法について把握することができた。ちなみに、絵本のほうもちゃんと読んだ。意外と面白かった。

魔法を使うには、素質が必要だ。しかしその素質があるかどうかは、一度魔法を学んで、魔法を使う練習をしてみないと分からない。素質があれば魔法が発動し、なければ発動しない。それだけ。何だか効率が悪いなと、そう思わなくもない。

そして魔法は、大きく二種に分けられる。詠唱により自然そのものを操る属性魔法と、魔法陣を描くことで異なる世界の生き物を呼び出す召喚魔法だ。そして私は、属性魔法の基礎理論も、召喚魔法の魔法陣の描き方も覚えた。あとは試してみるだけ。

子供部屋で一人、魔法の本を読み返しながらちらちらちらと窓の外に目をやる。太陽があの木の枝にかかったから……うん、そろそろかな。

この部屋にほぼ入り浸っている両親だけれど、さすがに最低限の執務はちゃんとこなしているらしい。毎日この時間だけは、ここにやってくることはない。

とはいえ、私はまだ三歳の子供だ。普通なら、乳母か誰かに見張らせておくだろう。しかし私は、「ひとりでごほん、よむの。ぱぱとまま、まってる」と主張して、無事に一人の時間を勝ち取っていた。普段はとてもいい子にしているから、両親もすんなりと私のわがままを聞き入れてくれたのだった。

でも今は、ちょっとだけ悪い子になる。注意深く入り口の扉を開けてきょろきょろし、誰もいないのを確認する。よし、今だ。

大急ぎで靴を履き、魔法の本をしっかりと抱えて、裏庭に向かって大急ぎで走っていった。

裏庭の、一番奥まった一角。背の高い木々がまばらに生えたその間に、小さな空き地のようになっている場所がある。

これから私は、いよいよ魔法を使う練習をするのだ。両親がいると集中できそうにないので、こうしてこっそりと。すぐそばの木の根元に魔法の本をそっと置いて、空き地の中心まで歩いていった。

まずは、属性魔法から。意識を集中して、魔力の流れを意識して……。

「エクサウディ・ヴォーチェム・メアム」

これが、最初の詠唱。この言葉で、周囲の自然に呼びかける。……詠唱の文言を覚えることよりも、きちんと発音できるように練習することのほうが大変だった。

次の言葉で、もっと具体的な指示を出す。

「イニス・ナッシ！」

えっと、何も起こらない。成功すれば、火花が散ったり火の玉が浮かんだりするらしいのだけれど。気を取り直して、次。

「アークア・コリジーテ！」

……やっぱり、何も起こらない。こう、水が現れるはずなんだけど。辺りを見渡してみたけれど、地面はからっからに乾いたままだ。

私、どうやら属性魔法の素質はないみたい。しっかりと練習したら、才能が開花する……なんてことも、たまにあるらしいけれど。

仕方ない、今度は召喚魔法を試してみよう。でも召喚魔法のほうが難しいという話だし、素質を持っている人間はさらに少ないとのこと。だから駄目でもともと、気軽な気分で。

木の下に落ちていた小枝を拾って、柔らかい土がむき出しになったところまで歩いていった。地面に膝をついて、小枝をしっかりとにぎりしめる。ちょっぴりわくわくしながら、地面に小枝を突き立てた。

まずは大きく丸を描く。これが、魔法陣の外枠になる。その中に、さらにあれこれと線を描き込んでいくのだ。たくさんある異世界の中から一つを指定して、その世界とこの世界をつなぐ。それが、魔法陣の基本の役割。

でも細かいことはよく分からないので、本に紹介されていた初心者向けの魔法陣をそのまま描いてみることにした。円の内側に接するように多角形を描いて、さらにその中につる草のような模様を付け加えていって……。

「む、むずかしい……」

魔法陣の形は完璧に覚えているけれど、いざ描くとなったら中々うまくいかない。円はいびつになるし、多角形は妙に偏った形になるし。

描き損じては足で消し、また描いて。そんなことを何回か繰り返したところで、ようやく納得のいくものができあがった。そこで、ふと手を止める。

今地面に描かれている魔法陣は、実はもう完成と言えなくもない。召喚獣を呼ぶだけなら、これで十分なのだ。特定の種類の召喚獣を呼びたい、などの追加の効果を持たせる時は、この上からさらに追加で魔法を描き足していけばいい。

……そういった追加の魔法の中に、必須とされているものがある。『制約の魔法』と呼ばれるもので、召喚獣を召喚主の命令に従わせるという効果があるのだ。

命令に従わせる。魔法の本を初めて読んだ時から、その言葉がずっと引っかかっていた。

召喚獣は人ではなく、獣だ。けれどそれでも、無理やり言うことを聞かせるのは嫌だった。強くそう感じてしまうのは、ただ父王に振り回され、仕方がなく女王になり、それでも守ろうとした民に殺された、そんな前世の記憶のせいなのかもしれない。

「……たぶんしっぱいするし、いいよね」

制約の魔法を描き足さずに、召喚獣を呼び出してしまったら。その召喚獣は暴走して、人に害をなすかもしれない。あの魔法の本には、そんなことも書かれていた。

でも、今目の前にあるのは私の手のひらくらいの大きさの、ちっちゃなちっちゃな魔法陣だ。召喚獣は魔法陣をくぐり抜けてこっちの世界にやってくるから、こんなに小さな魔法陣で呼べるのはやはり小さな召喚獣だけだ。せいぜい、子猫くらい。

子猫が暴れても、別に危なくないよね。もう一度自分に言い訳をして、魔法陣に手をかざして意識を集中した。そのまま、魔力を注ぐ……。

けれど魔法陣は、静まり返ったままだった。残念な気持ちとほっとした思いを抱え、手を下ろしたその時。

ふわっと、地面に描かれた魔法陣が光りだした。とても優しい光だなと、そんなことを思う。って、そうじゃなくて。危ないものが出てきたらどうしよう!?

おろおろしている私の目の前で、魔法陣の中から小さな塊がぽいんと跳ね出てくる。

最初、バッタか何かが出てきたのかと思った。でもバッタにしては大きくて、丸くて、ふわふわだ。

「あ……かわいい……」

それは砂色の毛皮の、ネズミのような生き物だった。体は丸っこくて、後ろ足がネズミにしては大きい。長い尻尾は、体と同じ色の毛に覆われていた。黒い目はちょっと小さめで、くりくりしていて可愛い。

そして何より目を引くのは、その大きな耳。ウサギそっくりで、ぱたぱたとよく動いている。とっても可愛い。触りたい。でも、触っていいのかな。制約の魔法をかけていたら、触らせてもらえたかもしれないけど。

「わ、ひゃあ！」

立ち尽くしていたら、その何かがこっちに向かって跳ねた。体は小さいのに、驚くくらい高く跳ぶ。そうして私の頭の上に、ぽすんと着地した。

うわあ。軽い。温かい。その感触に感動していると、その何か……ウサギみたいなネズミだから、ウサネズミでいいのかな……がずるりと額のほうに滑り落ちてきた。

とっさに両手を出して、ウサネズミを受け止める。

「ふわふわ……かわいい……」

ウサネズミは私の両手にすっぽりと収まって、まっすぐにこちらを見つめていた。ひこひこと動き続けている鼻も、その周囲にぱらぱらと生えているひげも、全部しっかりと見えるくらい近くで、ウサネズミはくつろいでいた。

そろそろとなでてみて、それから頬ずりしてみた。それでもウサネズミは抵抗しない。目を細めて、気持ちよさそうな顔をしている。

魔法が使えたという喜びと、ウサネズミの猛烈な可愛らしさに圧倒されて、しばらくそのままうっとりとする。しかし少しして、ふと我に返った。

両親に見つかる前に、この子を異世界に帰しておいたほうがいい。でないとあの二人は、これで

もかってくらいに驚いて、大喜びしそうだから。喜んでもらえるのは嬉しいんだけど、それ以上に照れくさい。私が召喚魔法に成功したことは、もうちょっとだけ秘密にしておきたい。

ちいっ。

手の中のウサネズミが、ひょこっと立ち上がり小さく鳴いた。可愛いなあ……じゃなくて、何を見てるんだろう。

ウサネズミの視線を追いかけるようにして、くるりと振り返る。そこにいるものに気づき、絶句した。

「ああ、ジゼル……君はやっぱり、天才だったんだね……」

「いいえ、素質だけじゃないわレイヴン！　この子はずっと魔法の本を読んでいたじゃない！　あのたゆまない努力が今、こうして実を結んだのよ……」

少し離れた木の陰には、こちらを見ている両親の姿。二人とも、感涙にむせんでいる。

えっと、もしかして、この子を呼ぶところ、見られた？　そういえば魔法陣を描くのに夢中で、背後なんて気にしてなかった……。

とっさにウサネズミを抱きしめて、隠そうとする。しかしその時、足元の地面で淡く光ったままの魔法陣が目に入った。……あ、これ、言い訳できそうにない……。

結局私は、大はしゃぎの両親にしっかりと抱きしめられてしまった。三歳の子供が魔法の教本を理解しただけでなく、勝手に部屋を抜け出して魔法を使ってしまった。そんなとんでもない状況にも、二人はまるで動じていない。ただ、私が魔法を使えたことだけを、純粋に喜んでくれている。

本当に、素敵な人たちのところに生まれてきたなあ。そんな幸せな思いと、胸元でちっちっと鳴いているウサネズミの温もりに、ふわんと微笑んだ。

それ以来、ウサネズミは私の屋敷に住み着いてしまった。召喚獣を元の世界に帰してやる方法は、大きく二つ。呼び出した時の魔法陣がまだ残っていれば、そこを通ってもらうだけで済む。もしそれが消えていても、改めて『帰還の魔法陣』と呼ばれるものを描いてやれば、そこから帰れる。

最初に描いた魔法陣はじきに消えてしまったので、改めて帰還の魔法陣を描いて、「おうちにかえらないの？」と尋ねてみた。けれどウサネズミは、聞く耳を持たないようだった。大きな耳を両手でつかんで引っ張り下ろし、耳当てみたいにしてそっぽを向くのだ。

召喚獣を呼んでいる間、召喚主は魔力を消費し続ける。あの魔法の本にはそう書いてあったけれど、いまいち実感がわかない。たぶんウサネズミがちっちゃいから、それほど魔力を消費しなくて済んでいるのだろう。

いちいちウサネズミと呼ぶのも何なので、ひとまず呼び名をつけることにした。両親と三人で考えて『ルル』という名前にした。この子が雄なのか雌なのかは分からないけれど、この名前は気に入ってくれたらしい。呼ぶとちゃんと、返事をしてくれる。

そして私は、屋敷の裏庭で堂々と召喚魔法の練習に励むようになった。それも、両親とルルに見守られながら。見られているとちょっぴり落ち着かないのだけれど、こっそり子供部屋を抜け出さなくていいし、魔法の本の読み直しも手伝ってくれるので、とりあえず気にしないことにした。

「おお、今度は子猫……尻尾が二本あるんだな。人懐っこいなあ」

「こちらは……針山？　じゃなくて、よく見ると顔と手足があるわ、可愛いわね！」

「昔、図鑑で見たことがあるよ。たぶん、ハリネズミという生き物だね。……図鑑に載っていたものは、こんなにぎらぎらした銀色をしてはいなかったけれど」

私が召喚獣を呼び出すたびに、両親は子供のように目を輝かせている。ルルは私の頭の上に跳び乗って、ずっとそこでくつろいでいた。

嬉しそうな両親を見ながら、思いをはせる。しっかり練習したおかげで、ああいった小さな子たちは難なく呼べるようになっていた。何度も呼んだ子たちとは、ちょっと仲良くなることもできた。

ただ、全てが順調という訳でもなかった。

魔法陣の描き方には、大きく二通りある。地面や紙なんかにあらかじめ魔法陣を描いてからそこに魔力を注ぎ込む方法と、指や杖などに魔力をこめて、空中などに魔法陣を描き上げるという方法だ。

前者はゆっくり落ち着いて魔法陣を描けるという利点があるし、後者は魔法の発動が速いという利点がある。急いで魔法を使う必要がないのと、そもそも指に魔力をこめる感覚がうまくつかめていないという理由から、私はもっぱら前者だった。

だったら大きな魔法陣を描けば、もっと大きな子を呼べるのではないか。ふとそう考えて、先日試しに描いてみることにした。慎重に、丁寧に、時間をかけてゆっくりと。私の身長より大きなそれは、我ながら中々のできばえだった。

ところが、それに魔力を注ぎ込もうとして大騒ぎするはめになった。描いた線にそっと触れて、そこから魔力を流し込んだとたん、魔力があっちこっちに偏ってしまったのだ。薄くなっているところに手を置いて、また魔力を注いで。そうしたら、今度は反対側の魔力が足りなくなって。気づけば、魔法陣の周りをぐるぐると走り回ってしまっていた。

すっかり息が上がってしまって、近くの地面にぺたんと座り込む。肩に乗ったルルが、せっせと汗を拭ってくれていた。いつの間にか、私のポケットから取り出したハンカチで。

この魔法陣を起動させるには、圧倒的に腕の長さが足りない。というか、そもそも私の体格が小さすぎる。悔しい。

ちょっぴりふてくされて、空を仰いで。それからくすりと笑った。

まあいいか、焦らなくても。私には、たっぷり時間があるのだから。もし前世の私にこの力があれば、国を守るのに役に立つ召喚獣を呼ぼうとやっきになったかもしれないけれど。

でも、もう関係ないの。全部終わったことだもの。

あの時の、空虚なのにどこか奇妙に晴れやかな気分を思い出しながら、頭の上のルルをなでる。

そうしていたら、お母様がすっと立ち上がった。さっきまで一緒に遊んでいた銀ハリネズミも、そのそと元の魔法陣に戻っていった。

「さあ、そろそろおやつの時間よ。今日のお菓子はいいできだって、料理長が言っていたわ」

「おや、それは楽しみだな。ほらジゼル、パパと手をつなごう」

お父様も二本尻尾の子猫を魔法陣の上に置くと、同じように立ち上がった。

「ああーっ！　ジゼル、ママとも手をつないでちょうだい！」

そうして三人と一匹で、屋敷に戻っていく。右手をお父様と、左手をお母様とつないで。頭の上では、お菓子のおすそ分けに期待しているルルがそわそわしている。

「今日のおやつ、なにかな。たのしみだな」

大好きな人たちに囲まれて、思い悩むことなくのびのび過ごせる。自然と、足取りも軽くなっていた。


魔法の練習の合間に、少しずつ情報も集めていった。今私が暮らしている翠翼の帝国について。屋敷の中を探検するのだと宣言して、あちこち歩いて回った。「ぱぱのしごと、みせて」と主張して、地図や書類にも目を通した。「魔法の本を理解したジゼルなら、この仕事も分かってしまうかもしれないね」と言いながら、お父様は快く説明してくれた。

そうして、知った。この帝国はとても豊かで、平和なのだということを。伯爵家の当主が領地の統治に振り回されることなく、のんびりしていられるくらいに。かつて私が命を懸けて目指していた、誰も飢えずに済む、戦いのない世界。それが、ここに存在していた。

衝撃の事実は、もう一つあった。かつて翠翼の帝国は、周囲の小国に積極的に働きかけては自国に併合し、領地を拡大し続けていた。ほんの、数年前まで。

最後にこの帝国に併合されたのは、湖月の王国だった。王家が滅んだ今、あそこは帝国の庇護のもと民たちの合議で政《まつりごと》を行う、そんな自治領になっているらしい。

女王の私が死んだのは、たった四年前のことだった。あの時私を守ってくれた数少ない配下たち、彼らが無事に逃げ延びていたとしたら、今どこにいるのだろう。

湖月の王国について調べたいという気持ちが、ふと浮かんでくる。あわてて、その思いを押し込めた。心の一番奥深くにまで。

もう、関係ない。全部、終わったことだ。うっかり知ってしまって、あの地に近づきたいなんて思ってしまったら。憎い女王の生まれ変わりがここにいるなんて知られたら、元王国の人間たちがどんな反応をするか。

両親が治めるこのフィリスの領地は、元王国からは遠い。よほどのことがなければ、元王国に近づく必要なんてない。

そう断定して、不毛な考え事を打ち切った。

湖月の王国のことを忘れようとすればするほど、何かの拍子に思い出しそうになる。そんな状況から目を背けるように、私はさらに熱心に召喚魔法の練習にのめり込んでいった。それに、こうやってできることが増えていくというのは、単純に嬉しかったから。

両親とルルに見られているのにもう慣れたし、のびのびと練習できる。

……はずだったんだけど、なあ。

「ほら見て！　あの見事な魔法陣の描きっぷり！」

「わたくし、召喚魔法を間近で見るのって初めてなんですの」

「まああ、可愛らしいわあ。召喚獣もだけれど、お嬢さんのほうも」

……とてもやり辛い。

背後の木の陰に、数名の貴族たちの姿がある。彼ら彼女らはそこに隠れながら、召喚魔法を使う私をじっと見守っていた。ちっとも隠れられていないし、とっても騒がしいけれど。

事の始まりは、両親が友人たちの前でうっかり口を滑らせてしまったことだった。うちの娘は召喚魔法が使えるみたいなんだ、と。

当然ながら友人たちは、一度見せてもらえないか、と言い出した。召喚魔法を使う三歳児は、かなり……いや、とんでもなく珍しい存在だから。

恥ずかしかったので私は全力で拒否したのだけれど、ちょっとだけだからと両親に説得されて仕方なく折れた。「何よりも愛おしい大切な娘の特技を、友人たちにも見てもらいたいんだ」などと言われてしまっては、もう反論のしようもなかったのだ。

だから腹をくくって、両親の友人たちの前で、一度だけ召喚魔法を披露したのだ。

そうしたら、そこから一気に噂が広がってしまった。フィリス伯爵家の一人娘ジゼルは、まだ三歳ながら素晴らしい魔法の才を秘めている、とか何とか、そんな感じの。そしてその噂を聞いた他の貴族たち、両親とはもともと親交のなかった貴族たちまでもが、うちの屋敷を訪ねてくるようになってしまったのだ。もしかしたら平和すぎて、みんな暇なのかな。

今私の背後できゃあきゃあ言っているのは、その噂を聞きつけて見学にきた貴族たちだ。魔法を見せるのはいいとして、いちいち挨拶をするのは大変だったので、こうして私の練習を離れて見てもらうという形にしてもらった。

「……しゅうちゅうできない……」

小声でつぶやいたら、頭の上からちっ、という小さな返事があった。ルルだ。ルルは最初のうちこそ客たちにちやほやされていい気になっていたようだけれど、あまりの熱心さに圧倒されて逃げ回るようになっていた。最近では、ずっと私にべったりだ。

もっとも、帝国中の貴族が見学に来る訳ではない。遠くで暮らす者や、格上の家の者などはまずやってこないから。だからこの騒動も、じきに落ち着くだろう。

そう自分に言い聞かせて、周囲のざわざわを一生懸命無視しながら魔法の練習を続ける。そうして数日、一週間、一か月……やがて読み通りに客が減り、元の静かな日常が戻ってきた。

ああ、これでやっと集中できる。ルルと顔を見合わせて、久々の平穏を噛みしめた。……この騒動はまだ終わっていなかったのだということに、気づくこともなく。

「お誕生日おめでとう、ジゼル!!」

「もう四歳なのね、大きくなって……ママ、嬉しいわ……」

そうして、私は四歳になった。たくさんのごちそうに、子供部屋の床に積み上げられたプレゼントの山。両親は私の誕生日を毎年祝ってくれているけれど、今年は特に盛大だった。二人が用意してくれたものだけでなく、召喚魔法を見せた人たちからのお祝いの品も並んでいたのだ。お祝いの言葉を添えた、可愛らしい品々が。

「パパ、ママ、ありがとう……！　ほかの人たちにも、おれいをいわないと」

「そうね、あとでお礼状を書きましょう。みんなで一緒にね」

そんなことを話しながら、みんなで和やかにプレゼントを開ける。そうしていたら、執事がうやうやしく近づいてきた。やけに豪華な、手紙のようなものを持って。

「おや、どうしたんだい？　……これは!?」

手紙を受け取ったお父様が、顔色を変える。そうして私の隣にひざまずいた。

「ジゼル、君宛ての手紙だよ。……差出人は、魔導士長ゾルダー様」

魔導士長は、皇帝に仕える魔導士たちの頂点に立ち、彼らを束ねる者だ。そして、皇帝の側近でもある。どうしてそんな偉い人が、たかが伯爵家の四歳児に手紙を出すのか。

「わたしあてなら、わたしも見ていいの？」

「ああ、もちろんだよ。読んであげよう」

戸惑いながら、三人で手紙をのぞき込む。すると、ちょっぴり気取った美しい文字が目に飛び込んできた。仰々《ぎょうぎょう》しい飾り言葉を外すと、内容はだいたいこんな感じだった。

『わずか三歳にして召喚魔法を、それも独学で身につけた子供がいるという噂は、陛下の耳にも届いている。どうか陛下の御前で、その魔法を披露してもらいたい』

予想だにしていなかったその内容に、呆然としたまま手紙を見つめる。すごいわ、陛下からお声がかかるなんてなどと騒いでいる両親の声が、頭をすり抜けていく。膝の上に乗ったルルが、私の手に小さな手をかけて、心配そうにちぃちぃと鳴いていた。

権力になんて、もう関わりたくなかった。私の前の人生は、望みもしない権力を持たされて、そのせいで終わりを迎えた。もし私がただの町娘だったら、あんな死に方をせずに済んだだろうに。だから、貴族として生まれ変わったことを知った時は、ちょっとだけ困惑した。でもこの帝国は平和そのもので、私の家は権力闘争とも無縁そうだった。だから、もう大丈夫だと安心していたのに。まさかこんな形で、皇帝と顔を合わせることになるなんて。

「……パパ、ママ、わたし……こわい……」

震えながらそうつぶやいたら、お父様がぽんと私の頭に手を置いてきた。

「おや、ジゼルは行きたくないのかな。陛下は怖い方ではないよ。こうして目下の者ともきさくに触れ合う、大らかなお方だ」

「でも……」

それでもためらっていたら、今度はお母様が私をぎゅっと抱きしめた。

「だったら、陛下にお手紙を書きましょうか。もっと大きくなるまで待ってくださいって。そうよね、ジゼルはまだ四歳だもの。知らない大人も、帝都も、怖いわよね」

「無理をしなくてもいいんだ。ジゼルは私たちの大切な娘だからね。無理強いはしないさ」

レイヴンも優しく笑い、頭をなでてくる。どうやら二人は、私の意思を尊重してくれるようだった。その思いが嬉しくて、じわりと涙がにじんでくる。

けれど、帝国の統治者である皇帝に逆らって大丈夫なのだろうか。いくら大らかなお方だといっても、命令を断ったら気を悪くしないだろうか。それに皇帝が許してくれても、魔導士長に目をつけられるかもしれない。その結果、両親が大変な目にあうようなことになったら。

「……こわいけど、行く。パパとママがいっしょなら、がんばれる」

私のことを愛してくれる両親を守りたい。そのためなら、怖いのくらい我慢しよう。大丈夫、いつも通りに召喚魔法を使うだけなのだから。これでも元女王だし、礼儀作法には自信がある。

「そうか。偉い子だ。もちろん、何があってもパパがついているからな」

「ママもいるわよ！」

ちちっ！

両親に続けて、ルルも元気よく叫ぶ。その様がなんとも可愛くて、三人一緒に声を上げて笑った。そうしていると、胸の中の不安も薄れていくような気がした。

書状が届いてから一週間後、私は両親と共に馬車に乗り、帝都に来ていた。街道が整備されているということもあって、とても快適な馬車の旅だった。途中泊まった町も、大きくて豊かだったし。

「ていと、大きいね」

靴を脱いで座席に膝立ちになり、馬車の窓に張りついて食い入るように外を見つめる。街道も立派だったけれど、帝都の道はさらにしっかりしている。大きくて固い石が丁寧に敷き詰められていて、これなら普通の馬車どころか、大型の軍用馬車だって楽々通れる。

道の両脇には、古くて大きな建物が整然と並んでいる。長い間大切に使われ続けてきたのが一目で分かる、そんな姿だった。そんな街並みに溶け込むようにして、やはり古い防壁があちこちに見えている。

ここは、いい街だ。人々が暮らす場所としても、人々を守る場所としても。前世で私が暮らしていた王都がこんな場所だったら、外から押し寄せる民を食い止めることもできたかも……って、また昔のことを考えてしまっている。

私は、皇帝陛下に召喚魔法を披露するためにやってきた。それだけなんだから。謁見が終わったらまた家に帰って、両親と一緒にのんびり過ごすの。それに、ルルと。

ルルは、屋敷でお留守番だ。あの子には、というか今まで呼んだ子たちには、制約の魔法をかけていない。そのことがばれたら、問題になってしまうかもしれない。そう言って、どうにか説得した。

そんなことを考えながら、徐々に近づいてくる帝城に目をやる。

すごく大きい。とっても古い。怖いくらいに武骨だ。それが、帝城の第一印象だった。とにかく頑丈そうで、優美さはかけらもない。どちらかというと……砦とか要塞といったほうが正しいかも。

もうすぐ、皇帝と顔を合わせることになる。お父様は、怖くないいきさくな人だって言っていたけれど。いったいどんな人なのだろうか。

急に緊張してきた私に、両親は優しく微笑みかけてくれた。

重々しくいかめしい城門をくぐり、馬車を降りる。案内の者に従い、城の中を進んでいった。一生懸命に足を動かしても、私だけ歩くのがとっても遅い。けれどその足取りに、みんな合わせてくれていた。

城の中はやっぱり武骨で、防衛を重視しているのか窓は小さく、数も少ない。けれど辺りは、思いのほか明るかった。壁や天井のいたるところに、魔法の光がたくさんきらめいていたのだ。ホタルの群れを思わせる光景の中を進んでいると、ちょっとだけ気分も軽くなってくる。きっとうまくいく、そう思えた。

しかし気分が上向いたのもつかの間、私たちはとびきり大きく豪華な扉の前にたどり着いてしまっていた。間違いない、この先が謁見の間だ。

「大丈夫よ、ジゼル」

優しく微笑んで、お母様が手を差し出してくれた。その手をぎゅっとつかんだその時、大きな扉が音もなく開く。

扉の向こうは、見上げるほど天井の高い、とても広い部屋だった。廊下と同じように壁や天井がきらめいているけれど、ずっと光が多く、強い。

圧倒されるような荘厳さを感じさせるその光景は、肌がひりつくほど寒い、よく晴れた冬の夜空を思い出させるものだった。湖月の王国にも謁見の間はあったけれど、こんなに大きくはなかったし、幻想的でもなかった。

ふかふかのじゅうたんを踏みしめて、ゆっくりと部屋の奥に向かっていく。突き当たりの一角が数段高くなっていて、豪華な玉座が置かれているのが見えた。その玉座を守るように、美しい鎧をまとった騎士たちが整列している。兜の面頬《めんぽお》をきっちりと下ろしているせいで、顔は見えない。

そして玉座のすぐ隣に、明らかに騎士ではない人物が立っていた。金の髪に青い目の、たぶん三十歳くらいの男性だ。細身ですらりと背が高く、優美な飾りのついた、丈の長いコートのような服をまとっている。彼は自信にあふれた、しかしちょっと気取ったところのある笑みを浮かべて、まっすぐに私を見ていた。もしかしてこの人が、魔導士長ゾルダーかな。

さらに視線を動かして、玉座に座った人をそろそろとうかがう。そうして、目を見張った。

こんな大きな帝国を順調に治めているのだから、皇帝はきっと男盛りの、いかにもやり手といった雰囲気の男性なのだろうなと、勝手にそう想像していた。

けれどゆったりと玉座に腰かけているのは、まだ年若い男性、というか少年だった。
十五、六歳くらいか、一人前の大人というにはまだちょっぴり若い。きりっとした意志の強そうな顔立ちに、エメラルドグリーンの髪がこの上なく目を引く。悠然と座っているだけなのに、彼は周囲を圧倒するような威厳を放っていた。
「よくぞ参った、ジゼル。我はカイウス、この翠翼の帝国を治める皇帝だ。こちらは魔導士長のゾルダー、我が側近だ」

その言葉に、隣の男性が優雅に会釈する。あ、やっぱりこの人がゾルダーだったのか。

「幼子を呼びつけてしまってよいものか少々悩みはしたが、どうしてもそちの魔法を見てみたくてな、我慢ができなかったのだ。許せ」

古風な口調でそう言って、カイウス様は微笑む。その口調もその表情も、彼によく似合っていた。

そしてそれ以上に、皇帝がこんな小さな子供に謝罪したことが驚きだった。

「フィリス伯爵家のむすめ、ジゼルともうします。どうぞ、いごお見知りおきを」

お母様の手を放して、スカートをつまんでお辞儀をする。これでも一応元女王なのだし、礼儀正しい挨拶はお手の物だ。ただ、ちゃんと子供らしく見えるように気をつけないと。

「はは、愛いやつだ。よい、近う《う》寄れ」

楽しげに笑って、カイウス様がそう命じた。なのでゆっくりと進み出て、少し離れたところで止まる。

「ふむ？　子供ゆえに我のすぐ目の前まで来ると思ったが、意外であったな」

あ、しまった。こういう場合、四歳の子供ならためらうことなく皇帝のすぐそばまで行ってしまうのが普通だろう。でも私は、周囲の騎士たちを警戒させない距離――私が一人前の大人だったとして――で足を止めてしまったのだ。

陛下、他人をうかつに近づけないでください。かつて繰り返し聞いた、ぶっきらぼうだけれど私のことを気遣ってくれていた声。その記憶が、唐突によみがえってしまったのだ。きっと、この謁見の間の荘厳な雰囲気のせいで。

いつも私にそう言っていたのは、湖月の王国の騎士団長。彼は、私の身辺警護を担当してくれていた。私が無防備に他人に近づくのを、いつも止めてくれていた。いつどこで、陛下に危害を加えんとする者が現れるか分かりません。俺のそばを離れないでください。他の者に、気を許さないでください。それが、彼の口癖だった。

あの内乱で彼は「敵を迎え撃ちます、陛下はここで待っていてください」と言い残して出ていき、それきり戻ってこなかった。彼は強かったけれど、民たちの勢いに押されて負けてしまったのだろうか。それとも、無事に逃げることができたのだろうか。

ついそんなことを考えてしまって、口ごもる。

「そう緊張せずともよい。ジゼル、そちの魔法を見せてはくれぬか」

しかしカイウス様は、そんな私の態度を緊張のせいだと受け取ったらしい。気を取り直して、深呼吸する。いけない、ちゃんと集中しないと。

「おそれながらもうしあげます。へいかは、苦手な動物などおありでしょうか」

召喚魔法を披露するのなら、これだけは先に尋ねておかないとならない。今までたくさんの貴族たちが私の魔法を見物にきていたけれど、たまに叫んで逃げていく人もいた。ネズミが駄目だとか、鳥が怖いとか、そんなことを言いながら。

私の問いに、カイウス様は黄金色の目を真ん丸にした。それから、心底おかしそうな笑みを浮かべる。

「はは、よく気の回る子供だ。心配するな、我は動物が好きだ。それに、少々恐ろしげなものが呼び出されたとて、ゾルダーと我が騎士たちがおればすぐに片が付く。遠慮なく、存分に魔法を使ってみるがよい」

彼の言葉に、周囲の騎士たちが背筋を伸ばす。ゾルダーも、悠々とした表情でかすかに肩をすくめていた。確かにこれだけいれば、何かが起こっても問題はなさそう。

「わかりました。……それでは、はじめます」

そう宣言して、床に座り込む。あらかじめ魔法陣を描いておいた紙を広げ、魔力を注ぎ込んだ。

……今回だけは、制約の魔法も付け加えてある。お願いだからちょっとだけ、いつもよりいい子にしていてね。そんな思いを込めた、ささやかなものではあるけれど。

魔法陣が淡く輝き、その中から真珠のように輝く白いハトが十羽、次々と飛び出してきた。風切り羽だけが鮮やかな虹色の、とびきり美しいハトだ。

私が手を挙げると、それを合図にしたようにハトたちが玉座の間を飛び回る。右へ、左へ、くるりと輪を描いて。この子たちとはよくこうやって遊んでいたから、私も落ち着いて指示を出せた。

その場の全員が、軽やかに舞うハトたちを目で追う。抑え気味の感嘆の声が、あちこちから漏れていた。

最後に、すっと手を振り下ろす。ハトたちが列になって、カイウス様の前の床にずらりと着地した。

「……ふむ、確かに見事なものだ。ゾルダー、これだけの魔法を四歳の子供が身につけている。しかも独学で。それについて、そちはどう思う？」

カイウス様は目を丸くして、ハトたちを眺めていた。ゾルダーはゆったりと笑うと、胸を張って朗々と答える。まるで、この場の全員に聞かせようとしているかのように。

「彼女は召喚魔法のたぐいまれなる素質を持っており、かつその素質を花開かせるに十分なだけの聡明さをも備えています。そして、恐ろしく早熟でもあります。これまで、召喚魔法を会得した最年少記録は十一歳でしたが、彼女はその記録を大幅に塗り替えてしまいました。おそらく、この記録を更新する者は現れないでしょう」

そんな言葉に、すうっと背筋が冷たくなる。魔法を使う子供は珍しいんだろうなってことには気づいていたけれど、どうやら私は思っていた以上にめちゃくちゃなことをやらかしてしまったらしい。それなら、皇帝や魔導士長が目をつけるのも当然だけど……どうしよう、ここからどうなるんだろう。

不安になってぎゅっとスカートを握る私を見つめ、ゾルダーは続ける。

「しかし彼女は、まだ四歳の子供です。彼女が今後その力をいかんなく発揮するためには、私たち大人の導きが必要となるでしょう」

「導き……か」

ゾルダーの言葉に、カイウス様は何事か考えているようだった。けれどすぐに私を見て、にっこりと笑った。

「そうだ、ジゼル。褒美を取らせねばな。ここまで来るがよい」

親しみを感じさせる表情で、カイウス様が手招きしてくる。

「よし、来たな。手を出すがよい」

彼はそう言って、私の手に何かを握らせてきた。ぺこりと礼をして、手を開いてみる。

それは鎖のついた、金色の小さなコインのようなものだった。たぶん、首飾りだろう。そしてそのコインの表面には、緑の目をした白いワシが白銀とエメラルドで描き出されている。このワシって、確かこの翠翼の帝国の象徴だったような。

「それは忠誠の首飾り。皇帝が、直属の配下に与えるものだ。持ち主が皇帝の忠実なるしもべであり、皇帝の庇護下にあることを意味する」

カイウス様の説明を聞いていると、どんどん鼓動が速くなっていく。

「……わたしは、へいかの配下ですか？　へいかはわたしに、何をめいれいされるのですか？」

私の声は、震えていた。もう権力になんて関わりたくないと思っていたのに、よりによって皇帝その人からこんなものを渡されてしまった。今度こそ自由に、幸せに生きようと思ったのに。

嫌だ。受け取りたくない。子供のわがままに見せかけて、どうにかして返せないかな。

何も言えずに震えていたら、ぽんと頭の上に手が置かれた。いつもお父様がよくこうやって、私を励ましてくれる。でもこの手の感じは、お父様のものじゃない。それに、何だか辺りがやけに騒がしい。

不思議に思って顔を上げたら、カイウス様と目が合った。……あろうことか皇帝陛下が、私の頭をなでていた。周囲の人間が騒ぐ訳だ。

しかしカイウス様は金色の目を柔らかく細め、穏やかに語りかけてきた。

「ジゼル、そうではない。これは、我がそちを守るという意思表示だ。だからそちは様々なものに触れ、学び、立派な大人になれ。心身共に健やかな、美しき乙女に。そうして我の配下として働くもよし、他の職業に就くもよし。あるいは、どこぞに嫁いで子をなし、幸せな家庭を築くもよし」

初対面とは思えないほど優しい、どことなく切なげな声に、思わずカイウス様の顔をじっと見つめる。

「いずれも、我が帝国を支える大切な役目だ。そちは好きな道を選ぶといい。……もう、自由なのだから」

この首飾りは決して、私を縛るものではない。そのことだけは理解できた。でも、どうしてカイウス様はあんな表情をしているのだろうか。

そもそも彼は、私の魔法を見たくて私をここに呼んだ。そして、私がずば抜けた魔法の素質を持っていることを確認した。それなのに、なんでも好きな道を選べって……てっきり、「もっと魔法の修練に励むがよい」とか言われるかと思ったのだけれど。

考え込んでいたら、カイウス様はまた元通りに堂々と微笑んだ。そうしてゆったりと宣言する。

「そちが我のもとで働きたいと思ったのなら、いつでもその首飾りと共に訪ねてくるがいい。我はいかなる時も、そちを歓迎する」

分からないことはたくさんあるけれど、カイウス様は私のことを気に入ってくれているらしい。権力に近づくのはやはり怖いけれど、彼のことは嫌いになれなかった。むしろ、好ましく思えた。

「ありがとうございます。がんばります！」

だから背筋を伸ばして、精いっぱい元気よく答えた。四歳の子供らしく見えているといいな、と思いながら。


カイウス様への謁見を終えて、屋敷に戻ってきて。お父様がほっとしたように、深々と息を吐いた。

「ああ、やっと戻ってこられたね。陛下がジゼルとの謁見を望まれただけでも驚いたのに、まさかジゼルが忠誠の首飾りをいただくなんて……」

「ええ、驚いたわね。でもジゼルなら、これくらい当然かもしれないわ。まだこんなに小さいのに、陛下の前でも立派に魔法を使って……私、感動の涙をこらえるのが大変だったのよ」

「実は、私もなんだ。陛下の御前でなければ、きっと拍手をしていたよ。あのハトたちの動きときたら、いつも以上に華麗で、整然としていて……」

ちちいっ!!

帰ってくるなりいつもの調子ではしゃぎ始める両親に、ルルがぴょんと跳び乗った。もうすっかりお留守番に飽きてしまっていたらしい。構って構ってと言わんばかりに、両親の肩やら頭やらを、ぽんぽんと跳びながら鳴いている。

ああ、やっとこれでいつもの日常が戻ってきた。見慣れた屋敷の見慣れた光景に、私もようやく肩の力を抜くことができた。

それからルルを頭に乗せて、とことこと一人で子供部屋に戻っていく。そうして真っ先に、忠誠の首飾りを自分の宝石箱に大切にしまい込んだ。カイウス様のことを思い出しながら。

「こわい人じゃなかったし、悪い人でもなかったけど……」

宝石箱の中で輝くコインを見つめ、独り言のように話しかける。

「どうして、あんな目でわたしをみていたのかな？　うれしそうなのに、さびしそうな、ふしぎな顔……」

ルルが顔を上げて、ちゅいっ？　と鳴いた。

「……ここで考えていても、わからないよね。うん、今は気にしないでおこう。おいで、ルル。なでてあげる」

その言葉に応えるように、ルルがじゅうたんの上にぺたんと伏せた。ぽやぽやの毛が生えた尻尾をぴんと立てて。

ふわっふわの背中を優しくなでていたら、胸の中にわだかまっていたもやもやが消えていくように思えた。


と、安心するにはまだ早かった。

私たちが屋敷に帰って数日後、またしても私宛ての豪華な手紙が届いたのだった。さらに三日後、びっくりするほど大きな鳥が屋敷の前に舞い降りた。

「突然の来訪、すまない。長居はしないので、大目に見てくれるだろうか」

そんな言葉と共に鳥から降りたのは、なんとゾルダーだった。彼は『ジゼル君と二人で少し話したい』という手紙をよこし、そして本当にこの屋敷に来てしまったのだ。

「ようこそ、いらっしゃいました。しかし、その……」

フィリス伯爵家の当主として出迎えに当たったお父様が、何とも言えない顔をしている。それも当然だ。普通、来客があればまず馬車と馬を預かり、客を屋敷の中に案内する。でも、馬じゃなくて鳥……どう預かればいいんだろう？

「この鳥はここで待たせておいてくれ。配下から借りてきた召喚獣だから、特に悪さはしない。水と穀物を少し与えてくれれば助かる」

その言葉に、お母様が大急ぎで屋敷の奥に向かっていった。いつになく、あわてた足取りで。

皇帝陛下に呼ばれただけでなく、その片腕たる魔導士長がわざわざ訪ねてくる。それだけでもとんでもないのに、彼は召喚獣に乗ってやってきた。あまりのことに、さすがの両親も少し動揺しているようだった。もちろん、私も。

それにしても、大きな鳥だ。足を隠すようにしてちょこんと座っているのに、私の背よりずっと大きい。これなら確かに、人を乗せて飛ぶこともできるだろう。綺麗な空色の羽毛は、まるで金属のようにつやつやと輝いている。鳥は澄ました顔で、つんと明後日の方向を見ていた。

「やはり、召喚獣が気になるかね？」

鳥に見とれていた私に、ゾルダーが朗らかに声をかけてくる。

「あ、はい！」

あわてて姿勢を正し、そう答える。そもそも彼は、どうして鳥に乗ってやってきたのだろうか。

「帝都からここまで、馬車だと時間がかかる。しかしこの鳥であれば、帝都の北東にある山脈を越えることで、数時間程度でここまでたどり着けるのだ」

私にとって召喚魔法は、ちっちゃなお友達を呼び出すものだった。まさか、そんな使い方があったなんて。

感心している私に、ゾルダーは少し楽しそうに言った。

「さてジゼル君、手紙に記したように少し君と話したいのだが」

「はい、では応接間にご案内します」

お父様が礼儀正しく申し出たものの、ゾルダーは何事か考えているようだった。

「いや、それよりも……そうだな、ジゼル君がいつも魔法を練習しているところに、案内してもらえるだろうか？」

魔導士長というだけあって、彼は他人に命令し慣れているようだった。元女王の私ですら、ちょっと圧倒されかけた。

仕方なくお父様をその場に残し、ゾルダーを連れて歩き出す。聞き慣れない、ゆったりと落ち着いた足音がすぐ近くから聞こえてくる。たったそれだけのことで、ひどく落ち着かない。

自然とうつむきがちになりながら、裏庭の一角にある空き地にたどり着いた。土がむき出しになったその真ん中で仁王立ちしていたものを見て、青ざめる。

「あ、ルル！」

ゾルダーが訪ねてくると聞いたので、ルルにはひとまず隠れていてもらうことにしたのだ。普段ルルが寝床にしている木箱に押し込んで、そのまま物置にしまってきた。特別なお客様が来るからちょっとだけここで待っててねと、家族三人でそう言い聞かせて。

それなのに、ルルは物置から逃げ出してしまっていた。あんなところに閉じ込められたのが嫌だったのか、それとも客とやらを見てみたかったのか。物置の窓も扉も、全部閉めてたのに。どこから出てきたんだろう。

「おきゃくさまだから、今はあっちにいっていて！」

ぢゅっ！

あ、駄目だ。絶対に譲れないって顔をしている。誰が何と言おうと自分はここにいるんだって、そう全力で主張している。大きな後ろ足を、だんだんと踏み鳴らして。

「おねがいだから、ね？」

もう一度頼み込んだけれど、ルルはそっぽを向いてしまった。何とかして説得しようと頑張っていたら、くっくっという小さな笑い声が後ろから聞こえてきた。

「見たところそちらも、召喚獣か。何とも元気のいいことだ」

「あ、あの、その、これは」

まずい。ルルに制約の魔法がかかってないこと、ばれてしまうかも。しどろもどろになっていたら、ゾルダーが悠然と微笑んだ。ちょっぴり意味ありげな目つきで。

「ふむ、取り立てて害はなさそうだからな、あれこれ騒ぐのも無粋だろう」

……たぶん、気づかれている。どうやらその上で、見逃してくれるらしい。よかった。

そしてゾルダーは、周囲をじっくりと観察している。整えられている裏庭の、真新しい土がむき出しになっている辺りを見つめてつぶやいた。

「君は、いつも地面に魔法陣を描いているのだな？」

「はい。まちがえても、すぐになおせる……なおせます、から」

不自然にならない程度に子供っぽくふるまうのって、難しい。どうにかこうにか取りつくろっている私に、彼はさらに尋ねてきた。

「描き上げた魔法陣に、後から魔力を注ぎ込む。今使えるのは、その方法だけだろうか？」

こくりとうなずくと、彼は納得したように言葉を続けた。

「なるほど、それで先日は紙に描いた魔法陣を持参したのか。しかし君の腕前なら、宙に魔法陣を描く練習をしてもよい頃合いだろう。私が手本を見せてやれれば良かったのだが、あいにくと私は属性魔法が専門なのだ」

そう言って彼は、懐から小ぶりの革袋を取り出した。飾り気のない、でも明らかに上質な革を使った袋だ。その袋を私に差し出して、彼はにっこりと笑う。

「これを、君にあげよう。召喚魔法の触媒となる特殊な粉だ。この粉を指先に少量つけることで、空中に魔法陣を描く助けをしてくれる。通常は、新米の魔導士が練習のために用いているものなのだが……ひとまず、試してみたまえ」

袋を開けると、真珠を細かく砕いたような綺麗な粉が入っていた。光の加減で虹色に輝いて、つい見とれてしまう。……新米の魔導士の練習用って、そんなものをこんな子供に気軽にあげてしまっていいのかな。こういった魔法の品々は、そこそこ貴重なはずなんだけど。

などと思いつつ、右手の人差し指に粉を少しだけつけて、それからすうっと宙を走らせる。魔力のこもった、淡く光る線がその後に残った。びっくりしながら、手早く魔法陣を描いてみる。卵くらいの大きさしかない赤い小鳥が、すぐに中から飛び出してきた。

「あれだけの説明で、あっさりと宙に魔法陣を描いたか。何とも末恐ろしい才能だ」

ゾルダーは心底愉快そうだ。腕組みをしたまま、青い目を糸のように細めている。

……ここはもうちょっと、てこずったふりをするべきだったのかな。頭の上でくつろいでいる小鳥のぬくもりを感じつつ、内心焦る。

「……だが、帝国の未来のためには、その力はこの上なく頼もしいものとなるだろう」

ゆっくりと、彼は顔を上に向けた。遠くを見つめるような目をして、話し始める。

「陛下は、君に自由に生きろとおっしゃった。だが私は、君のそのたぐいまれなる力を帝国のために活かして欲しいと、そう思っている」

その声は、とても静かだった。今までのちょっと気取ったものではなく、ひどく真剣で、どことなく沈痛な響きを帯びていた。

「君は、ご両親のことが大切だろう」

私のほうを見ないまま、ゾルダーはつぶやく。私が答えるより先に、彼はまた続けた。

「君が帝国のために力をふるうことで、君のご両親はより安全に、より豊かに暮らすことができる。君たちは、もっと幸せになれるのだ」

どう答えていいか分からなくて、彼に並んで空を見上げる。

とびきり青い空に、白い鳥の群れが飛んでいた。妙に胸が苦しくなる、そんな風景だった。

結局ゾルダーは、その後すぐに帰っていった。元通りの堂々とした態度で、あの大きな鳥に乗って。

空のかなたにどんどん遠ざかる彼の姿を見送って、ぼんやりと考えた。

権力には近づきたくない。私は一人の人間として、自分のために生き、自分の幸せをつかみとる。そう決めたから。もう、国だの何だのに巻き込まれたくない。

でも、ゾルダーの言葉を聞いたせいか、ほんの少し心が揺らいでしまっていた。カイウス様の力になって帝国をより栄えさせる、そんな未来もいいかなと思えてしまう。

「……まだ、じかんはあるもの。今、きめなくていい」

そうつぶやいて、ルルをぎゅっと抱きしめた。小さなその鼓動を感じていたら、やっと気持ちが落ち着いてきた。

しかしゾルダーのおかげで、格段に魔法が上達したのも事実だった。最初こそ魔法の粉の助けを借りていたものの、じきに魔法の粉も使わずに、魔法陣を空中に描けるようになったのだ。

もう、いちいち裏庭に行かなくても魔法の練習ができる。子供部屋でも、寝室でも。そのせいで、つい夜更かしをするようになっていた。

「ジゼル、もう寝なさい。子供は寝るのも仕事だよ」

「そうよ。こないだも、こっそり夜中に起きて魔法を使っていたでしょう」

寝間着姿の両親が、たしなめるような顔をして私の寝室までやってきた。そうして、寝台にちょこんと座った私を囲んでいる。私の膝の上では、ルルがお腹を出して熟睡していた。

「でも、もうちょっとだけ……」

甘えるようにお願いしてみたら、お母様がさっとルルを抱き上げた。次の瞬間、私もお父様に抱き上げられていた。

「駄目だ。君がこれ以上夜更かしできないように、今日はみんなで一緒に寝よう」

「パパの寝台でなら、三人で寝られるわ。ルルにはクッションを貸してあげましょう」

抵抗する間もなく、レイヴンの寝室に連れていかれる。そのまま、大きな寝台の真ん中に寝かしつけられた。

枕元に置かれたクッションには、仰向けでぷうぷうと寝息を立てているルル。私の両隣には、笑顔の両親。大切な人たちに囲まれて、みんなで一緒に眠る。こんな幸せなことって、そうそうない。

「……わくわくする。パパ、ママ、またいっしょにねようね」

そうして私たちは、楽しくお喋りしながら眠りについた。

しかし両親のそんな努力も空しく、私の夜更かし癖はさらにひどくなってしまっていた。五歳の誕生日にカイウス様から届けられた、一冊の魔導書によって。

お父様の書斎には、初心者向けの魔法の本しかなかった。というか、どこの貴族の家でもそんなものらしい。魔法の素質のある子供が生まれた時に備えて最低限の教本は置いてあるものの、より複雑で難解な内容については、学園で学ぶのが一般的だ。ちなみにこの帝国では、貴族の子女はみな学園に通う。

ところが三歳にして召喚魔法を会得してしまった私に、カイウス様は召喚魔法についてより詳しく書かれた魔導書をくれたのだ。学園に入学するまで待つのは退屈だろうと、そんな言葉を添えて。

おかげで、召喚魔法についてたくさんのことを知ることができた。今までなんとなく勘でこなしていたことのあれこれが分かるたび、ああそうだったのかと楽しくてたまらない。

今夜もちょっと夜更かしして、こっそりと魔導書を読む。ルルも付き合ってくれているのか、珍しく遅くまで起きていた。

召喚魔法に用いる魔法陣は、私たちがいるこの世界と、召喚獣たちがいる異世界とをつなぐ扉としての役割を果たす。

その異世界は複数あるらしい、そこまでは知っていた。しかし異世界の数がとても多く、そして異世界ごとに特徴があるということは初めて知った。比較的穏やかな召喚獣が暮らす世界や、逆に恐ろしい召喚獣が闊歩《かっぽ》する世界など、分かっているだけでもかなり色々なものがあるらしい。

初心者向けの本に記されていた魔法陣、ルルの故郷につながるその魔法陣は、その中でも特に穏やかな気質の召喚獣たちが暮らす異世界につながるものだった。

さらに魔導書には、魔法陣に追加で描き込む魔法についても詳しく書かれていた。制約の魔法や呼び出す召喚獣の種類を指定する魔法のほか、召喚獣の見ているものを召喚主も見ることができる魔法、召喚主の言葉を召喚獣の口を借りて遠くに運ぶ魔法なんてものもあるらしい。

制約の魔法については、とくにしっかりと説明されていた。様々な能力を持つ召喚獣を安全に使うために、この魔法については習熟しておくようにとの言葉と共に。

「あんぜんにつかう……この言いかた、きらい」

ぢいっ！

ルルと二人で魔導書に文句を言いつつ、読み進める。

私は、召喚獣に無理やり言うことを聞かせる制約の魔法が嫌いだ。でも私だけではなく、召喚獣たちもあの魔法は嫌っているようだった。

カイウス様の前で魔法を披露した時、仕方なく制約の魔法を描いた。そうしたらその後しばらく、ハトのみんなが冷たかった。呼び出すなりぱっと距離を置いて、目も合わせてくれなかったし。

さんざん謝り倒して、それから生米と干したトウモロコシをごちそうしたら、みんなはようやく機嫌を直してくれたのだった。仕方ない、今回だけは大目に見てやるか、そんな態度だった。

……そういえばゾルダーの前で描いた魔法陣、制約の魔法を描いていなかったような……まあいいか。魔法の粉に驚いた子供が、うっかり描き忘れたって思ってくれてるだろうし。

魔導書には、召喚獣についての説明もあった。この世界の生き物とほぼ変わらないものから、驚くほど違う姿形を持つものまでいる。とはいえ、その生態はほとんど明らかになっていないらしい。召喚魔法の使い手が少ないということもあって、召喚獣そのものの生態を深く調べることよりも、召喚獣を活用する研究のほうが優先されがちなのだとか。ただ、召喚獣はおしなべてさほど知性が高くなく、この世界にいる獣たちと大差ないであろうと記されていた。

「しょうかんじゅうって、なぞがいっぱい……なんだなあ……」

読んでいるうちに、眠くなってきた。明かりを消すのも忘れて、ぱたりと横になる。魔導書を抱き枕のようにぎゅっと抱きしめて。

次の朝。目が覚めて、違和感に気づく。昨日うっかり燭台の火をそのままにして寝てしまったから、蠟燭《ろうそく》は燃え尽きているはずだった。でも、蠟燭は長いまま残っている。

「……だれか、よなかに消してくれたのかな？」

たぶん、両親が様子を見にきてくれたのだろう。それにしては、寝台の上に魔導書がそのまま残されているのがちょっと不思議だった。ついでに片付けそうなのに。

首をかしげていたら、ルルが得意げにぴんとひげを立てていた。

今日は、ピクニックだ。このところとってもいい天気で過ごしやすい日が続いていたので、親子三人でお出かけすることにしたのだ。私の、六歳の誕生日のお祝いを兼ねて。

「お弁当と敷物は用意できたよ！」

「他の荷物も準備できたわ！」

動きやすい格好に着替えた両親が、荷物を背負って明るく笑う。

「パパ、ママ、こっちもじゅんびできたよ！」

私の隣には、額に角の生えた小ぶりの白馬——角馬《つのうま》が三頭、のんびりと立っていた。


やっぱり、大きな召喚獣を呼んでみたい。体が大きくなるのを待っているだけなんてもどかしい。

そんな思いから、私はずっと試行錯誤を繰り返していた。

あらかじめ大きな魔法陣を描いておく方法は、やはり駄目なようだった。ならばと、今度は両手を使って、空中に大きな魔法陣を描こうとした。でもそうしたら、魔法陣がゆがんで使い物にならなかった。やっぱり、腕の長さが悲しいくらいに足りない。

魔導士は杖を使って、大きな魔法陣を描くことがあるらしい。でもその杖には、何やら特別な材料を使うらしい。その辺の棒で代わりにならないかなと試してみたけれど、やっぱり無理だった。普通の木の棒だと、魔力がうまく流れてくれない。腕の延長としては使えないのだ。

「まほうの杖……ゾルダーさまにおねがいしたら、もらえそうな気はするの。でも、これ以上あの人にかかわるのも……ちょっとね……」

裏庭でそんなことをルル相手にぼやいていたら、ルルが突然走り出した。ちちっと鳴いて、ちらちらとこちらを振り返りながら。

どうしたのかなと思いながら、ひとまずルルを追いかけていく。やがてルルは、裏庭の奥まったところに生えている木の前で立ち止まった。

それからぴょんぴょんと木の上のほうに登っていき、みずみずしい葉をつけたままの枝をかじって落とす。そしてあっという間に、細かな枝葉を全部食いちぎってしまった。後に残ったのは細い木の棒。ちょうど、私の手首から肘くらいまでの長さだ。

ルルはその木の棒の端っこをつかんで、一生懸命もがいている。どうも、私にその棒を渡そうとしているらしい。訳が分からないながら、その棒を受け取り……驚きに目を見張った。

あれ、この棒……魔力を通しやすいような気がする。せっかくだから、ちょっと魔法陣を描いてみようかな？

ふとそう思い、空中にくるりと魔法陣を描いてみた。指で描くのと同じように、魔力をこめながら。

「わあ、できた！」

空中には、いつもより大きな魔法陣が一つ。そこから、桃色のシカの子供がぴょんと飛び出てきた。すごい、ちょっとだけ大きな子を呼べた！

さっき食いちぎった木の葉をのんびりと食べながら、ルルがちぃぃと満足げに鳴いていた。

という一幕を経て、私は杖の代わりになる木の棒を手に入れたのだった。今隣にいる角馬たちは、その成果だ。

……とはいえこの木の棒を使っても、自分の身長よりちょっと大きいくらいの魔法陣が限界だった。なので、角馬たちにはかがんで魔法陣をくぐってもらった。三頭とも、なんでこんな狭いところを通らなくちゃいけないんだと言わんばかりの不満そうな顔をしていたけど、ひとまず見なかったことにした。ごめんね。

それから、一人ずつ角馬の背に乗っていく。くらも手綱もないけれど、この種族は温厚で人馴れしているから大丈夫だって、そう魔導書に書いてあった。

「召喚獣に乗って出かけられる日が来るなんて、思いもしなかったわ。……魔法を覚えただけでも驚きなのに、こんなことまでできるようになるなんて……ジゼルはどんどん成長するのね」

「ああ、私たちの自慢の娘だね。もっとも、魔法が使えなかったとしても、やっぱり世界一素敵で可愛い娘だけれど」

「ええ、当然よレイヴン。そんな愛娘《まなむすめ》と水入らず、最高の日だわ！」

「何を言うんだプリシラ、この子が生まれてきてくれてから、毎日が最高じゃないか！」

「そうね！」

両親はいつも以上にわいわいとはしゃいでいる。私の右にお母様、左にお父様。いざという時、私を守れるように。……それは分かっているんだけど、両側から交互に褒め言葉が飛んでくるのはくすぐったい。

「ジゼル、乗馬は初めてだけれど大丈夫？　無理そうなら、ママと一緒に乗りましょう？」

よたよたと角馬を歩かせている私に、お母様が朗らかに声をかけてきた。

「うん、ありがとう。まだ……だいじょうぶ」

気遣いは嬉しかったし、母親と一緒に乗馬というのも楽しそうだと思った。でも今は、自分で馬を走らせるという喜びに浸っていたかった。この子供の体はたぶんすぐに疲れてしまうだろうから、帰りは二人に甘えよう。

前世の私は、馬に乗ったことなんてなかった。そもそも、王宮から出ることすらめったになかった。草原を渡る風も、温かくしっかりとした馬の体の感触も、とても新鮮で気持ちいい。

私はどうして、生まれ変わったのだろう。その疑問の答えは今でも出ていないけれど、この二度目の人生がとっても楽しいことだけは確かだった。優しい両親、平和な日々。魔法を使えるようになったし、こうして馬にも乗れた。

「う、わわっ！」

感慨に浸っていたら、角馬がぶるりと体を震わせた。振り落とされそうになって、あわててしがみつく。

「ジゼル！」

「大丈夫か!?」

ぢぢいっ！

たちまち左右から腕が伸びてきて私を支える。肩の上のルルが抗議するように鳴いた。

「……びっくりした」

どうも角馬は、わざと私を振り落とそうとしたような……？　制約の魔法をかけていないから、そういうこともあるかもしれない。この子たち、普通の馬よりはずっと小さいから、うっかり落ちても大怪我はせずに済みそうだけど。

そこからは、三頭をぴったりとくっつけるようにして、両親に支えられながら進んだ。緩い上り坂になっている草原を進み、やがて目的地にたどり着く。

そこは馬車が数台、余裕を持って停められるくらいの草地になっていた。左手側は岩肌がむき出しになっている高い崖になっていて、右手側のずっと下には、海が広がっている。今までに何度も、両親に連れてきてもらったことがある場所だ。

角馬から降りると、両親が草地の真ん中まで私の手を引いていった。そうしてあっという間に、ピクニックの準備を整えてしまう。

お父様が敷物を広げ、崖のそばから拾ってきた石で四隅を押さえる。その間にお母様がお昼の入ったバスケットを広げ、食器を並べていた。

「さあどうぞ、私たちの可愛いお姫様」

「六歳のお誕生日、おめでとう。今日はあなたの大好物ばかりよ」

そんな声をかけられながら、靴を脱いでいそいそと敷物に上がる。ぺたんと座り込んだ次の瞬間、両親は満面の笑みで次々と料理を勧めてきた。

「ほらジゼル、あなたの好きなレーズンのパンよ？　バターも挟み込んでもらったの」

「育ち盛りだから、やっぱりお肉を食べないとな！　ほら、お肉たっぷりのミートボールだ。一口で食べられるように、小さめに柔らかく作ってもらったんだよ」

二人が差し出している料理以外も、全部私の好きなものばかり。何が好きなのか覚えていてくれたのも嬉しいし、私を喜ばせようと料理を考えてくれたことも嬉しい。

「ありがとう、パパ、ママ！　いただきます！」

それから三人で、和やかにお喋りしながら料理を平らげていった。ああ、すっごくおいしい。角馬たちは近くでのんびりと草をはんでいる。ルルはバスケットの中にもぐりこんで、食べられそうなものを物色している。やがて、ナッツのパンをひとかけら手にして出てきた。

それにしても、おいしいなあ。幸せだなあ。にこにこしていたら、ふとあることを思いついた。

「パパ、あーんして？」

フォークに刺したミートボールを、お父様の口元に差し出してみる。親子や恋人など、特に親しい間柄の人間には、こんな風に食べさせることがあるのだと、そんなことを聞いたことがあったのだ。もちろん、前世では縁がない行動だったけれど。

「む、娘に……あーんしてもらえた……我が人生、最良の日だよ……」

しかしお父様の反応は、すさまじいものだった。ミートボールをぱくりと食べて、涙を流しながら感動している。両手を祈りの形に組み合わせて、天を仰いで。

「ああ、あなたばっかりずるいわ！　ジゼル、次はママもお願い！」

そうして今度はお母様に食べさせて、お返しに別の料理を食べさせてもらって。するとお父様が、さらに別の料理を食べさせてきて。

気がつけば、みんなで大騒ぎしながら料理を食べさせ合っていた。何だかめちゃくちゃだけれど、とっても愉快だ。まねをしているのか、ルルが干しリンゴをよいしょと口の中に押し込んできた。それを嚙みながら、全身を揺らすようにして笑い転げた。

「あのね、パパ、ママ」

笑い過ぎて涙がにじんだ目元を拭って、両親に呼びかける。

「わたしね、パパとママのこどもでよかった」

六歳の子供らしくないかなと思ったけれど、今、伝えておきたかった。

「そうだね。君が私たちのところに生まれてきてくれてよかった。本当にありがとう、ジゼル」

「あなたが生まれてから、私たちは毎日が幸せいっぱいなのよ」

すると両親は私をしっかりと抱きしめて、口々にそんな言葉を返してくる。両側からぎゅうぎゅうと押されてしまっているせいで表情は見えないけれど、二人ともちょっと涙ぐんでいるようにも思える。

本当に二人とも、大げさだなあ。そう思いながらも、さらに大きな笑みが浮かぶのを感じていた。

にぎやかな食事を終えて、一休みして。まだまだ帰るには早いので、もう少し遊んでいくことにする。草地の端のほうには、岩肌を削って作られた階段がある。そこを下っていくと、小さな砂浜に出られるのだ。

とはいえ、今の私があの階段を自分で歩いていくのは怖い。ゆっくり一段ずつ、慎重に下りていかないと危ないから。いつもは、お父様に背負われていく。

でもせっかくなので、また召喚魔法を使ってみることにした。ルルに見つけてもらったあの特別な木の棒を持って、くるりと大きく回しながら魔法陣を描いて。

「おお、何か出てきたぞ！」

「あら可愛い、ワシが歩いているわ」

地面の近くに描かれた魔法陣からは、大きな青いワシが三羽出てきた。窮屈そうに身を縮めて、大きな足でよちよちと歩いて。どうせならさっそうと飛んで登場したかったのに、なんでこんなに狭いところを歩いて通らないといけないんだ。そう言いたそうな様子だった。

少し離れたところから、角馬たちのいななきが聞こえる。気のせいか、ワシたちに同情しているような？

狭くてごめんなさい、とひとまずワシたちに謝って、それから用件を伝える。どういう理屈なのかは判明していないけれど、召喚獣は召喚主の意思をある程度理解できる、らしい。でもルルを見ていると、召喚主以外の意思も理解しているような気がするのだけれど。よくお父様におやつをねだったり、お母様に耳の後ろをかいてもらったりしてるし。

ともかく、ワシたちは私のお願いを聞いてくれた。私たちはワシの足につかまって、滑空するように降りていったのだ。ちょうどワシたちの足と握手しながら、ぶら下がっているような格好だ。

「すごいな、空を飛べるなんて！　でもちょっと高いな……」

「大丈夫よレイヴン、落ちても下は海か砂浜よ！　ふふっ、最高の気分！」

どことなく腰の引けているお父様と、とっても楽しそうなお母様。そして私も、初めての体験にどきどきしていた。遥か足の下に広がる白い砂浜と、きらきら輝く青い海。それらが少しずつ近づいてきて、真下を見ると砂浜が……あれ、違うな、海？

首をかしげたその時、いきなりワシたちがぱっと足を開いた。つかまっていた手が宙をかいて、体が落ちていって。見上げたワシたちの顔は、笑っているように思えた。

ばしゃん。水しぶきを上げて、海に落ちた。ぎりぎり足が着くけれど、波がくるたびに、顔に水がかかって辛い。私の服の胸元にもぐり込んでいたルルが、飛び出してきて頭の上によじ登る。

「ジゼル、ルル、無事か！」

すぐに、お父様が抱き上げてくれた。両親も、すぐ近くに落とされていたらしい。ルルはお父様の肩の上にぽんと跳んで避難すると、猛烈な勢いで毛づくろいを始めた。

「突然どうしたのかしら。召喚獣がこんないたずらをしたのは初めてね？」

やはり頭からずぶ濡れのお母様が、前髪をかき上げながらざばざばと駆け寄ってくる。

すると、砂浜に降り立ったワシたちが高らかに鳴いた。それに合わせるように、上の草地に残してきた角馬たちも盛んにいないないている。その声を聞いていたら、ぴんときた。

「……たぶん、しかえしされた」

「仕返しって、何の？」

「……まほうじんがちっちゃくって、通りにくかったから」

そう言いながら砂浜のワシたちをにらみつけたら、ワシたちがまたにやりと笑った。間違いない。

そういえば、角馬も私を振り落とそうとしていた。たぶん、あれもそうだ。

なるほど、制約の魔法を使わないとこういうことになるのか。そう納得しつつも、やはりあの魔法は使いたくないなと、そうも思ってしまった。驚いたけれど、角馬もワシたちも、私たちに怪我をさせないよう手加減していたし、笑うワシなんてめったに見られない。

ぢいぢいと抗議するようなルルの声を聞きながら、三人で砂浜に上がっていった。ワシたちは澄ました顔で、三羽並んでくつろいでいる。

「ふふ、意地悪なワシさんね。ジゼル、大きくなったら見返してあげなさい」

「そうだな。大人になったらうんと大きくて立派な魔法陣を描いて、ワシたちを驚かせてやればいいさ」

両親はずぶ濡れのまま、そんなことを言っている。どうやら二人も、ワシたちのいたずらは水に流すことにしたらしい。

「大人のジゼル……きっと、とびきりの美女になっているんでしょうねえ」

「きっと、じゃないよ。間違いなく、だ。だって、今でもこんなに可愛いんだから」

「パパ、ママ、ほめすぎ……ちょっとはずかしいよ……」

本当にこの二人は、私のこととなるとすぐ浮かれてしまう。普段はフィリス家の当主夫妻としてきちんと領地を治めているみたいなのだけれど、ちょっと信じられない。

まあ、いいか。二人は私の大切な両親で、私は今とっても幸せなのだから。

靴を脱ぎ捨てて、裸足《はだし》で波打ち際に駆けていく。心からの明るい笑い声を上げながら。

# 第2章 ✦ 新生活は夢と希望がいっぱい

「ああ、ついにジゼルも学園の一年生か……」

「制服、よく似合うわ……」

真新しい制服に袖を通した私を見つめて、両親はいつも以上にうっとりとため息をついていた。

この翠翼の帝国では、貴族の子女は六歳になったら学園に入学することになっている。そこで年の近い者たちと交流しつつ、様々なことを学んでいくのだ。

一年生から六年生までの初等科は必須で、そのまま七年生から九年生の高等科に進む者も多い。たまに、それ以降も学園に留まり研究を続ける者もいるのだとか。それくらいに学園は面白いところなんだよ、と両親は教えてくれた。

帝国の領土は広大で、そこにはたくさんの貴族がいる。だから、こうやって子供のうちから帝国への忠誠心を育てておくのだろう。けれどこれだけの仕組みを作り上げるには、膨大な富が必要だ……って、いけない。また前世の癖が出た。国の統治のことなんて、忘れよう。

制服を見下ろして、くるんと回ってみる。長袖のワンピース型の制服は上品でおしゃれで、着心地もいい素敵な服だ。六年間同じデザインの制服を着ることになるからか、ちょっぴり大人っぽい雰囲気なのもいい。両親が選んでくれるリボンとフリルたっぷりの可愛らしい私服も好きだけれど、本音を言えばこれくらいすっきりした格好のほうが落ち着く。

それに、教育のほうも楽しみ。何でも学園には様々な分野の教師たちや書物がそろっていて、生徒たちはその能力と希望に応じて、色んなことを学べるのだそうだ。魔法、もっと上達できるかな。

ただ、同世代の子供と話が合うかどうかはちょっと心配だ。でも甘やかしてくる両親相手に子供らしくふるまうことにはすっかり慣れたし、そのうちどうにかなるような気もする。

それでもやっぱり、緊張する。学園生活なんて、もちろん初めてだし。

「なんて愛らしいんだ……男子生徒が放っておかないぞ……あっという間に、求婚の申し込みが殺到しそうだ……これは、今のうちに練習しておかねば！　……こほん。『うちのジゼルはまだ嫁にはやらん！』うん、こんな感じかな」

「あらあらあなたったら、頼りにしているわよ。それはそうと、また肖像画を描いてもらいましょうね！　この初々しくて凛々しい姿、きちんと残しておかないと」

考え込む私の周りを、両親はそんなことを言いながらぐるぐると回っている。好物のヒマワリの種をもらった時のルルよりも落ち着きがない。

そしてそのルルは、部屋を調べるのに忙しいようだった。それもそのはず、ここは私が生まれ育ったあの屋敷ではないから。

ここは帝都の閑静な一角にある、小ぶりながらもしゃれた屋敷の一室だった。学園は帝都の、しかも帝城のすぐ隣にあるので、さすがに生家からは通えない。

だから両親は、私が生まれてすぐに帝都の空き屋敷を探し始めた。六年後、私と一緒に移り住んで、私が問題なく学園に通えるように。その間の執務については、執事に手紙や書類を転送してもらえばどうにかなる。

こんな風に、子女が学園に通う間だけ帝都に移住し、卒業したら家族で領地に戻るという方法を採る貴族もそこそこいるのだそうだ。だから、じっくり探せば空き屋敷も見つけられる。もっともお金はかかるし、しかも両親の執務が煩雑《はんざつ》になることは避けられないけれど。

ちなみに移住するには領地が遠すぎたり、移住先を見つけられなかった場合でも、学園には寮が併設されているので問題はない。ただ、さすがに親と一緒に暮らすことはできなくなるけれど。ちちい。

一通り確認し終えたルルが満足げに鳴いて、窓辺の机の上にぴょんと乗る。そこの陽だまりの中で、仰向けになって眠り始めた。開けた窓から吹き込むそよ風に、お腹の毛がそよいでいる。

「ルル、気持ちよさそう……くつろいでる」

「そうね。ジゼル、あなたもこの屋敷、気に入ってくれた？」

「うん！　この屋敷、好き！」

元気よくそう答えたら、両親がほっとしたように息を吐いた。

「それはよかったよ。仮の住まいとはいえ、ジゼルが少しでも楽しく暮らせるようにかなり吟味したから」

「いい物件がないかって探して探して、ようやく去年ここを見つけたのよね。あのまま見つからなかったらどうしようって、焦ったけれど」

「おかげで、満足いく屋敷が手に入ったよ。ジゼルが卒業する時に、また売りに出してもいいのだけど……せっかくだから、このまま別荘として所有し続けるのもいいかもしれないね。そうすれば、ジゼルの友達を気軽に呼べそうだから」

「あら、素敵な思いつきね。でも、ジゼルが恋人を連れてくるかもよ？」

「恋人!?　まだ嫁にはやらんぞ！」

「ふふっ、いい感じに練習の成果が出ているわ、レイヴン」

いつもとは違う屋敷で、いつも通りにはしゃぐ両親と、すっかりくつろいでいるルル。それを見ていたら、胸の内の緊張も和らいでいくようだった。


そんなやり取りから少しして。いよいよ、入学式の日がやってきた。

学園の大広間に椅子が並べられ、私たち新入生はそこに案内された。その後ろには、家族や付き添いの人たちの席もある。

全員が席に着くと、大広間の奥の扉からぞろぞろと大人たちが入ってきた。年齢も性別も服装もばらばらのその人たちは、色違いのブローチをつけていた。この人たちが教師だろう。確かあのブローチは教師の証であると同時に、それぞれが担当する分野を表すものだと、そう聞いている。

そうして最後に入ってきた上品な初老の女性が、その場の全員を見渡して口を開いた。

「ようこそ、みなさん。私はこの学園の管理を任されている、学園長です」

彼女はそこで言葉を切り、ふっと微笑む。

「今日はみなさんのために、カイウス様がお越しになられています」

その言葉に、新入生は明らかに動揺し始めた。後ろのほうからも息を呑む気配がした。カイウス様はきさくな方だという評判だけれど、さすがにここで出てこられるとは予想もしていなかったのだろう。

学園長は大広間の人々を優しい目で見渡すと、奥の扉に向かってひざまずく。周囲の教師たちも、彼女にならって膝をついた。それを見て私たちも席を立ち、見よう見まねで頭を下げた。

じっと石の床を見つめていたら、また扉が開く気配がした。こつ、こつと、ゆったりとした足音が近づいてくる。それも、二人分。

「よい、面を上げよ」

そんなカイウス様の声に、そろそろと顔を上げた。前と同じ豪華な衣装をまとったカイウス様が、そこには立っている。彼の隣にはゾルダーがいて、私と目が合うとこっそり微笑んでくれた。

「子らよ、そちらはこの帝国の未来を担うひな鳥だ」

カイウス様の張りのある声が、朗々と大広間に響く。私が成長したのと同じように、カイウス様もまた少し大きくなっていて、かすかに残っていた幼さはもう抜けていた。すっかり、一人前の青年だ。

「ここで学び、力をつけよ。そしてその力を、帝国のために活かせ」

みんなはその言葉に大いに感じ入り、憧れのまなざしでカイウス様を見つめていた。

けれど私はこっそりと、首をかしげていた。今の言葉は、彼が以前私にかけてくれたものとはまるで違っていたから。

あの時彼は、不思議なくらい切なげに『もう自由だ』と言っていた。まるで、以前の私の生きざまを知っているかのように。そんなはずはないって、分かってはいるのだけれど。

あれは、どういう意味だったのかな。できることなら本人に尋ねてみたくはあるけれど、さすがに皇帝相手にそんなことはできない。

悩んでいるうちにカイウス様の話は終わり、二人はまた奥の扉の向こうに消えていった。去り際に一瞬、カイウス様がこちらを見たような気がした。


それから私たち新入生は、教師たちに連れられて学園の中をぐるっと見て回った。家族や付き添いの大人たちは、玄関近くの待合室で私たちの帰りを待つ。

学園は広かった。色んな部屋があった。座学の授業を受ける教室、魔法や武術を練習するための本格的な鍛錬場、もっと気軽に運動するための屋外の運動場、様々な書物が集められた図書室、他者と交流する談話室、などなど。どこも長い歴史を感じさせる雰囲気ながら、きちんと手入れが行き届いていた。

見学が終わったところで、今日は解散ということになった。本格的な授業は明日からだ。新入生たちが元気よく、学園の玄関に向かっていく。

しかし私は、途中の廊下で立ち止まっていた。そこの壁には『掲示板』と刻まれた大きな板が取り付けられていたのだ。生徒のものらしい字が並ぶ紙が、たくさんピンで留められている。そのうちの一枚を、小声で読み上げてみた。

「『剣術同好会、途中入会者募集中！　初心者大歓迎、共に剣の道を楽しもう！　体験入会も可！』……同好会……そんなのがあるんだ。剣をたのしむ？　どういう感じなんだろう？」

剣術を学ぶのは、身を守るため。国を守るため。あるいはその腕で、功を立てるため。そんな考えが染みついてしまっている私には、剣術を楽しむという感覚はぴんとこなかった。

「ジゼル君、久しぶりだな。さっそく学園の探検か。何とも君らしい」

掲示板の前で考え込んでいたら、いきなりゾルダーの声がした。楽しげな笑みを浮かべ、こちらに歩み寄ってくる。

「こんにちは、ゾルダーさま」

ぺこりと頭を下げて、それから急いで言葉を続ける。せっかくなので、この機会に言っておきたいことがあったのだ。

「魔法の粉を、ありがとうございました。おかげで、魔法陣をらくに描けるようになりました」

ゾルダーからもらった魔法の粉と、カイウス様からもらった魔導書。その二つの品のお礼については、既にきちんとお礼状を送っている。でもできれば、きちんと顔を合わせてお礼を言いたかった。

「君の役に立ったなら本望だ。……おや、その木の棒は……？」

さらりとそう返したゾルダーが、私の背中に目を留める。私が背負っているカバンからは、あの木の棒がちょっぴりはみ出ていた。屋敷に置いてきてもよかったのだけれど、手元にないとどうにも落ち着かなかったのだ。

木の棒を見つめるゾルダーの表情は、とても真剣だ。たぶん、これがただの木の棒ではないことを見破っているのだと思う。だったら、しらばっくれても無駄かな。

「たまたまみつけたんです。その、魔法陣を描くのにちょうどよくて」

「ふむ、少し触ってもいいだろうか」

そうして木の棒を受け取ったゾルダーが、目を見開いた。

「これは……驚いた。職人の手こそ入っていないが、これはまさしく魔法の杖だ」

ああ、やっぱりそうだった。そんな気がしてた。だってこの木の棒、魔力の伝わり方が他の木の枝と全然違うもの。……ルルが見つけてきたことは、黙っておこう。何だか大騒ぎになりそうな気がするから。

「はは、本当に君は……恐ろしくなるほどの才能だ。いっそ今ここで、正式に魔導士として任命したくなってしまう」

一生懸命口をつぐんでいる私をよそに、ゾルダーが愉快そうに笑っている。ちょっと熱心すぎる節はあるけれど、この人はこの人なりに私を応援してくれている。そのこと自体は嬉しい。

ところが、そこにさらに別の声が割って入った。

「おい、おまえ！　一人だけゾルダーさまにひいきされて、いい気になるなよ！」

大股で駆け込んできたのは、ちょっとふっくらした新入生だ。金色の髪につぶらな琥珀《こはく》色の目の、見覚えのある少年だった。ひときわ元気な、目立つ子だ。

「おれはペルシェ・リングル！　おれだって、もう魔法を使えるんだからな！　いずれは、ゾルダーさまみたいなりっぱな魔導士になるんだ！」

名乗るが早いか、その子はごにょごにょと口の中でつぶやき始めた。はっきりとは聞き取れないけれど、たぶん属性魔法の詠唱だ。

次の瞬間、彼が突き出した手からぽたりと水が滴り落ちる。廊下の石畳に、ゆっくりと水たまりが広がっていった。とってもささやかなものだけれど、間違いなくこれは魔法だ。

六歳で属性魔法を使う。ペルシェもまた、優秀な子供ではあるのだろう。だからといって、こんな風に突っかかられても困る。

そんなことを考えつつ、ちらりとゾルダーのほうを見る。彼は愉快そうに微笑みながら、私とペルシェを交互に見ているだけだった。どうやらゾルダーは、見物を決め込むつもりらしい。

ということは、私が自力でこの状況をどうにかしないといけない。

さて、どうしよう。ゾルダーが私にやけに目をかけてくれているのは事実だけど、別にいい気になった覚えはない。嬉しいな、と思っただけで。

でもそれを正直に喋ったら、ペルシェの機嫌がさらに悪くなるだけのような気がする。どう話しても、自慢しているとしか思われないだろうし。

ううん、子供の扱いって難しいなあ。

小さくため息をついたその時、視線を感じた。何だろうと振り返ると、また誰かがこちらに近づいてくるのが見えた。

くるくると巻いた綺麗な栗色の髪に、水色の目をした可愛い男の子だ。年の割に大人びていて、思慮深そうな雰囲気をまとっている。この子にも見覚えがある。入学式の時から、私のことをちらちらと見ていたから余計に。

「先ほどからみていましたが、そちらのかたとゾルダーさまは、どのようなご関係なのでしょうか」

その子は笑顔で、さらりとそんなことを言った。子供とは思えないほど丁寧な口調に戸惑いつつ、できるだけ当たり障りのない言葉を返す。

「えっと……魔法について色々おそわっただけ、かな……？」

そしてゾルダーも、すかさず答えた。気のせいか、笑いをこらえている。

「彼女は魔法の素質を持っている。それを少々手助けしただけだよ」

私たちの答えを聞いた栗色の髪の子が、ひときわ穏やかに微笑んだ。

「それならペルシェくんも、同じように手助けしてもらう資格はあるとおもいますよ。この機会に、ゾルダーさまにお話をうかがってはどうでしょう」

「そうか！　おねがいしますゾルダーさま、どうかおれともはなしてください！」

何とも鮮やかに、栗色の髪の子は話をそらしてしまった。さっきまで私に敵意をむき出しにしていたペルシェが、目をきらきらさせてゾルダーに迫っている。

そうやって質問攻めにあっているゾルダーに、栗色の髪の子は一礼した。

「ぼくは、こちらのかたとお話ししたいことがありますので。しつれいいたします」

そのまま、栗色の髪の子に手を引かれてその場を後にする。ゾルダーはおかしそうに笑いながらも、ペルシェの相手をしてやっていた。もしかすると子供好きなのかな、あの人。

手を引かれたまま廊下を進んで、角を曲がって。足を止めることなく、どんどん進んで。

「さっきは助けてくれてありがとう。でも、学園の出口はあっちよ？」

栗色の髪の子は、なぜか出口と逆のほうに歩いていく。不思議に思って彼を呼び止めると、彼はようやく立ち止まった。けれど私の手を放すことなく、こちらを振り返って……ぽろりと一粒、涙をこぼした。

「ああ、やっぱりそうだ……間違いない……」

上品で大人びていたその顔が、くしゃりとゆがむ。涙交じりに、彼はつぶやいた。

「エルフィーナ……さま……」

突然その名前を呼ばれたことに驚いて、息ができない。間違いなく、それは前世の私の名前。

「ぼくは、あなたを……お守りしたくて……でも、できなくて……また、お会いできて……よかった……」

絶句する私の手をしっかりと握って、彼は泣きながら大きく笑った。

彼は、前世の私を知っている。私との再会を、ここまで喜んでくれる。彼は、もしかして。

「……ヤシュア？　あなたは、ヤシュアなの？」

湖月の王国の騎士団長、いつも私を守ろうとしてくれたあの人。かつての私の、数少ない味方だった。もしかしてこの子は、彼の生まれ変わりなのだろうか。でももしそうだとしたら、彼もあの内乱で命を落としたことに……。

期待と不安をこめたそんな言葉に、目の前の子供は力なく首を横に振った。

「ごめんなさい、エルフィーナさま。分からないんです」

ぽろぽろと涙を流し続けながら、彼は説明する。

「前のぼくが死んで、今のぼくが生まれた。そのことはたしかなんです。けれど、前のぼくが誰だったのか、そのことについては、何一つおぼえていないんです」

無念そうに彼は言い、それからまっすぐに私を見つめてきた。

「ぼくが覚えていたのは、エルフィーナさまの笑顔。そして、エルフィーナさまを守れなかった無念の思い。これだけなんです」

そのひたむきなまなざしを見返していたら、少しずつ気持ちが落ち着いてきた。彼がヤシュアの生まれ変わりであろうとなかろうと、関係ない。

「ねえ、よかったら友達になってくれない？」

彼は私と同じように、子供の体に大人の心を持っているように思われる。だったら、他の子たちよりずっと話が合うかもしれない。

そんな私のちょっとした提案に、彼はぽかんとして、それからぱっと頬を染めた。

「……ぼくが友達で、いいのでしょうか。エルフィーナさま」

「もちろんよ。でもね、わたしはもうエルフィーナじゃないの。ジゼル・フィリス、それが今のわたしの名前だから」

「はい。ぼくはセティ・ランカードです。よろしくおねがいします、エルフィーナさま……じゃなくて、ジゼルさん。あなたとお友達になれて、うれしいです」

きりりと顔を引きしめて生真面目に答えるセティに、苦笑しながら小声でささやきかける。

「お友達なんだから、『さん』はいらないわ。それに、『あなた』じゃなくて『きみ』ってよんでほしいな」

セティは礼儀正しい人のようだったけれど、せっかく子供の姿なのだから、もっと肩肘張らない付き合いがしたい。そんな私のちょっとしたわがままに、セティはもじもじしながらもうなずいてくれた。

「それじゃあ、玄関までいっしょに帰りましょう！」

今度は私がセティの手を引いて、跳ねるようにして廊下を歩く。いきなり前世の名前を呼ばれた時は驚いたけれど、おかげでいきなり友達ができた。

生まれて初めての、友達。それは想像していたよりもずっと、心浮き立たせる響きだった。

期待に満ちた学園生活、しかしその始まりはちょっぴり波乱含みだった。

授業は簡単だし、セティという話し相手もいる。同級生が遥か年下の子供にしか見えないという問題はあるものの、教師たちからあれこれと教わるのは楽しい。

ところがじきに、私の持ち物が時々荒らされるようになったのだ。といっても、机の上に積んでいた本が別の場所に動かされているとか、置きっぱなしのカバンの中身が引っかき回されているとか、その程度のことばかりだけど。片付けがちょっと面倒なだけで、実害はない。

「貴族の子女たるものが、こんなことをするなんて……」

セティはぐっと顔を引きしめて、本を運ぶのを手伝ってくれた。怒ってくれているらしい。たったそれだけのことが、とても嬉しい。友達っていいな。

一応、ペルシェには聞いてみた。「わたしの持ち物、さわってないよね？」と。そうしたら彼は、ふっくらした頬を怒りに赤く染めて、凜々しく言い放った。「おれの好敵手たるおまえに、そんなひきょうなまねをするものか！」と。私、いつの間に彼の好敵手になったんだろう。ともかく、犯人は彼ではなさそうだった。

首をかしげながら、両親にも話してみた。「さいきん、こういうことがあるの」と、軽い感じで。

「きっとそれは、ジゼルが可愛くて優秀だからよ！　ねたんだ子がいるのね！」

「いや、好きな子にいじわるをして気を引きたいという男心かもしれないな」

「迷惑なのよね、あれ。レイヴン、あなたがそういう男性じゃなくて本当によかったわ」

「あ、ああ。ありがとう。……しかし現状では、手の打ちようがないな」

二人とも大いに憤《いきどお》りつつ、そんな言葉を返してきた。あの学園では、貴族としての位の上下は問わず、子供たちは平等に扱われることになっている。とはいえやはり、そこまですっぱりと割り切れるものでもない。

つまり、このいたずらの犯人が格上の家の子だとしたら、こっちもちょっとだけ慎重に動かなくてはならないし、ちょっぴり配慮しておいたほうがいい。面倒だけれど、そういうものなのだ。だから、証拠をつかんで犯人をはっきりさせるまでは動けない。

「そんなに困らないけど、めんどうだよね」

自室でルル相手にぼやいていたら、ルルの様子が急に変わった。ルルはぢゅぢゅっ！　と鋭く鳴くなり、机の上に置いたままになっている魔導書を開こうともがき始めたのだ。

「なあに、読みたいの？　ルルにはわからないでしょ？」

そう言いながら、分厚い革の表紙を開いてやる。するとルルはその小さな手で紙をつかむと、ぴょんと跳んでページをめくり始めた。しかしじきに、ルルの動きが止まる。鼻の周りのひげをひこひこと動かしながら、食い入るように本を見つめ始めた。

ちゅいっ、ちゅっ!!

高らかに鳴くと、ルルが本の上に跳び乗った。そこに描かれている図をたしたしと手で叩き、いつになく大声で鳴き続けている。

「ええっと、永続化の魔法……？」

魔法陣にあれこれ魔法を描き加えることで、追加の効果を得ることができる。今ルルが指さしている永続化の魔法も、そんな魔法の一つだった。この魔法を描き足すことで、その魔法陣を発動したままにできる。もちろん、魔法陣が発動している間は魔力を消費し続けるし、何より召喚獣が出入り自由になってしまうから、この魔法はあまり使われない。

「これなら、描けるけど……だれをよぶの？」

ルルが何かを主張していることは分かる。でも、何が言いたいのかさっぱり分からない。眉間にぎゅっとしわを寄せたら、今度はルルがどんと自分の胸を叩いた。

「……もしかして、あなたをよんだときの魔法陣を、永続化つきで描け、ってこと……？」

そうつぶやいたら、ルルはこくこくとうなずいた。というか、上半身をぶんぶんと大きく振っている。合っているらしい。けれどどうして、急にこんなことを主張し始めたんだろう。

首をかしげつつ、その辺の宙に魔法陣を描こうとした。

ぢゅっ！

その私の手に、またしても突然ルルが飛びついてきた。そのまま私の指をつかんで、学園で使っているノートの表紙に誘導していく。ここに描け、ということらしい。

さらに訳が分からなくなってきたと思いながら、ひとまず魔法陣を描き上げる。そうしたらルルは、その魔法陣にぴょんと飛び込んでしまった。どうやら、いったん異世界に戻ったらしい。私が三歳の時に呼んでから一度も帰ろうとしなかったのに、急にどうしたのだろう。不思議に思いつつ、その日は眠りにつくことにした。

ルルの狙いは、すぐに分かった。次の日の昼休み、セティと二人で廊下を歩いていたら、誰もいないはずの教室から叫び声が聞こえてきたのだ。

あわてて駆け込んだ私たちが目にしたのは、ちっちゃなウサネズミの大群だった。机に置かれたノートの魔法陣から、さらにぞくぞくとウサネズミが姿を現している。

床に敷いた毛皮のようになっているウサネズミたちの中に、男の子が二人埋もれていた。身動きしようとするたびにウサネズミに飛び蹴りをくらっているせいで、何もできずにただ呆然と床に座り込んでいる。よく見ると、彼らの手元には私の本。そして、彼らの頭上をルルがぽんぽんと跳ねている。他のウサネズミたちより一回り大きいから、すぐ分かる。

「……もしかして、わたしの持ち物にいたずらしてたのって……」

ぽかんとしながらそうつぶやいたら、ウサネズミたちが声をそろえて鳴いた。どことなく誇らしげに。

そして男の子たちは、泣きそうな顔で答えた。

「おまえが目立ってて、くやしくて……」

「ちちうえに『おまえもあれくらいの功績をあげてみろ』と言われたんだ……」

……要するに、私が目障りで、嫌がらせをしていたと。ただいいところの子供だけあって、あまり思い切ったことはできなかったのだろうな。

「だからってあんなことしてたら、もっとくやしくなるわよ？」

そっとたしなめたら、二人ともしょんぼりした顔でうなだれた。

「もうしないって約束してくれるなら、今回だけは水にながすわ」

どうやらこの子たちは反省しているようだし、私に知られた上でなおも嫌がらせを仕掛けてくるほどの度胸はないと思う。それに私としても、変に騒ぎ立てたくはないし。私が望むのは、ただ平穏な日々だから。

私の言葉に、男の子たちは無言でうなずく。納得できていない様子のセティをなだめつつ、とぼとぼと教室を出ていく二人の背中を見送った。

「みんな、ありがとう。それじゃあ、魔法陣を消すからその前に……」

帰ってね、と言おうとしたとたん、ルルがウサネズミの群れから飛び出してきて、両手両足を広げて魔法陣の上に伏せた。ちょうど、全身で魔法陣に覆いかぶさるような感じだ。

「……消しちゃだめ、ってこと……？」

呆然とつぶやくと、ルルが満足げに耳をひこひこさせた。

「この魔法陣ならほとんど魔力を使わないから、描いたままにしておいてもだいじょうぶ、だけど……」

戸惑いもあらわにそう答えたら、今度はちいちいという声があちこちから上がった。ルルに同意しているらしい。

「あの、きみとこの子たち、ふつうに会話ができていませんか……？　その、このしかけといい、かなり賢いようなきがします……」

すぐ隣から、あっけにとられたようなセティの声がした。振り返ったら、彼は既にウサネズミたちによじ登られていた。ただ、悪さをした子を捕まえた時とは違って、ウサネズミたちは単に遊んでいるだけらしい。

「わたしも、そんな気がしてるの……召喚魔法の常識がひっくり返りそうだから、考えないようにしてたけど……」

召喚獣は、普通の獣くらいの知性しか持たない。それが、今の常識だ。でもルルを見ていると、とてもそうだとは思えない。ルルだけじゃない。狭い魔法陣の仕返しとばかりに、召喚主を海に、しかも危なくない浅瀬に落とした青いワシたち。あの時の、ワシたちと角馬たちの笑い声はまだよく覚えている。やっぱり、召喚獣って結構賢いのかも……？

「……このことはもうちょっと、内緒にしておこうとおもうの……確信がもてるまで……」

「はい。ぼくも、そうしたほうがいいと思います」

声をひそめて、セティと二人うなずき合った。彼は何とも言えない、神妙な顔をしていた。


そんなこんなで悩みも無事解決して、やっと学業に専念できるようになった。とはいえ予想通り、六歳の子供向けの座学は私とセティには易し過ぎた。

時々こんな風に、早熟な子が入学してくることがある。そんな子供も全力で学べるように、この学園には面白い制度があった。

一部の科目において群を抜いて高い学力を有していると認められれば、その科目についての座学は免除される。その代わりに、より高度な特別研究に取り組むことになるのだ。しかも、研究内容については本人が自主的に決めることができる。特異なことをもっと伸ばせ、そういうことだ。

私とセティも教師たちによる口頭試験をあっさり突破し、晴れて特別研究に着手することになった。

「わたしは、召喚魔法をいろいろ工夫してみようとおもうの」

召喚魔法を研究して、新たな何かを生み出す。今のところの候補は、あの木の棒を使わずに大きな魔法陣を描く方法、それにもっと簡単に魔法陣を描く方法だ。

この広い帝国でも、魔法の使い手は少ない。そしてその中でも、召喚魔法の使い手はさらに少ない。そんなこともあって、召喚魔法の研究はあまり進んでいない。しかもその数少ない研究者は、たいがい『より強く、より有用な召喚獣を呼び出す方法』を探しがちだとか。……そもそも、体が小さくて魔法陣がうまく描けないなんて悩みを抱えてるの、私だけだろうし。

そんなことをセティに説明すると、彼は納得したような顔でうなずいた。

「それはすてきな試みですね。ぼくは、機械弓を改良してみるつもりです」

「機械弓？　武術に関係することじゃなくて？　……あと、機械弓ってなに？」

これまでもセティは、時間を見つけては自主的に鍛錬に励んでいた。もっと強くなって、今度こそきみをまもるんですと、口癖のようにそう言って。この帝国は平和だし、守るとかそういう状況にはならないんじゃないかと指摘したけれど、それでも彼は努力を続けていた。

だからてっきり、より効率のいい鍛錬法とか、そんな感じの研究をするんだろうなと思っていたのだけれど。

「金属の糸や歯車、バネなどを組み合わせたものを機械、あるいはからくりとよぶんです。機械弓は機械の力で弦《つる》を引く弓で、より威力の高い矢を、より簡単にうちだすものです。あれをもっと小型化できれば、今のぼくでもたたかえますから」

ほんのり頬を上気させていたセティが、ふと無念そうに唇をとがらせる。

「……この体だと、ちゃんとした剣も弓ももてませんから」

彼は、自分の前世を覚えていない。でも間違いなく、彼の心は一人前の大人だ。けれどこうやって膨れているところは、年相応の子供にしか見えない。可愛いなあと思ってしまって、あわてて顔を引きしめる。

そうして私には魔導士を兼任している教師が、セティには金工職人を本業としている教師がつくことになった。とはいえ、教師たちがつきっきりになることはない。必要に応じて質問したり手を貸したりしてもらうけれど、基本的には自分の頭で考え、進めていく。そういう流れだ。

そんなこんなで私たちは、二人きりでのんびりと図書室にこもっていた。……もっとも、厳密には二人きりではない。大机の上にも、近くの本棚にも、たくさんのウサネズミがうろちょろしている。先日いたずらを解決して以来、ルルだけでなく他のウサネズミたちまでもが私の周りで遊ぶようになったのだ。ノートの表紙に描かれた、あの魔法陣を自由に出入りして。

興味深そうな顔のウサネズミたちを引き連れて、図書室の膨大な蔵書から参考資料を探し出す。

それを大机に運んでいって、片っ端から読み込んでいく。面白い記述を見つけたり何か思いついたりしたら、適宜ノートに書き留める。その繰り返しだ。

魔法や機械弓を実際に改良するのは、当然ながらそう簡単なことではない。まずは理論や構造をしっかりと組み立てて、計画を作る。その計画が実現できそうか、安全かを教師に確認してもらってから、いよいよ実践に移るのだ。今はとにかく、じっくりと計画を練っていく段階なのだ。

そうして二人黙々と、作業をこなしていた。これは大切な作業なのだと分かってはいるのだけれど、ずっと同じことをしているとちょっと飽きてくる。気分転換に、ウサネズミたちと遊んでもいいけれど……どうせなら、セティの話を聞いてみたいな。

「ねえ、セティは今どんな感じ？」

そう声をかけると、彼は何やら書いていた手を止めた。それから、すぐそばに広げた書物を見せてくれた。そこには、何やらごちゃごちゃした図が描かれている。

「こちらが機械弓の構造図です。ぼくは今、この図をもとにあれこれ考えているんです」

セティがぱっと顔を輝かせて、図を指さしつつ説明してくれた。私にはそれが全く理解できないけれど、彼はとても楽しそうだ。好きなんだろうな、こういうの。

「各パーツの強度をたもちつつ、できる限り小さく、軽くできないかなって。手を入れるならこのパーツかなって、けんとうはつけているんですけど」

「む、むずかしい……こんなの、初めてみた……こんなこと、いつ知ったの？」

目を回しながらそう尋ねると、セティははにかんだように笑う。

「ぼく、生まれ変わってからずっとひまで……小さなころから、ずっと屋敷の本を読んでいたんです。中でも、機械の本がお気に入りで」

「あ、わたしもそうだったの！　あるていど動けるようになったら、真っ先にパパの書斎に行った！」

「ふふ、やっぱりそうですよね。そうしてもう少し大きくなったぼくは、からくり作りに手を出したんです。金工や機械の職人の工房が、屋敷の近くにたくさんありましたから」

「えっ、あなたが自分でからくりをつくったの？」

「いえ、危ないのでじっさいの作業はさせてもらえませんでした。でも、図面の引き方はおぼえたので、その図面をもとに職人たちにからくりを作ってもらったんです。生まれて初めて、自分の考えが形になった時は、とてもどきどきしました」

小声でそんなことを話していたら、いきなり図書室の扉ががらりと開いた。そこに立っていたのは、大きな本を抱えた女の子。

「あっ……」

まっすぐな明るい銀髪が、胸に垂れかかってさらりと揺れている。長いまつ毛の下からのぞく目は、アメジストのような素晴らしい紫だ。彼女はその目を真ん丸にして、ぽかんと立ち尽くしている。気が弱そうだけれど、すっごく可愛い子だ。

しかし次の瞬間、彼女はまた扉を閉めてしまった。ぱたぱたと、遠ざかる足音が聞こえる。図書室に用がありそうな様子だったのに、どうしたのかな。

「……今の子って、一年生よね。わたしたちと同じブローチ、つけてたし」

「ええ。でも、見覚えのない子でした」

二人そろって、首をかしげる。私たち一年生は二十一人。選択制の授業なんかもあるし、私たちは一部の座学を免除されているから、他の子たちとはそこまで交流がない。でも、さすがに顔は覚えている。それなのに。

「……ねえセティ、何回数えても、わたしとあなたをふくめて二十人までしか思い出せない……」

「ぼくもです。今の子、だれなんでしょう?」

ふと興味がわいてきて、席を立つ。セティも同時に、立ち上がっていた。

そうして二人で、図書室を飛び出していったのだった。


あの女の子がどっちに行ったかは分からない。ひとまず、その辺を探してみよう……と思ったら、意外なところに助っ人がいた。

あの子が扉を開けた時、興味をひかれたウサネズミたちがこっそり彼女に近づいていたのだ。そうして、素知らぬ顔で彼女と一緒に図書室を出ていた。ウサネズミたちはこそこそとあの子の後をつけ、そのうち追いかけてくるであろう私たちを曲がり角で待っていた。気が利くなあ。

あちこちの曲がり角に点々と立っているウサネズミたちに道を教えられながら、学園の中をぐねぐねと歩いていく。探検みたいで、ちょっと面白い。

学園の奥のほうにある階段を昇って、やけに静かな廊下をそろそろと歩いて。ウサネズミたちが少しずつ合流しているせいで、気がつけばちょっとした行進のようにもなっていた。

やがて、三階の一角にたどり着いた。そこは中庭に突き出た長いベランダのようになっていて、さわやかな風が吹き抜けていた。そのあちこちに椅子と机が置かれていて、休憩してもよさそうだし、勉強の場所としてもいい感じだ。

えっと、次のウサネズミはどこにいるんだろう。きょろきょろしたとたん、ついてきていたウサネズミたちが一斉に走り出した。近くにある、柱の向こう側を目指して。

「きゃっ！　え……かわいい……」

押し殺したような悲鳴に続き、戸惑ったような声が上がる。あわててウサネズミたちの後を追うと、さっきの女の子がそこにいた。ウサネズミたちを肩や手に乗せて、目を輝かせている。しかし彼女は私たちに気づくと、びくりとおびえたような表情になってしまった。

「あのね、わたしたちも一年生なの。わたしはジゼル・フィリス。こっちはセティ・ランカード」

一年生の証である胸のブローチを指し示しながら、急いで自己紹介する。

「……アリア。アリア・ティエラ……」

彼女は視線を落として、もごもごとそう名乗り返してくれた。ただ、まだ私たちを警戒しているようなそぶりを見せている。そういえばさっきも、図書室に来たはいいものの私たちを見るなり逃げていったし。たぶんアリアは、かなりの人見知りなのだろう。

どうにか、話をつながないと。そう考えつつまた辺りを見回すと、アリアのそばの机に本が置かれていることに気がついた。さっき、彼女が抱えていた本だ。

何の気なしに題名を見て、うっと言葉に詰まる。『帝国法の変遷とその転機について』……つまり、この帝国の法律がどんなきっかけで変わっていったのかを解説している本、ってこと？　中を見なくても分かる。この本、とっても難しいものだ。前世で女王をやっていた私でも、ちょっとうんざりするくらいには。

「あなた、その本を読んでいるの？　むずかしそうだね？」

だから、そう呼びかけてみた。アリアはまだこちらを見ないまま、それでもこくりとうなずいてくれた。

「……わたし……これが、特別研究……なの」

「あ、そうなんだ！　わたしたちも、特別研究をしてるの！　わたしが召喚魔法で、セティが機械弓！　アリアは、法律について学んでるの？」

「……知りたい……？」

彼女の問いに、セティと同時に大きく首を縦に振る。するとアリアがゆっくりと、こちらを見た。さっきまでのおどおどした表情が、突然変わる。

「……帝国暦百二十五年、のちに『ドルドナ紛争』と呼ばれる騒動が起こる。ドルドナ川流域に領地を持つ男爵と伯爵の、水利権にまつわるいさかいに端を発した騒動であり、法の不備により騒動は拡大する一方だった。これを収めるために時の陛下は……」

凛々しく顔を引きしめて、アリアは昔の騒動について語り始めた。その姿は、まるで一人前の文官のようですらあった。

やがてドルドナ紛争について語り終えたアリアは、最後に自分の意見を付け加えて話をしめくくった。そうして、ほうと満足げなため息をつく。

私とセティが、目を丸くして拍手をする。近くの机の上に集まったウサネズミたちも、同じようにちっちゃな手を叩いていた。

「すごい……今の、覚えてたの？　ううん、ちゃんと理解してはなしてるみたいだった……」

感心してそう問いかけると、アリアははにかんだように微笑んだ。

「……えっと、わたし、物事を覚えるのがとくいなの……。それに、法律について考えるのもすき」

とびきり賢くはあるけれど、彼女のその表情は年相応の可愛らしいものだった。自然と、こちらの声も弾んでしまう。

「わあ、だったら将来は研究者かな？　立法について陛下にじょげんする、とか」

「文官や裁判官などというのも、いいかもしれませんね。民のため、帝国のためにはたらく立派な役職です」

「う、うん……」

戸惑いつつも頰を染めるアリアを見ていたら、彼女ともっと親しくなりたいなという思いがふっとわいてきた。

「ねえアリア、よかったらお友達になってほしいな！　わたし、あなたのことをもっと知りたいの」

そう言って、元気よくアリアに手を差し出す。彼女は紫の目を見張ってぽかんとしていたけれど、やがて戸惑いがちに手を握ってくれた。

「わたし、男爵家の娘だから、たぶん格下だけど……それでもいいなら」

「家の格なんて関係ないわ。わたしは伯爵家の娘で、セティは侯爵家の子だけど、ふつうに遊んでるもの」

「そうですよ。どうぞよろしくお願いしますね、アリアさん」

「あ、アリアでいい……」

そんな私たちを囲むようにして、ウサネズミたちがぴょんぴょんと跳ねていた。新しい友達ができたことを、この子たちも大いに喜んでいるようだった。


アリアと私たちは、順調に仲良くなっていった。赤子の頃から少々体が弱く、ずっと寝台で書物を読んで育った彼女は、六歳にして大人顔負けの知識を身につけていた。

しかし重度の引っ込み思案だったこともあって、彼女は学園に入るなり困り果てることになった。両親と年の離れた兄に大切に育てられた彼女は、同世代の子供のにぎやかさと幼さについていけなかったのだ。

だからすぐに特別研究に移りたいと申請して、それ以来いつもこの三階のベランダで隠れるようにして本を読んでいたのだとか。

そうして先日、図書室に本を戻しにきた彼女は、新たに特別研究を始めていた私とセティにばったり出くわした。驚いて逃げ出したものの、追いかけてきた私たちと話してみて思ったのだそうだ。この子たちなら騒がしくないし、難しい話も聞いてくれる。もしかしたら、仲良くなれるかも、と。

それを聞いた私とセティは、こっそりと苦笑し合った。私たちの中身は子供ではないから、子供が苦手なアリアも楽に接することができたのだろう。理由はどうあれ、お友達が一人増えたのは嬉しい。

教師たちも、私たちが仲良くなったことを喜んでくれていた。とびきり繊細なアリアのことを、みんなずっと気にかけていたらしい。あの子のことをよろしくね、と頼まれたので、元気よく答えた。もちろんです！　と。

そんなある日、私とセティは動きやすい服装に着替えて、他の一年生たちと一緒に運動場をぐるぐると走っていた。私たちは六歳という年齢にしてはずば抜けて賢いけれど、運動のほうは年相応だ。だから、体育の授業にはきちんと出なくてはいけない。

体の弱いアリアは、運動場に面した回廊で見学している。以前はもっと別の場所、運動場からは見えにくい物陰に隠れていたらしい。知らない人ばかりで怖いと、そう主張して。だから、私もセティも彼女に見覚えがなかったのだ。

でも今日の彼女は「友達が頑張ってるから、ちゃんとみるの……」と言ってちょっとだけ近づいてきていた。そんな風に言ってもらえるのって、なんだか嬉しい。でも他の一年生が、あの可愛い子は誰だってそわそわするようになったけれど。

今日は規律正しく動くための授業ではなく体を鍛えるための授業だから、走る速さはめいめい好きにしていい。それをいいことに、私とセティは速度を調整して、走りながらお喋りしていた。と、そんな私たちの横をペルシェがはあはあ言いながら勝ち誇った顔で駆け抜けていく。ふっくらとした体格のわりに、意外と機敏だ。というか彼は、運動においても私を好敵手扱いするつもりらしい。

「元気ですね、彼」

「でも、いちいちわたしに食ってかかるのはやめてほしいな。こそこそしてないのはいいんだけど」

前にルルたちが他の子たちをこらしめてくれた時のことを思い出して、くすりと笑う。隣のセティはそんな私を見ていたけれど、ふと何かを思い出したように口を開いた。

「あ、そうだ。ちょっとしたものを実家から取り寄せたので、こんど持ってきますね」

「ちょっとしたもの？」

「まえにお話しした、ぼくが生まれてはじめて図面を引いたからくりです。いちど、きみに見せたくて」

走りながらセティが、両手で何かを包むような動きをする。

「これくらいの大きさの、手回しのオルゴールなんです。ねじを回すと、音楽に合わせて小鳥が歌うんですよ」

「すてき！　そんなものを作れたんだ！」

「いえ、ぼくは図面を描いただけですから……」

照れくささを隠せずに微笑むセティが可愛くて、つい顔をのぞき込んでしまう。セティは困ったように、視線をそらしてしまった。

「ちょっと、あなたたち!!」

そうやってはしゃいでいたら、いきなり甲高い声が割り込んできた。ちょっと舌っ足らずの、女の子の声だ。

「今はじゅぎょう中よ、まじめにおやりなさい！」

声の主は、きらんきらんの金髪をきれいに巻いた、ちょっと派手な美少女だった。そのすぐ後ろに、取り巻きらしき女の子が二人、ぴったりと並走している。えっと、誰だったかな、この子たち。

「それでなくてもあなたたちは、いっつも特別研究でいっしょにいるのだと聞いていますわ。それはしかたない……しかたないということにしてさしあげますけど、走る時くらいは離れなさいな！」

金髪の子はそう言いながらも、ちらちらとセティを見ている。じれったそうなその視線で、ぴんときた。この子、セティのことが気になってるんだ。

「もうしわけありません、イリアーネさん。友人と話せるのが楽しくて」

立ち止まって、セティが頭を下げる。ああ、思い出した。この子、イリアーネだ。今年の一年生の中では一番格上の、パスティス侯爵家の子だ。

「もう、セティさまったら！　でしたらわたくしとも、お話ししてくださいませ！　わたくしたち、去年の舞踏会でいっしょにおどった仲でしょう！」

　なるほど、彼女はセティと旧知の仲だったのか。で、やっと学園で彼と一緒に過ごせると思ったら、当てが外れていら立っているのだろうな。

「その、座学の授業にあなたがいないから、さびし……いえっ、なんでもありませんわ！」

　わあ、寂しいって言っちゃった。本音が出てる。可愛いなあ。などとこっそり和んでいたら、イリアーネがぶんと首を振ってこちらを見た。巻いた金髪をひるがえしながら。

「そちらのあなた。ジゼル・フィリスですわね？　身のほどをわきまえませんと、今後どうなるかわかりませんわよ！」

　そう言ってびしりとこちらに指を突きつけるイリアーネと、その後ろでうんうんとうなずいている取り巻きたち。これは間違いなく、私に対する宣戦布告なのだろう。

　でもやっぱり、可愛いなあ以外の感情が浮かんでこなかった。前世の私は王の一人娘で、こんな風に子供と関わったことなんてなかった。だから、知らなかった。一生懸命になっている子供が、こんなにも可愛いものだったなんて。

「あ、あの、ジゼル……ちょっと……」

　などと考えていたら、セティに袖を引かれた。ふと我に返ると、イリアーネが真っ赤になっていた。緑色の目で私をにらみつけて、ぷるぷると震えている。

「その、気持ちはわかるのですが……口に出てしまっていますよ」

「口に出た……なにが？」

「……『可愛いな』って、そう言っていました」

どうやら私もまた、ついつい本音をもらしてしまっていたらしい。これでは、さっきのイリアーネを笑えない。

「あ、あなたっ、いい加減にしてくださいませ！　きょ、今日はこれくらいにしてあげますわ！」

ほんわかしている私に、イリアーネは分かりやすい捨て台詞を吐いて走り去ってしまった。やっぱり可愛いなあ。

「ジゼルさん、セティさん、足を止めずにちゃんと走ってくださいね！」

ちょうどその時、教師のそんな声が飛んできた。セティと顔を見合わせて、また走り出す。回廊にいるアリアが、小さく手を振ってくれた。


「……前から思ってたのだけど、セティって……もてるよね。すっごく」

体育の授業も終わって、またいつものように図書室で本を広げる。何気ないそんなつぶやきに、セティとアリアが同時にこちらを見た。

アリアの人見知りは私たちと友達になってからも相変わらずで、特別研究の際はやっぱりあの三階のベランダにいることが多い。けれど気が向くと、こうして私たちと一緒に図書室で本を読むようになっていた。彼女によれば、これはかなりの進歩らしい。

そしてそんな彼女のまねをするように、ルルたちウサネズミも時々本を読むようになった。といっても、一年生向けの易しい絵本を広げて、それをみんなでのぞき込んでいるだけだけど。

「もてる……女の子ににんき、ってこと……？　だったら合ってる、かも……」

じっとセティの顔をのぞき込んで、アリアが真剣な顔でそう付け足す。

「ふ、二人とも、いきなりどうしたんですか!?」

突然そんな話を振られたセティは、真っ赤になっている。中身は大人なのに、こういうところは割と子供だ。私が子供っぽくふるまうのにすっかり慣れてしまったように、彼も多少は見た目に引っ張られているのかもしれない。

それはそうとして、セティはとても人気があった。とっても愛らしい見た目に、大人っぽい気遣い。惚れたはれたといった気持ちには疎《うと》い私でも、そのことにはすぐ気づけた。

その筆頭が、イリアーネだった。彼女はあれからも、幾度となくセティに近づいていた。のみならず、どうにかして私とセティの間に強引に割って入ろうとしていたのだ。

ところがセティは、そんな彼女をのらりくらりとかわし続けていた。大人であるという自覚のある彼には、子供の全力の求愛をどうあしらっていいのか分からなかったらしい。

「人気があるのは、うれしいですが……でもぼくからすると、みんな子供ですし……」

セティは本で顔を隠しながら、そんなことをかすかな声でつぶやいている。

「だいたいそれを言うなら、ジゼルとアリアも人気があるんですよ？」

「わたしたち？」

「……え？」

急に話の向きが変わったことに、今度は私とアリアがぽかんとする。

「はい。ジゼルは元気いっぱいで、凜としていて物おじしないところがかっこいいと、もっぱらのうわさです。そしてアリアは、『正体不明の美少女』とよばれているみたいです。謎めいたところが気になるな、素敵だなって言っている子もおおいんですよ」

「しょうたいふめい……」

「あ、アリアは他のみんなとつきあいがないし、誰かが近づくとにげちゃうから」

セティの言葉に呆然としているアリアをなだめつつ、自分のことについても考える。そっか、私、かっこいいって思われてたんだ。今の私はもう女王じゃないけれど、ちょっとそれっぽい雰囲気とかがまだ出ているのかな。嬉しいような、複雑なような。

ちぃ！

そうこうしていたら、机の上に置いたノートからウサネズミたちがぞろぞろと現れた。興奮気味にちいちいと鳴きながら、てんでに跳ねている。その真ん中では、ルルが小さな手を挙げて、一生懸命に振っている。

「『自分たちはどうか』って言ってる気がする……」

次の瞬間、アリアがばっと机に覆いかぶさった。と思ったら、絵本を囲んでいたウサネズミたちをまとめて抱きしめている。

「可愛い！　みんな、とっても可愛い！」

実はアリアは、かなりの動物好きだ。初めて私たちと出会った時も、ウサネズミたちに気を取られて逃げるのが遅れたのだそうだ。

アリアに頬ずりされて喜んでいるウサネズミたちを見やって、セティが首をかしげる。

「といいますか、ルルたちは割と好き勝手に出歩いて、いろんな人たちと交流していますよね。既にそちらでさんざん、ほめてもらったのでは……」

「たぶん、わたしたちにもほめてほしかったんだと思う。可愛いって」

ぼそりとつぶやくと、ウサネズミたちのはしゃいだ鳴き声が図書室にとどろき渡った。驚いて様子を見にきた教師に「特別研究の間はお静かに」と怒られてしまったけれど、それもまた楽しかった。


その次の日。今日は私とセティの二人だけで、特別研究にいそしんでいた。

「ジゼル、約束のものをもってきましたよ」

どことなくうきうきした様子で彼が机の上に置いたのは、綺麗な銀色の置物だった。花畑にたたずむ小鳥をかたどった飾りが、六角形の台座の上に載っている。

「昨日話した、オルゴールです。ここのねじを巻くと……」

ねじを巻いたとたん、台座の中から優しい音色が聞こえてくる。小鳥がはばたき、歌うようにくちばしを動かしている。

「うわあ、すごい……これ、本当にあなたが図面をひいたの？　生まれてはじめて？」

「そう感心されると、てれますね。三か月かけて、試行錯誤しながらひきました。そうだ、中もみてみますか？」

セティがオルゴールを持ち上げ、底板を外す。中には、大小さまざまな歯車や刻みをつけた小さな棒など、とても細かな部品がぎっしりと詰まっている。

「ねじの回転が、こちらの棒に伝わって、この歯車に……」

顔を寄せ合ってオルゴールをのぞき込み、その繊細な動きに目を凝らす。

「あ、この棒のうごきが、小鳥のくちばしのうごきに関係するの？」

「はい、そうです。翼も同じような仕組みなんですよ。この歯車から、こちらとこちらに力がつたわって……」

私がからくりに興味を持ったのが嬉しいのか、セティはとても丁寧に教えてくれていた。それを見ているうちに、頭の中である考えが形を取り始めた。

からくりの基本は、いずれかの部品に動きを与えることで、他の部品たちに思いもつかない動きを与えること。その仕組みを、魔法陣に組み込めば。

「あ、そうだ！」

顔を上げ、目の前の宙に指で魔法陣を描いていく。私の短い腕でも描ける、小ぶりの魔法陣を。ただし、線はいつもより多い。

それから、淡く輝く魔法陣をつんと指でつつく。描かれた線の一部がばらりとほどけ、互いにぶつかり合いながら広がり、かちかちと規則正しくはまり込んでいく。

そうして、さっきのものより二回りほど大きな魔法陣が、その姿を見せていた。中からひゅんと大きな影が飛び出し、近くの床に着地する。全身タンポポ色の、大きなオオカミだ。おっとりとした優しい顔をしていて、笑顔で尻尾をぶんぶん振っている。

「ジゼル、今のって……」

「からくりの仕組みをまねしたら、もっと大きい魔法陣が描けるかなっておもいついたんだけど、うまくいったみたい」

とはいえ、やっぱりぶっつけ本番ではそこまで大きなものにはできなかった。この方法、まだまだ改良が必要だな。寄ってきたオオカミをわしゃわしゃとなでながら、そんなことを考える。

「あ、でも、先生に確認してもらうまえに、実践しちゃった……セティ、このことはひみつにしてね」

「はい、もちろんです」

あわてて口止めをする私に、セティがおかしそうに笑う。しかし彼のその整った顔は、なぜだか急にくもってしまった。

「あなたの魔法の才能、やっぱり素晴らしいですね……こんなオルゴール一つを参考に、もう次の段階にすすんでしまった」

「それをいうなら、あなたの研究のほうが順調じゃない。もう、機械弓の図面をかきはじめてるんだから」

「順調ではあるんですが、まだまだ足りません。……今度こそ、まもらなくては」

その思い詰めた様子に、眉をひそめつつ口を挟む。

「女王エルフィーナはもういない。この翠翼の帝国は平和だし、戦いなんておこらない。わたししたちはずっとずっと、平和にくらせるの」

アリアは言っていた。かつて翠翼の帝国は積極的に戦いを起こし、領土を拡大していた。けれどカイウス様の代になってからは一気に方針転換し、今では国土を富ませることに重点を置いているのだとか。

「だから守るための力を、無理においもとめなくてもいい。分かってるでしょう?」

「ええ。それでも……ぼくはまだ止まれないんです」

私の言葉にじっと聞き入っていたセティが、静かにつぶやいた。

「もしぼくが、あなたのように前世の記憶を全部もっていたなら、きっともっと簡単に前をむけたでしょう。もう過ぎたことなのだと、自分にそういいきかせて」

そう言って、彼はぎゅっとこぶしを握りしめる。

「でも今のぼくにあるのは、焼けつくような後悔だけなんです」

うつむき気味のその顔には、ひどく大人びた表情が浮かんでいた。寂しげで、けれど決意を秘めた、そんな顔だ。

「だからもうしばらく、ぼくは強くなる方法をさがします。いつか、この後悔をのりこえられる、そんな日がくることをしんじて」

「……うん。わたしにできることがあれば、いつでも言ってね? 今のわたしは、あなたの友達なんだから!」

そんな彼を少しでも元気づけたくて、彼の手を取って懸命に笑いかける。返ってきたのは、ちょっぴり照れくさそうな笑顔だった。

そんな風に充実した日々を過ごしていたら、あっという間に初夏になっていた。この学園では春・夏の前学期と秋・冬の後学期に分かれていて、学期末にはそれまでの学習内容を確認するための試験があるのだ。

一年生の出題範囲は、基礎の教養のみ。でも、それなりに難易度は高い。賢い子でもきっちり試験勉強をしておかないと苦戦するし、満点を取るのはかなり難しい。

……私たち三人を除いて。

私とセティは、中身は大人だ。六歳の子供が身につける程度の教養はもう頭に入っている。そしてアリアは、一度読んだことは忘れない。教養なら、入学前に全部覚えていたのだとか。というか彼女の特別研究、初等科じゃなくて高等科の範囲だし……。

かくして今年の一年生は、『全科目満点が三人もいる』という、学園始まって以来の記録を叩き出してしまったのだった。

そんなとんでもない試験結果が出た数日後、私たち三人は学園の一室に集められていた。眼鏡をかけた上品な中年の女性教師が、私たちを順に見る。

「あなたたちは大変優秀な成績を収めました。そのため、特別なご褒美があるとのことです。そそうのないよう、行儀良くしているのですよ」

ちょっぴり心配そうにそう言うと、彼女は私たちに声をかけて部屋を出る。そのまま一緒に廊下を歩き、学園を出て……どこまでいくんだろう?

きょとんとした顔を見合わせる私とセティ、そして私たちに隠れるようにしておびえた顔で歩くアリア。教師は立ち止まらず振り返らず、少し緊張した足取りですぐ隣の帝城に向かっていく。あ、この道って、まさか。

なんとなく行き先を察したまさにその時、見覚えのある豪華な扉の前にたどり着いた。教師がぴたりと足を止め、小声でささやいてくる。

「……陛下が直々に、あなたたちにお言葉をかけてくださるとのことです。私はここで待っています。さあ、行ってらっしゃい」

彼女がそう言い終えると同時に、扉の両脇に控えていた兵士たちが扉を開けてくれた。気のせいか、みんな私たちの姿を見て和んでいる。

「陛下に謁見ですか……さすがに緊張しますね……」

「こわい……」

「二人とも、大丈夫。カイウス様は怖いお方じゃないから。ほら、前にいったでしょう。わたし、前にもカイウス様とあったことがあるのよ」

「……はい」

「……う、うん……」

緊張を隠せないセティと、半泣きのアリア。そんな二人をなだめて、しずしずと謁見の間に足を踏み入れる。

そこでは前と同じように、玉座に座ったカイウス様が私たちを待ち受けていた。ただ今回はゾルダーも騎士たちもおらず、彼一人だ。皇帝がこんなに無防備でいいのかと心配になるような、そんな状況だった。まあ、謁見の間の外には兵士がいるし、中に入るのは子供が三人だけだからいいのかな。

「よくぞ参った。ほら、もっと近くにくるがいい」

前の時とは違い、今度は言われるがままカイウス様のすぐそばまで歩いていった。右にセティを従え、アリアと左手をつないで。

そんな私たちを、カイウス様は金色の目をきゅっと細めて見守っていた。とても優しくきさくなその表情に、アリアがちょっと肩の力を抜いている。

「全科目満点の最優秀生徒、それが三人。何とも頼もしいことだ。しかも、そちらは親しき友人同士だと言うではないか。互いに切磋琢磨《せっさたくま》する仲、大いに結構」

ゆったりと笑い、カイウス様が私を見る。

「こうして言葉を交わすのは久しぶりだな、ジゼル。少し見ぬ間に大きくなった。よき友もできたようで何よりだ。……楽しく、過ごせているか？」

「はい。わたしがこうして楽しく日々をすごせているのは、この帝国が平和だからだと、そうおもっています」

私の返事を聞いたカイウス様は、一瞬切なげに目を伏せた。またた。また、カイウス様は不思議な表情をしている。私が四歳の時も、そして今も。どうしてそんなに、こんな子供のことを気にかけてくれるのだろうか。

しかし次の瞬間、彼はゆったりとした笑みを浮かべ、今度はセティとアリアに呼びかける。

「セティ、アリア。そちたちにはこれを授けよう。我は良き人材を見逃すほど、愚かではないのでな」

彼が二人に渡したものを見て、目を見張る。それは、見覚えのある首飾りだった。エメラルドの目をした白いワシが描かれた金のコインが、金の鎖に下がったもの。私が今制服の下に、こっそりと身につけているものと同じ。

「忠誠の、首飾り……ですか……身にあまる品に、ございます……」

「わ、わたし、これ……」

二人は首飾りを手にしたまま、がっちがちに硬直してしまっていた。私も二年前は、あんな感じだったのかなあ。

「気にせず受け取るがよい。ジゼルも同じものを持っておる。友人同士、揃いというのも悪くはなかろう」

するとニ人は、弾かれたようにこちらを見た。四歳の時にカイウス様に呼ばれたことについては話していたけれど、この首飾りについては黙っていたのだ。どう話しても、自慢みたいになりそうだったし。

「たかが首飾りだが、それが役に立つ局面もあるやもしれぬ。未来ある子らにとって、使えるものは多いに越したことはない」

カイウス様の声は朗々と、私たちを包み込むように響く。

「思い思いに、持てる力を存分に伸ばすがいい。そちたちがどのような道を選んだとしても、それは我が帝国の力となり、礎《いしずえ》となるのだ。その首飾りは、そんな子らを支えたいという我のささやかな思いに過ぎぬ」

「……はい、ありがとうございます！」

「は、はい……」

それでもまだ面食らっている二人がおかしかったのか、カイウス様は明るく声を上げて笑った。

それから、また私に向き直る。

「そしてジゼル、そちには魔導士の塔への立ち入り許可を与えよう。あの塔にある資料に、好きなだけ触れて構わない。さすれば、そちの研究もよりはかどるであろう？」

魔導士の塔。それは帝城のそばに立つ高い塔で、そこにはこの帝国における魔法の知識の全てが収められているという。魔法の使い手なら一度はのぞいてみたい、魅惑の場所だ。

自然と顔が輝くのを感じながら、カイウス様の顔を思わず見つめる。口調こそずっと仰々しいままだったけれど、彼の金色の目はいたずらっぽく笑っていた。前よりもぐっと親しげなその視線に、少し戸惑いつつも笑顔で答える。

「はい、ありがとうございます！」

学期末の試験が終わったら、夏の長期休暇だ。生徒たちは一度自分たちの家に戻り、家族と一緒にゆっくりと過ごすのだ。実家が遠い生徒にも配慮して、休暇はたっぷり二か月取られている。

とはいえ、私は帝都で両親と一緒に過ごしているし、中身は大人だ。わざわざ生家に戻る必要も感じなかったので、ここぞとばかりに帝都で遊んで回ることにした。帝都は長い歴史を誇り、そして今なお大いに栄えている都ということもあって、遊ぶところも見て回るところも山のようにあった。

お買い物をしてお茶をして、劇を見たり絵画を見たり。またある時は、両親の馬に乗せてもらって帝都の外まで遠乗りしたり。さらにある時は、帝都のすぐ外にある川にも行った。そこには子供でも安全に泳げるように、自然の川を整備した浅いため池があるのだ。

買ってもらった新しい水着で、親子三人きゃあきゃあとはしゃぐ。学園で召喚魔法を研究しているのも楽しいけれど、こうやって両親と遊んでいるのもとっても楽しい。学園に入学してから両親と過ごす時間が減ってしまったけれど、まだまだ二人のちっちゃな娘でいられることに、嬉しさを感じた。

そんな元気いっぱいの夏の、ある日。

「その……ぼくがお邪魔して、よかったのでしょうか」

帝都の屋敷の応接間で、ソファに座ったセティがちょっと困ったように笑っていた。にこにこ笑う両親の熱い視線を受けながら。

「もちろんよ。わたし、あなたと遊びたかったんだもの」

私の返事に合わせるように、ルルたちウサネズミがちぃっ！　と鳴いていた。

こんなことになったそもそもの始まりは、夏休み前のこんな会話だった。

「セティとアリアは、夏休みはどうするの？　わたしは帝都で過ごすつもりだけど」

「わたしは、家にかえるの……まだ読んでない本がたくさんあるし、お兄様にあそんでもらいたいから、ぎりぎりまであっちにいるつもり」

「ぼくも一度家に戻りますが、休みの途中でまたこちらに戻ってこようとおもいます。家にいてもひまなので」

セティの実家であるランカード侯爵家の屋敷は帝都から遠く、しかも彼の両親はあれこれと忙しくしている。そして中身は大人であるセティは、親兄弟と離れていてもさほど寂しいとは感じていない。だから休みを早めに切り上げて、学園の寮でのんびりと自主的に特別研究を進めるつもりらしい。

彼のように、休みの途中で学園に戻ってくる子も少なくはない。特に上の学年の子たちなんかは里帰りをぱぱっと済ませて帝都に戻り、友達同士で城下町に繰り出し遊ぶのだとか。

でもセティは、せっかくのお休みのほとんどを寮と学園で過ごすつもりらしい。それは、ちょっともったいないと思った。

だからセティを、遊びに誘ったのだった。夏休み、うちに遊びにおいでよ、と。まだ両親の了解を取ってないけれど、たぶん大丈夫だよね、と思いながら。

帰ってこのことを話したら、両親はすっかり張り切ってしまった。ジゼルのお友達を招待できるなんて最高だ、これは頑張らないといけないわね、そう言って。

そして今、私たちの目の前には、クッキーが山のように積まれた大皿が置かれている。そして両親は、さっきから私たちにせっせとお茶とお菓子を勧め続けていた。

「パパ、ママ、少し落ち着いて。セティがこまってるよ」

「だって、やっとセティさんと会えたんだもの。いつもあなたから話を聞いていて、どんな子だろうって気になっていて」

メイドたちが動き出すより先に、お母様がセティのカップにお茶のお代わりを注いでいる。

「ジゼルの大切なお友達をお招きできたんだ、少し浮かれるくらい許しておくれよ。ところでセティ君、お茶は口に合ったかい？　とっておきの茶葉なのだけれど」

そしてお父様も、そわそわしながらセティの顔色をうかがっている。そんな両親に、セティがおっとりとした笑顔を返している。これでは、どちらが大人か分からない。

「はい、とてもおいしいお茶ですね。お気遣い、ありがとうございます。……ジゼルから聞いていましたが、素敵なご両親ですね」

そう言ってセティは、こっそりと目配せをしてきた。ちょっぴりおかしそうな顔で。

遊びに誘った時に、一応セティに説明はしておいた。うちの両親、とってもわたしに甘いの。というか、甘すぎるの。びっくりするかもしれないから、心の準備だけはしておいて、と。

「こちらこそ、ジゼルに君みたいなしっかりしたお友達ができて嬉しいよ。ほら、ジゼルは小さい頃からとても賢くて大人びているから、同世代の子と仲良くできるか心配していたんだ」

「それにとっても可愛いから、嫉妬されていじめられたらどうしようって、ずっと心配で」

ううう、恥ずかしい。うちの両親は、娘の同級生の前でも少しもぶれない。いつもと同じように、堂々と自慢話をしている。しかも困ったことに、二人とも自慢しているということを自覚していない。ただ事実を述べているだけなんだという顔をしている。そのせいか、余計に恥ずかしい。

「ジゼルは強い子だからきっと大丈夫だって、毎日レイヴンとそう言っていたのだけれど……」

「入学してすぐにお友達ができたって聞いて、ほっとしていたんだ」

「ちょっとしたいたずらをされた時は、本当に気をもんだの」

「あの時は、セティ君がいてくれてよかったと心から思ったよ。少なくとも一人は、ジゼルの味方がいてくれるんだって思えたからね」

今度は二人して、過保護を隠そうともしていない。セティがとても温かいまなざしをこちらに向けている。微笑ましいですねと言わんばかりの目だ。あああ、恥ずかしすぎていたたまれない。

そうやってわいわい騒ぐ私たちを、机の上でルルがのんびり見守っていた。こりこりと軽やかな音を立てて、クルミをかじりながら。

その日、セティは私の屋敷に泊まった。前もって寮に届けを出しておけば、外泊も許されるのだ。

セティはやはり恐縮しつつも、それでも両親の熱烈なもてなしに喜んでいた。

そうして、次の朝。

「さあ、それじゃあ行くわよ！」

「二人とも、はぐれないようにな！」

朝から元気いっぱいの両親が、私たちよりもはしゃいだ顔で声を上げる。そうして四人一緒に屋敷を出た。今日の目的地は割と近いということもあって、馬車は使わず徒歩だ。今日は特に人出が多くなるので、馬車で向かうと逆に時間がかかるのだそうだ。

今日はルルもついてきている。とはいえこんなに可愛くて珍しい生き物がふらふらしていたらとっても目立つ。実際、こないだお買い物についてきた時は、通りすがりの人たちや他の客だけでなく、店員までもがルルに見とれてしまっていた。なので、今日はぬいぐるみのふりをしてもらっている。それでも、「いいなあ、どこで買ったんだろう」という声がちらほら聞こえているけれど。

両親に左右から挟まれるようにして、セティと手をつないでせっせと歩く。

「なんだか、不思議なきぶんです」

にぎやかな声が飛び交う中、隣のセティが小声でつぶやいた。

「……こんな風にきみと遊びに出かけることになるなんて、おもいもしませんでした」

「そうかなあ？　わたしたち、今はごく当たり前のお友達だし、これくらい当然だとおもうわ」

明るく子供らしく言ってから、思い切り声をひそめる。

「とはいえ、前世では友達なんていなかったから、断言はできないけど」

前世のことについては、今のところ私たち二人だけの秘密だった。あの湖月の王国にゆかりの者だと知られたら、どんなことになるか分からなかったから。それにセティはともかく私は、前世のことなんてもう忘れていたかったから。

気を取り直して、弾んだ足取りで歩き続ける。肩からかけた小さなポシェットに入ったルルが、こっそりと耳をぴこぴこ動かしていた。

夏休みに入ってからあちこち遊びに出てはいるけれど、こんな風に通りを歩くことはあまりない。帝都は治安もいいし気軽に歩く貴族も多いけど、このちっちゃな体ではちょっと大変だ。

あそこの鉢植えが素敵ね、とか、あっちに格好いい犬がいるぞ、とか、歩いている間も両親はひっきりなしに話しかけてくる。それに笑顔で答えていたら、セティがくすぐったそうに笑った。

「お二人は、きみのことを大切に思っているのですね。その友達であるぼくのことも楽しませたいという思いが、ひしひしとつたわってきます」

「うん。ちょっと過保護だけど」

「愛しくてたまらないひとり娘なんですから、過保護にもなりますよ。ふふ、きみもたっぷり甘やかされて、幸せそうです」

私たちの内緒話は、身長差と辺りの喧騒にかき消されて両親の耳には届いていない。両親は仲のいい子供たちが微笑ましくてたまらないといった表情で、顔を寄せ合っている私とセティを見守っている。

「……うん。でも、できればパパとママがこんなだってことは、学園のみんなには内緒にしてほしいな……これ以上、めだちたくないし」

「けれどもう、きみは一年生で一番めだっていますよ」

「う、それはそうかもしれないけれど」

珍しくもからかっているような様子で、セティが笑う。うまく言い返せなくてわたわたしていたら、彼がふっと目を細めた。

「……きみは、本当にいいところに生まれ変わったんですね。こうしてきみが幸せに過ごしているのを見ていると、ぼくの胸もあたたかくなります」

空いた右手でそっと自分の胸を押さえているセティに、そっと呼びかけた。

「セティは、幸せ?」

彼の今の両親であるランカード侯爵夫妻は、領地の開拓といった仕事もあるとかでとても多忙にしている。三番目の息子のセティとは、あまり接触がないらしい。上位の貴族ではよくある話だし、セティの心は大人だ。でも私が彼の立場だったら、少し寂しいと思うかもしれない。

「はい、幸せですよ。両親も、兄たちも、忙しいながらもぼくとの時間を大切にしてくれていますから。それに、こうしてきみともめぐりあえた」

「うん。前世のことはあまり思い出したくないけど……それでも、秘密を分かち合える人がいるのはいいよね」

ちょっとしんみりしながらささやき合う私たちに、ルルが首をかしげてちいっ、と鳴いていた。

「ほら、着いたぞ！」

「話には聞いていたけれど、本当に大きいのねえ！」

それからもう少し歩いたところで、両親が歓声を上げた。道行く人たちがどんどん増えているなとは思っていたけれど、もう人だらけだ。そのせいで、周りがよく見えない。しかも、みんな私たちと同じ方向に進んでいるし。

歩きながらつま先立ちをして、それからぴょんと跳んでみて。何か大きなものが行く手にあるなってことしか分からない。

「み、見えないよ……なにがあるの？」

「大丈夫よジゼル、ほら、もうすぐそこだから」

お母様がそう言ったとたん、目の前が開けた。地面に細い鉄のくいが等間隔にたくさん打たれ、その間に細縄が渡されている。どうやらこれは、簡易の柵代わりらしい。

その向こうには、広々とした草地が広がっていた。そしてそのど真ん中に、とびきり大きな天幕が立っている。ちょっとした建物なら丸ごと一軒すっぽりと……いや、二、三軒かな？　もっとかも……入ってしまいそうなくらいに大きい。あの天幕、どうやって立てたんだろう。

天幕のいたるところにはきらきらした飾りがつけられていて、とても華やかだ。その周囲では派手で不思議な格好をした人たちが何人も、飛んだり跳ねたり楽器を奏でたりしている。

そして集まってきた人たちはみんな期待に目を輝かせて、列になって天幕の中に入っていく。

なんだろう、これ。昔、絵本で似たようなものを見た気がする。

「もしかして、サーカス？」

どきどきしながら尋ねると、お父様が満面に笑みを浮かべた。

「そうだよ、ジゼル。今、このサーカス団が評判でね。一度、君に見せたかったんだ。セティ君は、見たことがあるかな？」

「いえ、ぼくも初めてです。話にはきいていましたが……外から見ているだけで、わくわくしますね」

無邪気に笑って、セティも天幕を見つめている。彼にしてはちょっと珍しい表情だ。それを見たお母様も、嬉しそうに微笑んでいる。

「このサーカスは、とびっきりの芸を見せてくれるんですって。陛下の御前に呼ばれたこともあるって話よ。……ふふ、あなたたちと一緒ね」

「なんでも、引退した元魔導士が団員にいるとかで、技のみならず演出も素晴らしいんだそうだ」

そうして、私たちも天幕の中に入っていった。分厚い布を留めただけの入り口をくぐると、突然外の喧騒が聞こえなくなる。まるで別の世界に足を踏み入れたような、そんな気分だ。召喚獣も魔法陣をくぐる時、こんな気分になるのかな。

天幕の中は、やはり広かった。けれど魔法の温かい光があちこちを照らしているので、思っていたよりはずっと明るかった。

中央に、円形の広い空き地がある。あそこで、出し物が披露されるのだ。そしてその空き地を囲むように、たくさんの長椅子が並んでいる。こちらが客席だ。既に席は三分の一くらい埋まっているけれど、客たちはみな声をひそめて、ただ静かに待っていた。

四人並んで長椅子に腰を下ろし、そわそわしながらじっと待つ。きっと私も、周りの人たちと同じようにわくわくした顔をしているんだろうな。見ず知らずの人たちと同じ気持ちを分かち合っているということが嬉しくて、心がさらに浮き立つ。

そうして待つことしばし、ふっと天幕の明かりが消えた。そして次の瞬間、空き地だけがぱっと明るくなった。その中央に誰か立っている。

天幕中の視線を集めているのは、黒い礼服のような服をまとった壮年の男性だ。手入れの行き届いた口ひげがよく似合う、かなりの男前だ。服に何か縫いつけてあるのか、星空のように輝いている。

「紳士淑女のみなさま、このたびはお集まりいただき、恐悦至極に存じます」

深みのある声で男性がそう言うと、ぱんという軽い音と共に、色とりどりの紙吹雪が天幕中に舞い散った。いよいよ、サーカスが始まるのだ。

生まれて初めての……前世の分も含めて初めてのサーカスは、驚くことばかりだった。華麗な衣装をまとった五人の女性が、信じられないほど機敏に動き、踊り、跳ね回る。魔法の光が様々に色を変えながら、天幕中を飛び交っている。その美しい光とあまりに巧みなその舞に、まるで何十人もが同時に踊っているかのような錯覚に陥る。

さらに筋骨隆々の大男が、お父様の倍くらいありそうな丸太を軽々と振り回し始めた。ぽかんと口を開けていたら、ぴったりとした服を着た美女がするすると大男の体を登り、丸太を登り……丸太のてっぺんまでたどり着いたところで高々と足を上げ、ぴたりと静止した。どんな鍛錬をしたら、あんな動きができるんだろう。

ほうと感動のため息をついていたら、次の出し物の準備が始まった。大きな輪っか、大人の身長くらいの輪っかがついた台と、とびきり大きな金属の檻が、天幕の奥から引き出されてくる。中には、私くらいなら楽々丸呑みできそうな大きな猫……じゃなくて、トラだったかな。そのトラが恐ろしげな牙をむき出して、低くうなっている。前列のほうから、小さな悲鳴がいくつも聞こえた。

「さあ、これより狂暴なる猛獣を、自由自在に従えてみせましょう！　お客様、恐れる必要はございません！」

最初に挨拶をした壮年の男性が、高らかにそう言い放つ。檻の扉が開いて、トラがゆったりと進み出てきた。悲鳴がさらに大きくなっていく。しかし次の瞬間、輪っかのそばに控えていたがっしりとした中年の男性が動き出した。

彼は輪っかに火を放つと、トラに向かって高い声で何事か吠えかけた。どことなく眠そうな目で客たちを見渡していたトラが、すっと身構え、跳んだ。輪っかめがけて。ルルがぢいっ、と鳴いて、ポシェットの奥にもぐりこんだ。

天幕中を悲鳴が満たす中、悠々とトラは燃える輪っかをくぐり、中年の男性のもとに歩み寄っていった。男性から鶏肉らしきものをもらって、おいしそうに食べている。怖いけれど、猫みたいでちょっと可愛くもある。

トラって初めて見たけれど、もっともっと大きな魔法陣を描けるようになったら、あんな感じの召喚獣も呼べるかな。そうしたら、もっと面白い芸ができるかも。

もっとも、そんな大きな子を呼ぶ前に、召喚獣と仲良くなるこつをつかんでおかないと。制約の魔法はできるだけ使いたくないし、いつかのピクニックの時みたいなことになったら大変だし。あの時は海に落とされただけで済んだけど、トラの召喚獣が暴れたら……考えたくない。

「……ジゼル、召喚魔法のことを考えていますか？」

あれこれ思いをはせていたら、隣のセティがこそっと呼びかけてきた。そちらを見ると、とても楽しそうに微笑んでいる。

「うん。このまま魔法の研究を続けていったら、もっとすごい芸ができそうだな、って」

そんなことを話していたら、また次の出し物が始まった。空き地の真ん中に置かれた、私と同じくらいの背丈の人形。綺麗なドレスをまとい、手にはつぼみのままのバラらしき花を持っている。

ここから、どうなるのかな。さっきのトラと違って、団員は誰もそばについていない。首をかしげていたら、いきなり人形が動き出した。トラの時とは違う悲鳴が、あちこちから上がる。

客たちが固唾《かたず》を呑んで見つめる中、人形はゆっくりと歩いて、近くの客に花を渡した。次の瞬間、バラがぽんと音を立てて開き、中から小さな紙吹雪が飛び出した。驚きと歓声の中を、人形は涼しい顔でまた元の位置に戻っていった。

「世にも珍しきからくりの真髄、ご覧いただけたでしょうか！」

壮年の男性の声に、ようやく客たちがほっと息を吐いた。ああ、やっぱりあれはからくりだったんだ。とても自然な動きだったから、逆に不気味だった。

ふと隣を見たら、案の定セティがきらっきらの目をしている。「うわあ……すごい動きだ……中、どうなってるんだろう」とか「見てみたいな……無理かな……」などという子供らしい独り言が、その唇から漏れていた。いつもと、ちょっと口調まで違ってしまっている。

「お休みなのに、特別研究から離れられないのね、わたしたち」

くすりと笑ってささやいたら、セティもちょっぴり決まりの悪そうな照れ笑いを返してくれた。

「そうですね。でも、普段は戦いのための武器のことばかり考えていましたから、こういうのも新鮮でたのしいです」

「……ねえ、だったらそのうち、一緒に研究しない？」

普段よりもずっとくつろいだセティの表情を見ていたら、私の口から自然とそんな言葉が飛び出した。

「今の特別研究が一段落ついたら、共同研究にとりかかるの。わたしたちの魔法と機械の技術を駆使して、どんなサーカスがつくれるか考えてみるとか、どう？」

セティは一瞬きょとんとして、それからふわっと愛らしく笑った。

「……ふふ、いいですね。今この天幕に満ちている驚きや歓喜を、ぼくたちの手でうみだす……たのしそうです」

私の召喚魔法。セティの機械技術。それはどちらも、戦いにおいて大いに役に立つ。以前の翠翼の帝国のように攻める戦であっても、あるいは湖月の王国のように守る戦であっても。

けれどやっぱり、私は自分の力をそういったことに使いたくなかった。そして、セティにも使って欲しくなかった。

そんなことを考えてしまったのを見抜かれたのか、セティがそっとささやいてきた。

「でしたらいっそ、アリアも巻き込んでしまいましょうか。今までに例を見ないふしぎなサーカスには、それ相応の手続きも必要になるとおもうんです。彼女なら、必要となる内容を的確にまとめてくれるでしょう」

「うん！」

我ながら、子供っぽい夢だなとは思う。現実的に考えれば、貴族の子供が三人でサーカスを開くことなんて、まずあり得ない。それでも、そんなふわふわした夢を見ることができるだけで、とても嬉しかった。前世では、そんなことは決して許されなかったから。


「噂通り、いや噂以上に素晴らしかったね！」

「そうねレイヴン、来てよかったわ！」

そうしてサーカスを見終えた私たちは、また並んで城下町を歩いていた。まだ熱気冷めやらぬ両親がきゃあきゃあとはしゃいでいるのを、微笑ましく思いつつ。

サーカスをたっぷり楽しんだ後は、そのまま外でお昼ご飯だ。両親は今日のためにしっかりと下調べをして、いいお店を見つけてくれていた。私たちを楽しませようと張り切ってくれたらしい。

いつものことだけれど、本当に愛されてるんだなって実感する。

にぎやかな大通りを離れると、とたんに閑静な雰囲気の区画に出た。住宅地のようだけれど、とところどころに店のようなものがある。

「さあ、ここだよ。予約の時間ぴったりだ」

「友人に教えてもらった、隠れ家みたいなお店なのよ。店主の方は、わざと大きな馬車の入れない細い通り沿いにお店を開いたんですって。目立つのも騒がれるのも苦手だとかで」

「でも、味はとびきりだって評判なんだ。お昼時しか営業してないから、予約を取るのも大変だって言われてる」

「セティさんが遊びにくるって聞いて、すぐに予約を入れたの。ふふ、ぎりぎり間に合ったわ」

四人で店に入ると、すぐに給仕が出迎えてくれた。そのまま、外の通りが見える窓際のテーブルに案内される。

お父様があれこれと注文している間に、店の中を見回してみた。壁は木の板に漆喰《しっくい》を塗っただけの質素なもので、装飾もあまりない。でも、上品で落ち着いた雰囲気のいい店だ。他の客たちも、普段着と見せかけてそこそこ上等な身なりだ。お忍びの貴族とかなのかも。

そんなことを考えていたら、料理を載せた大皿が次々と運び込まれてきた。

「うわあ、ピザだ！　トマトたっぷり！」

「こちらは生ハムのサラダですね。おいしそうですし、花がのせられていてかわいいです」

昼食というより軽食、それもこぢんまりとした立食パーティーなんかで出てくるような料理が、どんと大皿に載って出てきたのだ。それぞれ手元の皿に取り分けて食べろということらしい。

はしゃぎながら手分けして、めいめい料理を取り分けていく。ポシェットに収まったまま目を輝かせているルルにも、サラダの飾りの花をあげた。

そうして同時に料理を口に運び、一斉に顔をほころばせる。

「トマトの酸味とチーズのコクのある香りが、すっごくあう……バジルの風味もすてき」

「しゃきしゃきした葉野菜に、ハーブのほろにがさが、とても食欲をそそりますね」

料理がおいしくて、つい二人してそんなことを言ってしまう。普段はちょっと意識して子供っぽくふるまっている私たちの大人びた言葉に、両親は目を丸くした。けれどすぐに、とっても嬉しそうな笑みを浮かべた。

「あらジゼル、立派な論評ね。もしかしたら、料理の才能もあるのかしら？」

「セティ君も、中々に鋭い舌を持っているじゃないか。そうだ、大きくなったら二人で料理店を開くのもいいいな」

「パパ、ママ、またおかしな方向に話がずれてるよ……セティを困らせないで」

私がもっとずっと小さかった頃、両親は寝台に横たわっている私を囲んでよく言っていた。この子は大きくなったら何になるかな、と。そうして、私の未来の姿をあれこれと想像していた。その中には、皇妃なんてとんでもないものも混ざっていたけれど。

ともかく、私が召喚魔法を使い始めた辺りから、両親のその空想……というか、妄想……は割と落ち着いていた。それなのに、突然セティを巻き込んで暴走するなんて。

「いえ、そういうのも素敵だとおもいますよ」

「もう、セティまで……」

しかし当のセティは、平然と食事を続けている。はしゃぐ両親を、穏やかな目で見守って。やっぱり、どちらが大人なのか分からない。

これ見よがしにため息をつきながら、今度はサラダを一口食べる。生ハムとハーブの香りが見事に調和していて、とってもおいしい。ついしみじみと、味わってしまう。

前世では、こんな風に食事を楽しむ余裕なんてなかった。国は貧しかったから私の食事も切り詰めていたし、気苦労が多すぎて物の味なんてろくに分からなかった。

そんなことを思い出した拍子に、ちょっと涙がにじんできた。両親に見つかって大騒ぎされる前に、視線をそらしてごまかす。

そうしたら、セティと目が合った。私を気遣うような、そんな目をしている。

「どうしました？」

「ご飯がおいしいな、って」

「はい。おいしいですね」

どうやら私の気持ちが伝わったらしく、セティはちょっと切なそうに、けれど嬉しそうに笑いかけてくれた。もう一口料理を頬張って、笑顔のまま目元をそっと拭った。

次の日の朝、私とセティが居間に顔を出すと、そこには妙な光景が広がっていた。

「おはようございます」

「パパ、ママ、おはよう」

「おはよう、ジゼル、セティ君」

「おはよう、よく眠れたかしら？」

両親が口々に、挨拶を返してくれた。けれど二人とも、すぐにテーブルの上に視線を戻してしまう。不思議そうに、首をかしげながら。

そこには、私のノートが置かれていた。永続化の魔法つきの魔法陣が表紙に描かれた、ルルたちウサネズミの出入り口になっているあれだ。ちょうど今も、よいしょと一匹がこちらに顔を出している。

そしてその周囲に、なんだか妙なものたちが置かれていた。本を積み重ねて作った階段のようなもの、刺繍《ししゅう》用の丸い木枠を立てて、倒れないよう本で支えたもの。それらにわらわらとウサネズミたちが群がって、てんでに遊んでいる。

「これ、なあに？」

「サーカスごっこよ。この子たちが遊びたそうな顔をしていたから、その辺のものでそれっぽいものをこしらえてみたの」

「楽しんでもらえたのはいいんだが……さっきから一つ、気になることがあるんだ」

そう答えて、両親はテーブルの上を見つめ続けている。

「どうもこの子たち、言葉が通じているような気がするんだよ」

腕組みをするお父様。その言葉に、私とセティが同時に黙り込む。

すると今度は、お母様が口を開いた。眉をぐっと寄せて、ウサネズミたちに呼びかけている。

「みんな、輪っかくぐりをしてみない？」

するとウサネズミたちが一列になって、丸い木枠をぴょんぴょんとくぐり始めた。そうして両親は同時にこちらを見る。ほらね？　という表情で。

「昨日ルルがサーカスをみてたから、みんなでそのまねをしてるだけなんじゃ……」

どうにかこうにか反論してみたものの、両親はふるふると首を横に振った。

「私たちも、最初はそう思ったわ。でもね」

そう言って、お母様がルルの両耳を指でそっと塞ぐ。それから小声で、お父様がささやいた。

「宙返り、お願いできるかな？」

次の瞬間、他のウサネズミたちが一斉にくるんと宙返りした。ちょうど今魔法陣から出てきたばかりの子も一緒に。

「ほら、ルル以外の子たちだけでもちゃんと動けたでしょう」

ルルを手に乗せて優しくなでながら、お母様が肩をすくめている。

「口調や言い回しを変えてみたり、長い文章にしても、ちゃんと言うことを聞いてくれるのよね……お願いの内容が分からない時は、じっとこっちの顔を見つめてくるし」

「やっぱりこの子たち、かなり賢いよ。召喚獣って、こんな風に言葉を理解するものだったかな？」

口々にそう言う両親を見て、それからセティと顔を見合わせる。かつて、私たちも同じようなことを考えた。この子たち、もしかして言葉が通じてるんじゃ、と。

「ううん、聞いたことない。……魔導士の塔の資料を全部さがせば、そんな話もみつかるかもしれないけど……」

「そうか、まだ不明なんだね。もしかしたら新発見かも？」

「じゃあ、この子たちが賢いのかもってことは、私たちだけの秘密にしましょうか」

「いずれジゼルが、この件について研究して論文を書くかもしれないね」

「歴史に残る論文になるかも……素敵だわ」

そっとセティの袖を引き、大盛り上がりの両親から距離を取る。そのまま壁際まで移動して、ささやいた。

「一つ、仮説をおもいついたんだけど」

興味深そうに目を見張るセティにだけ聞こえるように、さらに続ける。

「まず、召喚魔法の使い手は、みんな自尊心が高いんじゃないかなあって、そんな気がするの」

「ぼくも同感です。召喚魔法は習得するまでに長い年月を要し、かつその使い手は属性魔法の使い手よりも圧倒的に数が少ないですから。召喚魔法の使い手は、自分たちは選ばれた者だという意識が、多かれ少なかれあるのでしょうね」

「そう。だから召喚魔法の使い手は、どうしても召喚獣を見下しちゃうんじゃないかなって。それこそ、道具としかみていないのかも。そのせいで、あの子たちの本当の能力を見落としてる、とか」

私のそんな言葉に、セティは考えつつうなずく。

「確かに、普通は召喚獣を『何かの目的のため』に呼び出しますね。それも、制約の魔法できっちりしばりあげて」

　特別研究の合間にお喋りしていたから、セティも召喚魔法についてはかなり詳しい。そして、私も召喚獣も、共に制約の魔法を毛嫌いしていることも。

「でもルルは、きみが最初によんだ召喚獣で、ただそこにあることだけを望まれた、そんな存在ですよね」

「うん。もちろん、制約の魔法もかけてない。無理やりいうことを聞かせるのは嫌だし。だからあの子たちは、のびのびと本来の能力を発揮できている……のかなあって」

　思い当たることは、それくらいしかない。

　そうやって顔を見合わせていたら、ルルがぽんと跳んできて、ちちっと鳴いた。まるで笑っているような、満足げな顔で。

# 第3章 ✦ 学びの秋、交流の秋

秋の涼しさをはらんだ風が吹き始める頃、夏休みは終わる。そうして、後学期が始まった。

学園に慣れるので精いっぱいだった前学期とは違い、一年生たちの顔にも余裕が浮かんでいる。

しかし学園側もそれを見越しているのか、後学期になったとたんあれこれと行事が始まった。おかげで毎日、退屈する暇もなかった。


最初の行事は、校外学習だった。いつもは学園内で授業やら特別研究やらに精を出している私たちだけれど、今日は学園の外に出て、大人たちが仕事をしているところを間近で見学するのだ。

二十一名の一年生に、引率の教師は七人。生徒三人に教師が一人で班を作り、それぞれ別行動を取る。とはいえ生徒の安全を確保するため、移動範囲は帝城とその周囲だけだ。

もちろん私は、セティとアリアと組んだ。というより、アリアと組めるのが私たちしかいなかったのだ。で、これが気に入らなかったのがイリアーネで。

「悔しいですわ……わたくしもそちらにいれてくださいませ！」

「……こわい……」

「あの、イリアーネさん。アリアがおびえていますから……」

「でしたら、セティさまがこちらにいらして！」

「三人一組というきまりですから……」

どうにかこうにかセティがなだめて、イリアーネの班が出発するのを見送る。しかしそこに、今度はペルシェが食ってかかってきて。

「おいジゼル、おまえも魔導士の塔にいくんだろう？　おれの班もだ。魔法の道をこころざすもの同士、そこで会おう！　まっているぞ！」

「……一緒に見学して、なにがどうなるの？」

私の問いには答えずに、ペルシェたちの班はさっさと出発してしまった。いつものことながら、言いたいことだけ好き勝手に言っていくなあ、あの子。敵意は感じないから、まあいいけど。

「さあ、ジゼルさん、セティさん、アリアさん。あなたたちの番ですよ」

ちょっぴりおかしそうな笑みを浮かべた教師に連れられて、私たちも校外学習に出発する。

まずは、文官たちのもとを訪ねた。家を継がない貴族の令息だけでなく、平民からも多くが文官として取り立てられている。能力とやる気がある者なら誰でも大歓迎、そういう仕組みだ。

彼らの仕事場は予想とは違い、大きな部屋にいくつも机が詰め込まれていた。そして文官たちが書類を書いたり読んだり署名したり、また他の人のところに運んでいったり、せわしなく動いている。

この感じ、ちょっと前世を思い出す。とはいえ、王宮にいた文官たちはずっと少なかったし、女王である私もそこに交ざって立ち働いていた。あの頃は、毎日必死だったな。

懐かしく思いながら眺めていると、アリアがそろそろと進み出ているのが見えた。目を輝かせて、食い入るように書類を見つめながら。いつもの人見知りなところなど、どこにも見当たらない。

そんな彼女に、近くの文官たちも気づいた。彼らはふわっとした笑みを浮かべ、アリアに向き直る。

「やあ、一年生の校外学習だね？　この机にある書類なら、好きに見ていいよ」

「……それって、各地の気候に応じた作物を、より適切な規模で生産するための農地改革案、ですか……」

何やら難しいことを一息に言い切ったアリアに、文官たちが凍りつく。驚いたらしい。

「あ、ああ、そうだよ。場所によって育ちやすい作物と育ちにくい作物とがあるからね、農民がよりたくさんの収穫を得られるよう、こちらから提案するんだよ」

子供でも分かるように嚙み砕いて説明した文官に、アリアは別の書類を手に取ってさらに続ける。

「……小規模の耕作では効率が悪い側面があり、また災害時などの補償も煩雑になることから、開墾をうながしたり、土地の所有者などの権利関係を整理することでより広範な、より安定した農業を推進するための新規法案……わたし、この政策に興味があります……」

「そ、その通りなんだが……まさか初見で、この書類を要約するとは……」

この辺りで、どうやら文官たちもアリアがただの子供ではないと気づいたらしい。わらわらと集まってきて、アリアと熱心に話し始めた。わあ、専門用語だらけ。

そんな騒ぎをセティと二人、壁際で見守る。教師はアリアについているけれど、予想外の展開に困惑気味だ。

「さすがですね。アリアは法律のこととなると饒舌《じょうぜつ》になりますし、大人相手だと人見知りもひっこむようですし。……ところであれ、何を話しているかわかりますか？　ぼくは、さっぱり……」

「何となくは分かる……かも。一応、実務にたずさわってたことはあるし」

「……そうでしたね」

苦笑する私たちをよそに、アリアは文官たちを思う存分質問攻めにしていた。


次に私たちは、帝城に隣接する工房に足を向けた。ちょうど学園の大広間のような、広くて天井の高い建物だ。ここでは、様々な機械仕掛けについて日々開発が行われている。

「あの、ぼくは普段、機械弓について研究しているのですが！」

今までの研究成果を書き留めたノートを手に、いつになく張り切った足取りで、セティが工房の研究員らしき人物に歩み寄っていく。彼は汚れてよれよれの丈夫そうなシャツとズボン、それにがっしりとした革のブーツと手袋をまとっているせいで、研究員というより職人のように見えた。

「ほう、見せてごらん」

研究員がノートに視線を落とし、目を見張る。じきに、ほうという感嘆のため息がその口から漏れていた。

「なるほど、小型化か。小さくすると威力も落ちるから、その発想はなかったな」

「女性や力の弱い者も扱える、そんなものにしあげたいんです」

「ああ、そういう用途か。だったら中々、いい案かもしれない。……ここの部品を変形させて、より軽くしようとしているのか。だがこの構造だと、少し強度が足りないんじゃないか？」

「そうなんです！　まさに今、その問題にいきあたっていて……」

ちょっぴり興奮気味に、セティが研究員の顔を見上げる。

「だったら、あれが使えるかもしれないな。おーい誰か、ちょっとあれ取ってきてくれ。こないだの試作合金。加工用の工具もな」

研究員が他の人たちにそう呼びかけると、他の人たちが金属の塊やら何かの工具やらを手にわらわらと集まってくる。あっという間に、セティと研究員が囲まれてしまう。

「……セティ、たのしそう……すっごく、生き生きしてる……」

「そうね。機械いじりをしているときのセティって、目が輝いてるよね」

女王エルフィーナを守れなかった、その無念から彼は戦う方法を探し、機械弓の改造に着手した。でもそれとは別に、彼は機械について考えることが純粋に好きなように思える。

いつか、前世の苦しみから彼が解放されて、思うまま自由に機械いじりができる日がくるといいな。人垣の向こうから聞こえるセティの明るい声を聞きながら、そんなことを思った。

研究員たちに礼を言い、工房を出る。セティはとっても満足そうな顔で、しっかりとノートを抱きかかえていた。

最後に、帝城のすぐ外にある魔導士の塔に向かう。魔法の研究と練習の場である魔導士の塔は、万が一魔法が暴発した場合などの非常時に備えて、こんなところにぽつんと立っているのだそうだ。

「おお、ぎりぎり間に合ったなジゼル。今からゾルダーさまが魔法をみせてくださるんだ！　ほら、こっちだ！」

魔導士の塔に近づくなり、ペルシェが張り切った様子で駆け寄ってきた。彼に連れられて、塔の裏手に回り込む。そこは、広々とした草地になっていた。ここは魔法の実験場となっているとかで、草地のすぐ外側には魔法の防壁がぐるりと張り巡らされているのだそうだ。

そして今、その草地の真ん中に、ゾルダーが立っていた。彼を遠巻きに取り囲むようにして、魔導士たちや一年生たちがずらりと並んでいる。私たちもその人垣に加わり、ゾルダーを見つめた。そういえば、彼が魔法を使うところって初めて見るかも。

彼はいつもと同じように、堂々と、しかし肩の力を抜いてたたずんでいる。と、その手がすうっと宙を指さした。

その先、さっきまで何もなかった空中に、小さな火の玉が一つ浮かんでいる。彼は無言のまま、火の魔法を使ってみせたのだ。火の玉は数を増し、彼が指揮者のように手を振るたびに、右へ左へふわふわと宙を舞って……幻想的な光景に、一年生たちから歓声が上がる。

こないだ見たサーカスにちょっと似ているな。そう思った瞬間、全ての火の玉が寄り集まって恐ろしげな火球となった。周囲の歓声が、悲鳴に変わった。

しかしゾルダーがすっと右手を横に振ると、今度は竜巻が現れた。その竜巻はどんどん大きくなって、火球を吞み込み……そのままするすると縮んで消えてしまった。

草地に、元通りの静けさが戻ってきた。けれど一年生たちは圧倒されてしまっていて、何も言えない。さすがゾルダーさま、今のぜんぶ無詠唱だ……！　というペルシェの押し殺したようなつぶやきだけが、かすかに聞こえてきた。

ゾルダーが私たちをぐるりと見回して、ゆったりと微笑んだ。

「今見せたのは、あくまでも魔法の力のほんの一部に過ぎない」

子供たちに実演してみせるだけなのだから、彼が本気を出しているはずがない。それは最初から分かっていたけれど、今見たものは見事で、恐ろしかった。

「私はもっと強大な魔法を使うことができる。だがそれでも、私一人の力では足りない」

いつの間にか、その場の人間はみなゾルダーの言葉に引き込まれていた。

「この偉大なる帝国をより栄えさせるには、帝国の未来を担う君たちの力が必要なのだ！」

まるで民衆の前で演説する王のような貫禄をもって、ゾルダーは言い切った。

「どうか、それぞれの力を育て、帝国のために役立てて欲しい！」

さっきのものとは違う沈黙が、辺りに満ちる。やがて、ペルシェが声を張り上げた。

「はい、ゾルダーさま！　このペルシェ・リングル、かならずやゾルダーさまのお役に立ってみせます！」

「ああ、その時を心待ちにしているぞ」

そうしてペルシェは、この上なく幸せそうに微笑んだのだった。

やがて一年生たちが教師たちに引率されて去っていき、魔導士たちも塔のほうに引き上げ始めたその時。

ちちっ！

私が手にしていたノート、そこの表紙に描かれた魔法陣からにょっきりとルルが顔を出していた。今日は学園以外もあちこち歩き回るから、いったん異世界に帰っていてねって言ったのに。

「それは、前に君の屋敷で見た召喚獣か。相変わらず、自由気ままなことだ」

ちょうどペルシェと話していたゾルダーが、ルルの鳴き声でこちらを向いた。あ、ペルシェが不服そう。

「はい。今ではここから、出入りしてもらっています」

そう答えたら、他の魔導士たちもぞろぞろと寄ってきた。ノートの魔法陣に目をやって、驚きの声を上げていた。

「この魔法陣、永続化の魔法がかけられている……一年生で、ここまで召喚魔法を使いこなしているとは……」

「いや、ちょっと待て。この魔法陣、制約の魔法がかけられていないぞ!?」

「呼んでいるのは、比較的大人しく危険のない種族のようだが……それでも……」

そうして、魔導士たちが一斉に私に尋ねてくる。

「君はなぜ、制約の魔法を外しているのか!?」

「教本の注意書きを、忘れてしまったのか!?」

「あ、えっと、お願いしたら、けっこうきいてくれるので……なくてもいいかな、って」

「しかしそれでは、危険な目にあうのではないか!?」

「今のところ、だいじょうぶです」

そう言っている間にも、ルルはすぽんと魔法陣を飛び出して、私の肩で顔を洗っている。さらに次々と飛び出したウサネズミたちが、近くにいるセティやアリアによじ登って遊び始めた。それを見て、魔導士たちが絶句している。

出入り自由の召喚獣、しかもこの世界で何をするも自由。それでいて召喚主や周囲の人間と問題を起こすことなく、共存している。そんな芸当を、たった六歳の子供がやりとげている。その事実に驚いているらしい。

「彼女はジゼル・フィリス。四歳にして陛下の御前に呼ばれた、あの天才少女だ。それを思えば、これくらいは当然だろう。諸君らも、彼女に負けぬようせいぜい励むことだ」

すると、ゾルダーのそんな声が割って入った。魔導士たちはびしりと背筋を伸ばし、はっ！　と一糸乱れぬ敬礼を返している。ちょくちょく会って話しているせいでつい忘れそうになるけれど、ゾルダーは魔導士長で、皇帝陛下の片腕なのだった。つまり、とっても偉い人。

つられて小さく敬礼をする私に、ゾルダーがかがみ込んで笑いかける。

「君は、優しい子なのだな。こんな小さな獣たちにも、情けをかけている」

彼の笑顔が、すぐ近くにある。穏やかなのに、厳しさをも感じさせる。

「だが時として、その優しさが命取りとなることもある。それだけは、覚えておくといい」

……それは、そうなのかもしれない。前世の私は、ただひたすらに民のことを思い、そのせいで死ぬことになった。女王となってすぐに、民も国も捨てて逃げていれば、エルフィーナはまだ生きていたかもしれない。

何も言えずに立ち尽くしていたら、ゾルダーがぽんと私の頭に手を置いた。

「ジゼル君。君は他の子供たちとは違う。その素晴らしい力、聡明なまなざし……君はそう遠からず、こちら側に来ることになるだろう。君と共に帝国の力になれる日を、楽しみにしている」

彼の笑みは明るくさわやかなものだったけれど、私はほんの少し胸が苦しくなるのを感じずにはいられなかった。


校外学習が終わってすぐ、私たち一年生に紙が配られた。そこには『同好会一覧』と書かれている。入学式の日に掲示板で見た剣術同好会も、そんな同好会の一つのようだった。

教師の説明によれば、同好会とは学園の初等科、一年生から六年生までが一緒になって行う活動で、それぞれが興味に応じて好きなものを選べるのだとか。週に二回、午後いっぱいを使った大掛かりな活動だとかで、内容も中々本格的らしい。

「剣術、馬術、舞踏……このあたりは定番ですね」

「……演劇、合唱、絵画……こういうのも、あるんだ……」

「他にも色々あるけど、魔法同好会はないのね。えっと『魔法についての活動を望む場合、高等科の魔法研究会に参加すること』か……」

魔法が使えるようになるのは、早くても十歳くらい、つまり五年生くらいだ。そもそも魔法の使い手自体も少ないし、魔法同好会を作るには人数が足りない。だから、高等科の七年生以上で組織される魔法研究会に交ざることになるのだろう。

「セティとアリアは、どこにするの？」

「そうですね……候補はいくつか見つけましたが、たぶんきみたちとは別のものになりそうな……」

「わたしたち、たいがいいつも一緒なんだし、同好会くらいは好きにえらびましょうよ。そうして、そこで学んだものを披露しあうの！　素敵だとおもわない？」

「いいですね、それ。でも、アリアは一人で大丈夫ですか？」

「怖いけど……頑張って、みる……」

そういう訳で、私たちはお互いに内緒で同好会を選ぶことにした。入会前の見学も、それぞればらばらに向かっていった。

この学園は、貴族の子女が学ぶ場であると同時に、子女たちの出会いの場でもある。ここで恋仲になって、そのまま婚約する者も少なくないとか。

普段の授業は同い年の者ばかりで集まるけれど、同好会は様々な年齢の者と知り合える。出会いの場としては、より重要だ。だから親の意向で同好会を選ぶ子も、それなりにいるのだと聞いている。

でもうちの甘々な両親は、そんなことはまったく気にしない訳で。

「ジゼル、君はどこの同好会に入るつもりなんだい？　あれはもう二十年ほど前になるかな、自分が入る同好会を決めた時よりわくわくしているよ」

「あなたならどこに行っても、大歓迎されるに違いないわ！」

とまあ、こんな調子だった。なので私も、素直に一番気になる同好会を選ぶことができた。

「料理同好会に入ろうとおもうの。昔から、一度やってみたかったから」

自分の手で、料理を作る。それは前世の私が、女王になる前から抱いていたささやかな夢の一つだった。もちろんそれは、かなわぬ夢だったけれど。うっかり料理中に指でも切ろうものなら、料理人たちが罪に問われてしまうから。

でも今の私は、ごく普通の貴族の娘だ。これなら、料理に挑戦することも可能だ。本当は、もっと早くに両親を口説き落として、料理を習おうとした。うちの両親はちょっとだけ料理ができるし。でも二人とも、首を縦に振ってくれなかったのだ。まだ危ないから、もう少し大きくなってからね、と、そう言って。

「料理同好会なら、医務室に回復魔法を使える魔導士が常駐しているから安心だね。私も何度かお世話になったものだよ。料理中に指を切ったとか、うっかり熱い鉄板をつかんで火傷したとか」

「あれ、パパって料理同好会だったの？」

「そうさ。そこで作った料理を剣術同好会に差し入れにいったのが、プリシラとのなれそめでね」

「一年生の私が一生懸命に竹の剣を振っていたら、『可愛いおじょうさん、運動の後は甘いものをどうぞ』って。当時四年生のレイヴン、すっごく大人に見えたのよ」

「あの頃の君、可愛かったなあ……もちろん今でも、とっても可愛いよ」

「パパ、ママ、娘の前で堂々とのろけないで……」

いつもとはちょっと違う話題で、それでもやっぱり楽しそうに大はしゃぎする両親をたしなめつつ、こっそりと決意する。料理同好会で頑張って料理を覚え、手料理を二人に食べてもらおう、と。

その時の二人は、いったいどれだけ大騒ぎするのかな。想像しただけで背中がむずむずしてしまう。けれどそんなことにも、幸せを感じずにはいられなかった。


そうしていよいよ、私たち一年生が同好会に参加する日がやってきた。

料理同好会に入会を決めたのは、今のところ私だけらしい。なのでセティとアリアに別れを告げて、学園に隣接する寮の厨房に向かっていった。ここが、料理同好会の活動場所なのだ。

「こんにちは、入会希望です……わっ」

そうして厨房に顔を出した私は、ずらりと並ぶ笑顔に面食らうことになってしまった。少し早めに顔を出したつもりなのに、もうそこには上級生たちが待ち構えていたのだ。それも、みんなとってもやる気に満ちた表情で。

「ようこそ、天才少女さん！」

ほんの少しふっくらした感じの少女が進み出て、私に手を差し出す。その手は柔らかく、心地よかった。彼女はまだ年若い少女だというのに、何だか母親のような雰囲気をたたえている。

「私はエマ・ラーラ、六年生。料理同好会の会長よ」

「一年生の、ジゼル・フィリスです」

ちょっぴり緊張しながら、ぺこりと頭を下げた。

「ええ、知っているわ。あなたは有名人だもの。学期末試験全問正解の天才三人組の一人だって。陛下にも謁見できたんでしょう？」

「そんな子が、よりによってこの料理同好会を選ぶなんて、思わなかったよ」

エマに続けて、他の生徒たちも口を開く。みんな親しみのこもった、優しい笑みを浮かべている。

「そうそう。ここって、貴族なのに料理がしたいっていう変わり者しか来ないから」

「新入生が来ない年もあるんだよね。まあ、そういう時は料理で釣って、よその同好会から引っこ抜いてきたりもするけど」

「『うちの同好会に移籍すれば、しょっちゅうおいしいものが食べられるよ』って甘い言葉をささやきかけてね。だから意外と、人数はそこそこ確保できてるんだ」

その言葉に、ぐるりと厨房を見回してみる。監督の教師が一人と、生徒が十五人くらい。割と気取らない、素朴でほっとする雰囲気の人が多い。厨房全体に、和やかな空気が流れている。

「あなた、料理は初めてよね。大丈夫、私たちみんな同じだったから」

「僕たちが料理を基礎からじっくり教えるから、安心してね」

「はい！　あの、これからよろしくお願いします」

背筋を伸ばしてぺこりと頭を下げると、周囲から「可愛い！」という声が次々と上がった。両親に褒められるのはもう慣れたけど、初対面の相手にこう褒められると、それはそれで照れくさい。

ほんのり熱くなった頰をこっそりと押さえて冷ましながら、生まれて初めての料理に取り組む。

笑顔であれこれと教えたがっている上級生に、ぐるりと取り囲まれながら。みんなで、おそろいのエプロンを着けて。

厨房の作業台の前に居並ぶみんなに、エマがほんわかした笑顔で呼びかける。

「今日は、クレープを作るわよ。簡単だから初心者でも作れるし、中身を変えればいくらでも味を変えられる。意外と、奥の深い料理なの」

彼女の指示に従って、小麦粉と牛乳、卵と砂糖をボウルに入れる。踏み台に乗って、こぼさないよう、慎重に計って……よし、できた。

今度は上級生たちにボウルを支えてもらって、中身を混ぜていく。両手でしっかりと、泡立て器を握りしめて。中身がちょっと跳ねて頰についたけれど、気にしない。そうやって頑張っていたら、ボウルの中身は、薄黄色のとろりとした液体に変わっていた。これが、クレープの生地になるのだ。

ボウルを抱えてかまどの前に移動すると、そこでは上級生たちがフライパンを温めてくれていた。ボウルをかまどのそばに置いて、おたまを手にする。

「もう油は引いたから、生地を流せるよ」

「生地はおたま一杯分、フライパンの真ん中にそうっとね！」

「急がなくていいよ、落ち着いて！」

そんな声援を浴びながら、そろそろと生地をフライパンに流していく。それから、フライパンを傾けて生地を全体に広げて……。

「そろそろ焼けてきたから、これで生地を裏返してね。手でつかんでもいいんだけど、初心者には難しいから」

エマがそう言って、フライ返しを渡してくれた。いったんフライパンを火から下ろして、焼き上がった生地をそろそろとはがしていく。不慣れなのもあって端のほうがちょっと破けてしまったけれど、何とかやりとげた。

裏面も軽く焼いたら、今度は皿に取る。よく泡立てた生クリームと小さく切った果物を載せて、包むようにしてぱたんぱたんと畳んだらできあがり。

「すごい、わたしにも作れた……」

できあがったクレープを前に、呆然と立ち尽くす。どうしよう、ちょっと泣きそう。昔からの夢がこんなにあっさりかなってしまって、嬉しくて。

一生懸命に涙をこらえていたら、急に拍手が聞こえてきた。袖で目元をぐいと拭って振り返ると、笑顔の上級生たちがぱちぱちと手を叩いているのが見えた。

「おめでとう、ジゼル。素敵な仕上がりじゃない」

「感極まって泣く子、多いんだよな」

「かっこつけちゃって、あなただって泣いてたうちの一人だったじゃない。でもやっぱり、初めて自分で作ると感動するよね」

「ほらほら、冷める前に食べてみて」

上級生にせっつかれながら、恐る恐るクレープをつかむ。まだほんのり温かくて、柔らかい。そうして、ぱくりとかじってみた。

皮のもっちりとした歯ごたえが楽しい。少し遅れて、生クリームのふんわりとした甘さと、果物のさわやかな甘酸っぱさがやってきた。

とってもおいしい。生まれて初めての料理が、こんなにおいしくできるなんて思いもしなかった。思ったよりは簡単だったし、両親にも食べさせてみたい。

「……もっと練習したら、家でもつくれるかな……」

ぽそりとそうつぶやいたとたん、上級生たちが満足げにうなずいた。彼ら彼女らがさっと左右に分かれ、その向こうからエマが歩み寄ってくる。

きょとんとしている私に、彼女は一枚の紙を差し出した。

「はい、これどうぞ。そのクレープのレシピよ。ずっと前からみんなで改良し続けてる、門外不出のレシピなんだから」

「門外不出……そんなものをもらっても、いいんですか？」

受け取った紙とエマの顔を交互に見ながらあわてて尋ねると、またみんなが一斉に明るく笑った。

「気にするなよ、エマが格好つけてるだけなんだ。ただ、これは俺たち料理同好会が代々受け継いできたものだから、大切にしてくれると嬉しい」

「そうね、料理はみんなで楽しむものだから。練習して、パパとママに食べさせてあげたらきっと喜ぶわよ」

「これからも、私たちみんなと一緒に料理を作って、腕を磨いていきましょう！」

「はい、ありがとうございます！」

紙を両手でしっかりと持って、感謝を込めて深々と頭を下げる。周囲から、また優しい笑い声がさざ波のように聞こえてきた。


それから私たちはみんなで、手分けしてクレープを山のように作った。中身も生クリームや果物だけでなく、焼いたベーコンや魚肉のオイル漬けに葉野菜を添えたもの、小さく切ったチーズを入れたオムレツなど、様々だった。

「よし、完成ね。それじゃあ、行くわよ！」

そんなエマの号令に続いて、私たちは厨房を後にする。クレープを積み上げた大皿を載せた数台のワゴンを押しながら。

こんなにたくさんのクレープ、どうするんだろう。みんなに聞いてみたけれど「すぐに分かるよ」といった感じの言葉ではぐらかされた。みんな、私が驚くのを楽しみにしているらしい。

ともかくこの量、私たちだけでは食べ切れないのは確かだ。かといって、たくさんの人に配るには少ないし。そもそも、早く食べないと傷んでしまう。持っていくとしても、どこか近くのはずだ……あ、そういえばお父様が、差し入れがどうのこうのと言っていた。だったら、これってもしかして。

そこまで考えたところで、目の前がぱっと明るくなった。薄暗い廊下から、開けた場所に出たのだ。砂色の地面と灰色の壁、重い木の扉だけの殺風景な広場だ。

布でできた防具を身につけた生徒たちが、竹と布でできた細身の剣を振り回して打ち合っている。じゃり、という砂を踏みつける音が、あちこちから聞こえてきた。

ここは確か……鍛錬場だったかな。入学してすぐに案内してもらったけれど、それ以降足を踏み入れたことがないのでうろ覚えだ。そもそもここって、もっと上の学年にならないと使わないし。

その時、鍛錬場にいた生徒の一人が足を止めてこちらに向き直った。

「おっ、料理同好会が来たぞ！」

この上なく嬉しそうなその言葉に、他の生徒たちが同時に剣を下ろす。

「待ってました！　さっきから、お腹が鳴って困ってたんだ」

「みんな、休憩にしよう！　おやつの時間だ！」

「その前に、手を洗ってきてね！」

エマが軽やかに叫ぶと、生徒たちがはしゃぎながら広場の奥にある扉の向こうに消えていく。

「さっ、今のうちに支度してしまいましょう」

その号令に、料理同好会のみんなが手慣れた動きでワゴンを広げ始めた。このワゴンには天板や脚がしまい込まれているので、それらを引っ張り出して組み立てれば、あっという間にちょっとしたテーブルに早変わりするのだ。

その動きを目で追いながら、エマに尋ねてみる。

「あの、さっきここにいた人たちって……」

「ああ、剣術同好会のみんなよ。今日はここに、おやつの差し入れ」

皿をテーブルの上に並べ、ついでに持ってきたナッツやクラッカーなんかも添えて、準備は終わりだ。

「鍋料理とか、たくさん作ったほうがおいしくできるものもあるのよ。でもそうすると、私たちだけでは食べきれないから」

「だったら最初から、あちこちに配ること前提でたくさん作ってしまおうって、昔々の先輩たちがそう決めたんだ」

「私たちの差し入れ、かなり好評なのよ」

そんなことを話していたら、手洗いを済ませた剣術同好会の人たちがわっとワゴンに押し寄せてきた。その中に、セティを見つけて歩み寄る。

「セティ。あなたは剣術同好会にはいったの？」

「はい。ついていくのがやっとですが。きみは料理同好会ですか。おいしそうですね」

「うん。私たちみんなで、頑張ってつくったの。はい、どうぞ」

「ありがとうございます」

クレープを受け取って、セティはにっこりと笑った。たっぷりと鍛錬していたらしく、頬は赤らんでいるし、いつもくるくるふわふわしている栗色の髪は汗で額に張りついてしまっていた。

「……剣術同好会、か。やっぱり、強くなるため？」

「それもあります。けれどこうやって鍛錬をしていると、なんだかおちつくんです……前世のぼくも、剣をふるっていたのかもしれません」

その言葉に、またふと疑問がよみがえってくる。やっぱりセティは、湖月の王国の騎士団長ヤシュアなのかな、と。……顔は、確かに似ている。でも態度や雰囲気はまるで違う。それは、セティが前世の記憶を持っていないからかもしれないけれど。

そんな思いをしまい込んで、にっこりと笑いかける。

「だったら、剣術同好会に入ったのは正解だね。ほら、クレープたべてみて」

「はい、ぼくもそう思ってるところです。それでは、いただきますね」

大きく口を開けて、セティがクレープにかぶりつく。それからぱっと、顔を輝かせた。

「ふふ、とてもおいしいです。料理同好会が時々差し入れにくるとはきいていましたが……まさか活動初日に、こんな素敵なものをもらえるなんて」

「まだまだ色んなレシピがあるから、差し入れも毎回かわるんだって。わたしも頑張って料理を覚えるから、楽しみにしててね」

「ちょっと、あなたたち！」

二人で和やかに話していたら、いきなり不機嫌な声が割って入った。

「特別研究の時だけでなく、同好会でも二人っきりなんてどういうことですの！」

振り返ったら、怒りに顔を真っ赤にしたイリアーネが立っていた。他の剣術同好会の面々と同じ服装だけれど、汗はきれいに拭き取られ、動きやすいよう頭の上で束ねられた髪も、少しの乱れもなく巻き上げられている。

たぶん、休憩時間になったのをいいことに身だしなみを整えにいって、戻ってくるのが遅れたのだろう。もっとも差し入れはまだまだあるし、それくらいで食いっぱぐれることはない。

しかし彼女は、一人だった。いつもの取り巻き二人の姿は見えない。

イリアーネはさっそく私とセティの間に無理やり割って入り、いつものようにきゃんきゃん吠えている。貴族が飼っている小型犬に似ているなあなどと思いながら、考えを巡らせた。

そもそも剣術同好会は、圧倒的に男性のほうが多い。……お母様が剣術同好会だったというのは、なんだか納得がいくけれど。あの人、とっても活発で元気だし。

しかしイリアーネは普段からおしとやかで、そもそも運動はあまり得意なほうではない。しかも彼女は貴族の中でもかなり上の侯爵家の令嬢だから、ダンスより激しい運動をする必要なんてない。ましてて、剣術なんて。

……彼女ってやっぱり、あなたを追いかけてきたの？

視線だけで、セティにそっと問いかける。

はい。ぼくが入会届を出そうとしたら、ずっとついてきたんです。

セティも無言で、苦笑を返してきた。

イリアーネは、相変わらずセティにぞっこんだ。しかしそのためだけに、わざわざ剣術を学びにくるなんて。それも見た感じ、彼女も真面目に稽古をしているようだった。セティに追いつきたいのか、セティにいいところを見せたいのか、その辺りは分からないけれど。

ああ、可愛いなあこの子。微笑ましいなあ。

大急ぎでクレープをもう二つ取ってきて、セティとイリアーネに渡した。

「じゃあわたし、料理同好会として他の人にも差し入れをくばってくるから。二人とも、ゆっくりあじわってね？」

にっこり笑って、そう宣言する。セティがほんのちょっと困ったような顔になり、イリアーネがぱっと顔を輝かせた。とびきりの笑顔で、セティに向き直っている。

セティが戸惑うのも、分からないでもない。彼にとって彼女は、まだまだ子供だ。……でもあと十年もすれば、彼女も素敵なレディになるだろう。案外お似合いかも。

仲良くお喋りする二人の声を背中で聞きながら、軽い足取りでワゴンに向かっていった。


ちなみに次の日、さっそくクレープを両親にふるまってみた。両親は文字通り感涙にむせびながら、次々とクレープを平らげていた。

そしてそれ以上に、ルル率いるウサネズミたちもクレープが気に入ったようだった。料理に毛が入ったら大変なので、料理同好会の時は全員異世界に帰ってもらっていたのだ。それで仲間外れにされたと思ったのか、昨日からルルたちはちょっとご機嫌斜めだったのだ。

「ごめんね、でもまたこうやって、おいしくて面白いものを作るから」

ほぼ草食のルルたちに合わせて、新鮮な葉野菜をくるんだ小さなクレープ。それをちっちゃな両手でしっかりとつかみ、もしゃもしゃと食べながら、ルルはちゅっと満足げに鳴いていた。

料理同好会は、とても精力的に活動していた。あちこちの同好会に差し入れをして回ったり、既存のレシピを改良したり、料理の本を読み漁《あさ》って作れそうな料理を探したり。

そうして今日も、私たちはワゴンを押して学園の中を突き進んでいた。目指すは学園の一角にある、小ぶりの劇場。舞台と客席がきちんと作られていて、演劇などの同好会はここで練習の成果を披露するのだ。

「こんにちは、料理同好会です！」

「おやつの差し入れに来ました！　焼きたてのマフィンと、あったかいお茶です！」

劇場の裏手から入ると、そこは広く飾り気のない部屋になっていた。しかし壁際には、質素な大机や木の棚などがずらりと並んでいて、部屋のいたるところにかつらや小道具なんかがこれでもかというくらいに置かれている。かなり、ごちゃごちゃした雰囲気だ。

私たちの明るい声に、練習中の演劇同好会の人たちが一斉にこちらを向いた。手にした台本やら何やらを置いて、わらわらと駆け寄ってくる。

その人たちの向こう側に、アリアの姿が見えた。両手で持てるくらいの箱を、慎重に机に置いている。

「あ、ここにいたんだ！」

マフィンとお茶を持って、人をかき分けるようにしてアリアに近づく。

アリアはどこの同好会に入ったのか、いくら聞いても教えてくれなかった。そのうち分かるから、今は内緒。そう言って。

「初公演の時に、明かそうとおもってた……でも、差し入れが先にきちゃったね……」

「……子供が苦手なアリアが、みんなで活動する演劇同好会に入ってるって、なんだかちょっと不思議な感じ」

声をひそめてそうつぶやくと、アリアはお茶の香りをかいでくすりと笑った。

「上級生なら、まだ大丈夫……それに、わたしも他人に慣れないと……あと、演劇に興味もあったから……」

「分かる！　舞台に立って別の人間を演じるのって、楽しそうだよね！」

「ううん、わたしは裏方志望……目立つの、いや……」

それもそうか、とちょっぴり拍子抜けしつつ、さっきから気になっていたことを尋ねてみる。

「ねえ、その箱って何？」

アリアが置いた箱は、さっぱり訳の分からないものだった。表面は金属で、複雑な模様が彫り込まれている。そして箱のあちこちが、うっすらと光っていた。

「……操作盤。魔導具の一種なの……」

魔導具とは、魔法の力を有する道具だ。魔法が使えない者であっても、魔導具を特定の方法で操作することで、中にこめられた魔法を発動させられる。一部の魔導士たちだけに作り方が伝えられているもので、一般にはほとんど流通していない。学園では、時々見かけるけれど。

「この操作盤には、光と風の魔法がこめられているの……。これ一台で、舞台全体の背景と、それに音の演出ができる……」

「それって、責任重大だね。一年生でそれをまかされるって、すごいね」

「わ、わたし、物覚えはいいから。……このマフィン、おいしい」

私の素直な感想に動揺したらしく、アリアが照れ隠しとばかりにマフィンを頬張った。そうして、年相応の愛らしい笑顔を見せている。

「家で食べるのより、おいしい……」

「そう言ってもらえると嬉しいな。料理同好会が長年に渡って研究した、特製のレシピなんだ」

「……すごいね。だったらこっちも特別なもの、みせてあげる。マフィンのお礼。こっち、きて」

アリアはそう言うと、操作盤を手にして歩き出した。よく見ると、彼女が向かう先、部屋の奥には木の小さい階段がある。そこを上がると、舞台袖に出た。高いところから、分厚いカーテンが何枚も吊るされている。その間から、何もないがらんとした舞台が見えていた。

「……舞台の真ん中で、待ってて」

言われた通りに舞台の真ん中に進み出て、振り返る。アリアはカーテンの陰で、何やらごそごそと準備を整えているようだった。操作盤についていたベルトを首にかけ、操作盤を胸の辺りで構えている。そうして、ちょうどピアノでも弾いているかのような手つきで、アリアは操作盤に触れ始めた。

次の瞬間、私は青い世界に立っていた。

床には透き通る深い海の青が、壁には明るい空の青が広がっていた。どこからか、ぱちゃん、ぱちゃんと波の音がする。上から降り注ぐまぶしい光が、波をきらきらと輝かせていた。目を凝らすと、青の向こうに舞台袖がうっすらと透けて見えている。アリアがそこで、楽しげに微笑んでいた。

「これ、海」

「うわあ、すごい……！」

「……ここをこうすると、嵐の海になるの」

さらにアリアが手を動かしたとたん、周囲の様子が一変した。

全ての光を呑み込むような藍色が、床で激しくうねっている。重くよどんだ灰色が、辺り一面に満ちた。ばあん、どおんという荒れ狂う波の音と、吹き荒れる風の音が響いてくる。

これは現実の光景ではない。それが分かっていても、恐ろしくて動けない。そんなはずはないのに、肌に飛んでくる水しぶきの冷たさまで感じられるようだ。

と、また突然風景が変わる。目に映るのは白い漆喰の壁に美しい石張りの床、ゆったりとした音楽も聞こえてくる。顔を上げたら、美しいシャンデリアがいくつも下がっているのが見えた。どこかの屋敷の大広間、舞踏会の真っ最中。そんな感じだ。

驚いて舞台袖を見ると、アリアが顔いっぱいに得意げな笑みを浮かべていた。いつも引っ込み思案な彼女にしては珍しいその表情に、こちらまで笑顔になってしまう。

彼女に笑い返していたら、妙に視線を感じた。目を凝らすと、アリアがいるのとは別のカーテンの陰に、たくさんの人影が見える。しかもみんなやけに優しい笑みを浮かべて、私を見つめていて……。

「さすがアリア、見事な演出だな。料理同好会の新入りさん、すっごく驚いてるじゃないか」

「ああ、初々しい反応だなあ……僕たち、もうすっかり慣れっこだから……」

「そうね、見ていて和むわ。さっきの驚いた顔、可愛かった」

みんなの言葉に急に恥ずかしさがこみ上げてきて、とっさに両手で顔を隠す。とても温かい笑い声に包まれながら、こっそりと笑みを浮かべる。とってもくすぐったいけれど、こういうのも悪くないなと、そんなことを思いながら。

「さあ、今日は魔法研究会に差し入れよ」

またある日、エマがいつものように明るく声を張り上げる。今日の差し入れは、オニギリとかいう異国情緒漂う料理だ。といっても作るのは簡単で、たくさん米を炊いて、具を入れて小さく丸めるだけ。中身によって味も雰囲気も変わる、クレープと似たような料理だ。

魔法研究会にはちょっと変わり者が多いとかで、珍しいもののほうが好まれるらしい。そう説明しながら、エマはとびきり辛いトウガラシのピクルスをひとかけら、そっとオニギリにしのばせていた。他のみんなも、レモンとかチョコレートとかを遠慮なく入れているし……。いいのかな、あれ。

ひとまずそれは置いておいて、気になっていたことを尋ねてみる。

「魔法研究会って、高等科の人がおもなんですよね？　どんな感じの会なんですか？」

学園に通う貴族の子女は、大きく三つに分けられる。まずは一年生から六年生、初等科と呼ばれる義務課程に属する子供たち。最初の六年で基礎の教養を学び、同世代の人間たちとの人脈を作っていく。

そして七年生から九年生、高等科と呼ばれる課程に属する少年少女たちだ。こちらの課程は任意となっていて、より高度な学びを求める者が集まっている。この高等科にも同好会のような活動があり、そちらは『研究会』と呼ばれているのだ。

さらに高等科を卒業した後も、さらなる知の探究のために学園に残る者がたまにいる。そろそろ一人前の年頃の彼ら彼女らは、研究生と呼ばれる。政治や軍事、魔法などの専門を自主的に研究し、卒業後はそのまま文官や魔導士などとして働く者が多いのだとか。

「そうよ。高等科の学生を中心に、研究生と初等科の生徒が集まっているの。年はばらばらだけれど、みんな意外なくらい仲良くやってるわよ」

「あそこってちょっと……ううん、かなり変わった人間が多いから気が合うのかもね……」

「わきあいあいっていうより、いたずらっ子の集団みたいなところもあるし……大人げないというか……」

みんなでそんなことを話しつつ、魔法研究会の活動場所である平屋の建物――魔法研究会の人間は、『実験室』と呼んでいるらしい――に向かっていく。

実のところ私は、その実験室を何度も見ている。というのもその建物は、魔導士の塔のすぐ隣にあるのだ。そして調べ物をしに魔導士の塔に向かうたび、気になって仕方がなかった。魔導士の塔の荘厳さに比べると、隣の平屋はやけに粗末で、質素だったから。なので先日、通りすがりの魔導士を捕まえて聞いてみた。どうしてあの建物は、あんなに粗末なんですか、と。

そうしたら「あそこは魔法研究会の活動場所でね、初心者も多いんだ。柱や梁《はり》はしっかりと作って、でも壁や天井は吹き飛ぶようにしておいたほうが、万が一魔法が暴発した時に安全なんだよ。……危ないから、君はうかつに近づかないようにね」という恐ろしい答えが返ってきたのだった。

その平屋に、いよいよ足を踏み入れることになった。それも、料理同好会の一員として。小さく身震いして気合を入れたその時、ふとある疑問が浮かんできた。

「あれ？　これからむかうのって、魔法『研究会』ですよね。だったら初等科のわたしたちじゃなくって、高等科の料理『研究会』が行ったほうがいいんじゃ……」

私のそんな言葉に、全員が一斉に首を横に振った。エマが心底残念そうに、言葉を付け加える。

「料理研究会は存在しないのよ。そもそも料理って、貴族の子女には全く必要がない技能だから」

ぴたりと足を止め、エマは語り出す。学園の廊下に、彼女の声が凜々しく響いた。

「私たち貴族の子女は、文官や騎士になることもある。また、演劇や音楽などの教養を深めておいて損はない。けれど私たちは決して、料理人になることはない。そもそも屋敷の厨房に立つこと自体珍しいし、立つとしても内緒にすることが多い」

ついこないだまで、私はお父様が元料理同好会だなんて知らなかった。両親がちょっとだけ料理をできることは知っていたけれど、それについても「よその人たちには内緒ね」と言われたし。前世の湖月の王国では、貴族が厨房に立つことはまずなかった。それを思えば、この翠翼の帝国は割と大らかなほうなのかもしれないけれど。

エマに続くようにして、他の生徒たちも口々に主張し始めた。

「貴族と料理。それが、不釣り合いだってことくらい分かってるさ」

「でも、俺たちは本気で料理を愛してるんだ」

「もっと堂々と料理ができる、そんな世の中になったら面白いとは思わない？」

みんなの口調に、徐々に熱がこもってくる。

「だから私たちはレシピを集めて、改良して、おいしい料理をあちこちにふるまってるの！　それこそ、ずっとずっと前の先輩たちの時代から」

「そうして少しずつ料理に興味を持つ子を増やしていって、貴族の意識を変えていく。それが最終的な目標さ」

「その前段階として、料理研究会の設立を目指しているの。もう、学生や研究生、それに教師たちの賛同もたくさん集めたわ。頃合いを見て、陛下に直訴しにいこうって考えてる」

若々しいその熱意が、とってもまぶしい。前世の私は国を丸ごと一つ統治していて、必要に応じて色んな決まりや仕組みを変えてきた。

けれど、こんな熱意をもってその仕事に取り組んだことはなかった。あの頃の私にあったのは、悲痛な使命感だけだった。女王になどなりたくなかったけれど、なってしまったからには民のために頑張らなくては。ただそんなことを、考えていたような覚えがある。

そして当時の感覚からすると、たかだか十歳程度の子供たちが、新たに何かを作り上げるのは中々に大変なことのように思えた。学園の中のことだけとはいえ、仕組みを変えようだなんて。

でも同時に、私はみんなを応援したいとも思っていた。それにあの陛下なら……まだ四歳の子供に、臣下の証である忠誠の首飾りをぽんと与えてしまうようなあの方なら、案外面白がって許可を出してくれるんじゃないかな、という気がしなくもない。

「さあ、着いたわよ。今日も私たちの料理で、みんなをうならせてあげましょう！」

そんなことを話していたら、もう目的地に着いていた。目の前にある質素な平屋の中からは、にぎやかな声がかすかに聞こえてくる。

「おじゃまします、料理同好会です！」

エマが勝手知ったる様子で、平屋の中に入る。彼女に続いて中に入り、目をむいた。

そこは仕切りの一切ないだだっ広い部屋になっていて、たくさんの人たちが話をしたり作業をしたりしていた。これだけなら、割と普通の光景だと思う。

ところがこの部屋ときたら、恐ろしいほど色んなものが、それは無秩序に積み上げられていたのだ。まるで何年も、ううん何十年も掃除していないんじゃないかと疑いたくなるくらいに。

本の山はまだいいとして、その横には埃《ほこり》をかぶった何かの瓶がずらりと並んでいるし、さらに別の一角には大きなかごが置かれていて、その中にはちかちかと光る綺麗な石がいっぱいに詰め込まれていた。天井からは薬草らしきものの束が紐で吊るされていて、かぎ慣れない香りをかすかに放っている。

それ以外にも、正体不明のものがあっちこっちに転がっていた。うっかり踏まないよう気をつけ

て進む。……あっちの物陰に落ちてるの、牛の頭蓋骨⁉　そんなもの、何に使うの⁉

困惑し切っていたら、あちこちのものを器用にかき分けるようにして、次々と人が集まってきた。

「待ってました！」

「このおやつの順番が、もう待ち切れなくて！」

「おっ、今日もちょっと面白そうな料理だな」

魔法研究会の人たちにオニギリを配っていたら、ちょっぴり偉そうな声がした。

「ジゼル、おまえはてっきりここに入るとばかりおもっていたぞ。おれの好敵手が料理など、力のむだづかいだ。もったいない」

それは、ペルシェだった。彼は前よりもずっとなめらかに詠唱し、近くにあった空いた器に水をたたえてみせている。いつの間にか、魔法がかなり上達したようだった。

「わたしは、特別研究で魔法のことを学んでいるから。それに、魔法がじょうたつする手がかりって、意外なところにおちてるの。もしかしたら料理のおかげで、もっと魔法がうまくなったりして」

いたずらっぽくそう言ったら、彼は真剣な顔で考え込み始めた。

「ふうむ、そうか……おれも、もっと視野をひろげるべきだろうか……」

ペルシェはやたらと私に食ってかかってはくるものの、意外と素直なところがある。セティ一筋のイリアーネと似て、魔法一筋……というより、ゾルダー一筋かもしれない……。

やっぱり子供って面白いなあと思いながら、もう一度部屋の中を見回す。話に聞いていた通り、魔法研究会の人たちのほとんどは高等科の学生だ。私たち初等科の生徒の制服とちょっと似た作りの、色違いの制服を着ている。さらに高等科の制服と色違いの格好をしているのが、研究生かな。ちょっと大人びてるし。

さらに、学園の活動ということもあって、指導監督役の魔導士もいる。あのいでたちからすると、一般の魔導士だ。

魔導士は、大きく二つに分かれている。魔導士長ゾルダー率いる精鋭は、皇帝のそば近くに侍《はべ》り、皇帝の身を守ることを第一とする。

一方、その他一般の魔導士たちは、皇帝と顔を合わせることはあまりない。けれど魔導士の塔での魔法の研究や、学園での後進の指導、文官や騎士たちと協力して帝国の統治に必要な様々な業務をこなしたりと、国の維持については一般の魔導士たちのほうが頑張っていたりする。だからどちらの魔導士も、人々からは大いに尊敬されているのだ。

そんなことを考えつつ、さらに視線を動かして。そうして、凍りついた。あり得ない光景が、そこに広がっていたのだ。

部屋の奥のほうで、ひっくり返った木箱を椅子代わりにして若い男性がせっせとオニギリを食べていた。年は二十歳前くらい、研究生の服を着ていて、ちょっぴり寝ぐせのついた黒い髪に、生き生きとした青い目をしている。

彼は両手に一個ずつオニギリを持って、交互にかじっては「うわっ、苦っ！　いや、案外これはこれでいける……」などと小声でつぶやいていた。

……みんなで相談して一つだけ作った『大人の味の苦いオニギリ』、あの人に当たっちゃったんだなあ……。

じゃなくって。彼の顔、あの人とそっくりなんだけど。表情がまるで違うせいで、ぱっと見では気づき辛い。でもあの声は……やっぱりそうだ。間違いない。

そろそろと彼に近づき、他の人に聞こえないよう思いっきり声をひそめてささやきかけた。

「あの、なぜかちょっと色がちがいますけど、もしかして……カイウスさま……」

「おお、どうした？　俺はカイン・ユース、見ての通り学園の研究生だ。専攻は属性魔法」

私の言葉にかぶせるようにして、彼が声を張り上げた。私の目を、まっすぐに見つめて。頼むから黙っていてくれ、と言外に頼み込んでいるような、そんな表情で。

間違いない、この人はカイウス様だ。正面から見つめられて確信した。服装も、態度も、髪や目の色も違うけれど、彼が私を見つめる時のこの切なげな色は、前のままだ。

そのまま呆然とカイウス様の青い目を見つめていたら、周囲から研究生たちの声が飛んできた。

「カインはたまにしか来ないけれど、優秀なんだ。面倒見もいいし」

「研究しながらでも魔導士になればいいってみんなで勧めてるのに、なぜかうんと言わないんだよ」

「俺はこの気軽な身分がちょうどいいんだよ。やりたいことがやれるからな」

カイウス様が軽やかに笑いながら、そう言い返している。彼の態度は帝国の頂点たる皇帝陛下のものではなく、どこからどう見てもただの貴族の令息そのものだった。……というかカイウス様、いつからこうやって魔法研究会に交ざってるんだろう……すっかりなじんじゃってるけど……。

ここにいるのは学生の関係者ばかりで、みんな皇帝とはめったに顔を合わせない。だからこうやって人懐っこく朗らかにふるまっていれば、誰も彼が皇帝だなんて思わないだろう。しかもなぜか、髪や目の色まで変わっているし。

顔が引きつりそうになるのをこらえながら、カイウス様に向き直る。怪しまれないように、自然な態度を心掛けながら。

「ええと、カイン……さん。わたしはジゼル・フィリスです。初等科の一年生、料理同好会所属です」

取ってつけたような自己紹介をして、さりげなくカイウス様の袖をつかんだ。そのまま、近くの本棚の陰に彼を引っ張り込む。

「……あの。どうしてあなたが、こんなところにおられるんですか」

そろそろとささやきかけたら、彼は不敵な笑みを浮かべた。

「ずっと執務室にいると気が滅入る。皇帝としての仰々しい立ち居ふるまいは疲れる。だからこうして、ここでささやかな気晴らしをしているんだ。楽しいぞ？　今のところ正体がばれてはいないし」

くすくすといたずらっぽく笑うカイウス様を見ていたら、頭が痛くなってきた。色々と思い切ったところのある方だなあとは思っていたし、皇帝としての悠然とした態度の裏に別の一面を隠していそうな気もしていたけれど、まさかここまで型破りだったとは。

「そうですか。それと、その髪と目の色は……」

「魔導具で変えた。帝城の宝物庫からくすねてきた、便利な首飾りだぞ」

そう言って、彼は自分の胸を親指で指している。どうやら制服の下に、その首飾りをつけているのだろう。

「鮮やかな緑の髪は、皇族の証だ。あんな頭でふらふらしていたら、それこそ兵士にすら怪しまれかねないしな」

「……ええと、じゃあわたしは、ごく普通の研究生……学園の先輩に接するかんじでふるまっていればいいんですか？」

とんでもない話を次から次に聞かされてあぜんとしながらも、ひとまずそう尋ねてみる。するとカイウス様は、それはもう嬉しそうに笑ったのだった。

「その通りだ。飲み込みが早くて助かる。さすがお前だ」

こんな無邪気な笑顔を見て、彼が皇帝かもしれないと疑う者がいるだろうか。そしてこの笑顔こそが、きっと彼の本当の顔なのだろう。これだけ表情豊かできさくな彼が、あの荘厳な皇帝を演じていられるということに驚きだ。

それと同時に、うらやましさも感じてしまう。前世の私には、こんな自由は許されなかった。

……いや、私に度胸がなかっただけなのかもしれない。ただ王宮にこもるのではなく、もっと外に目を向けていたら。民の目線で、色んなものを見ていたら。あの悲劇も、回避できたのかも。

ふっと過去に思いをはせていたら、また思わぬほうから声がした。

「ああ、どこかで見たと思ったら、君がジゼル・フィリスだね。初等科一年生の」

声の主は、指導監督役の魔導士だった。ほっそりした中年男性である彼は、私のほうをまじまじと見ながら楽しそうに話しかけてきた。

「一年生にして召喚魔法の特別研究に着手し、さらに前学期末の試験で満点を取った。その褒美に、魔導士の塔への自由な立ち入りを許された生徒。君のことは、魔導士の間では有名だよ？　こないだ君を塔の中で見かけて、どうしてここに子供がいるんだって首をかしげていたら、同僚が教えてくれたんだ。あれが、例の子だって」

……あ、久々に褒め言葉の大盤ぶるまい。背中がむずむずする。というか、注目されてしまっている。隣のカイウス様がこっそり顔をそむけて、みんなに見られないようにして笑いを嚙み殺していた。もう、他人事だと思って。

「えっ、あなたがやたらと優秀なのは知ってたけど、そこまでだったの？　魔導士の塔に出入り自由、って……」

呆然としたようなエマの声が、少し離れたところから聞こえてきた。

「いつも一生懸命に料理を作ってる可愛い後輩って感じだから忘れてたけど、そういえばこの子、天才少女だったたね」

「年の割に物覚えはとてもいいけれど、それよりも食い意地のほうが勝ってるし……」

料理同好会の面々も、口々にそんなことを言っていた。私、食い意地張ってるんだ……自覚、なかったな……確かに、新しいレシピを見るのも、作るのも、食べるのも好きだけど。

それはそうとして、またしても目立ってしまっている。できるならごく普通の貴族の娘としてひっそりのんびり生きていきたいと、生まれ変わってからずっとそう思っているのに。どうにも、うまくいかない。魔導士の塔に本を読みにいく時だって、できるだけ他の人に見つからないように注意していたのに。

「君の噂は聞いたことがあるよ。いつもネズミっぽいのを連れてるって話だったけど……」

静かに頭を抱えていたら、今度は研究生が話しかけてきた。

「料理同好会の活動中は、召喚獣のみんなはおうちに帰ってもらってるんです。料理に毛が入るとたいへんなので」

そう答えると、研究生たちがうずうずした顔で身を乗り出してくる。

「だったら、何か召喚魔法を見せてくれよ！」

「あっ、私も見たいわ！　後学のために！」

わいわいと騒ぎながら、研究生たちがわっと私のところに押し寄せる。少し遅れて、高等科の学生たちも。気づけば魔法研究会のほぼ全員に、取り囲まれてしまっていた。

「大変だなあ、『天才少女』も」

私が有名になってしまった原因の、少なくとも半分くらいについては責任があるだろうカイウス様は、そう言ってあっけらかんと笑っていた。

差し入れが全部片付いてから、私たちはみんなで移動していた。平屋を出て、すぐ近くに広がる草地へ。ちょうど先日の校外学習の時、ゾルダーが魔法を披露していたあの場所だ。

しかし今そこには、私が一人で立っている。そっと振り返ると、わくわくしたたくさんの視線が遠くのほうにずらりと並んでいた。料理同好会のみんなと、魔法研究会のみんな、それにもちろんカイウス様もだ。しかもこの騒動を聞きつけて、魔導士の塔からさらに何人か魔導士が出てきていた。えっと、カイウス様の正体は……ばれてないっぽい。よかった。

さて、召喚魔法を披露するとして……何にしよう。魔法の研究生とか魔導士とか、専門の人たちもいるからちょっとこだわったものにしてみたい。かといって、万が一のことがあると大変だし。

……うん、あれにしよう。両手をすっと挙げて、空中に魔法陣を描いていく。それも、一つの指で一つずつ。ちょうどピアノを弾く時のように指を動かして。

すぐに、空中に十個の円が浮かんだ。小ぶりのコインくらいの大きさの、繊細な線で彩られたものだ。

「お、前見たのと比べてずいぶんと小さいな！　ここから、どうなるんだ？」

「カインさん、危ないのでもうちょっとはなれていてください」

好奇心むき出しの声が、後ろから一気に近づいてくる。カイウス様、自分の立場をわきまえているんだろうか。彼の身に何かあったら、帝国が大騒ぎになってしまうのに。あと、私たちは一応今日が初対面ってことになってるはずだけど……怪しまれたらどうする気だろう。

「召喚魔法は、召喚主のそばが一番安全なんじゃなかったか？　それにお前は、危険な召喚獣なんて呼ばないだろう。だから、ここで見たい」

見上げたら、笑顔のカイウス様と目が合った。仕方ないなあ。

ため息を一つついて、魔法陣に最後の線を描き加える。と、魔法陣の中から白く輝く何かが勢いよく噴き出してきた。まるで光る柱のように、横向きの滝のように。頭のすぐ上で、おお、という楽しげな声がする。

そして背後からは、たくさんのささやき声が聞こえてきた。

「何なの、あれ？　水かしら」

「いや、もっと軽い……小さな何かが集まっているような感じかな……？」

「花びらみたいにも見えるね。とびきり濃密な花吹雪だ」

そうしている間にも、その白い何かは空中に広がっていく。そのままふわりと広がって、大きな蝶を形作った。

私の身長より、いや大人の身長よりもずっと大きな蝶が、白く輝きながら優雅に宙を舞っていた。その幻想的な光景に、たくさんの歓声が上がる。

「うわあ！　すごい!!」

「綺麗ね……」

「あんな召喚獣、見たことないぞ!?」

これは、私の新しい研究の成果だった。

特別研究において、まず私は『杖を使わずに、より大きな魔法陣を描く方法』を探した。そしてセティのオルゴールのおかげで、その研究は一段階進んだ。描いた線を突っついて動かすことで、魔法陣を一回りか二回り大きくすることはできるようになったのだ。でも、それ以上大きくするのがどうしてもうまくいかない。

そうして行き詰まった私は、気晴らしも兼ねていったん逆の研究をすることにした。『どれだけ小さな魔法陣を描けるか』『同時に複数の魔法陣を描けるか』というものだ。線を可能な限り細くして、狭い範囲に詰め込んでみたのだ。これはこれで、いい練習になった。手先も器用になったし、魔力の制御もうまくなったし。

「この子たちは危なくないから、近くで見ても大丈夫ですよ」

と言いながら振り返ると、既にカイウス様は少しもためらうことなく大きな蝶に手を差し伸べていた。彼の指先が触れると、大きな蝶の端のほうがほどけて、小さな光のかけらになる。

「ああ、小さな蝶が群れを作っていたんだな。まるで真珠のような、美しい羽だ」

彼の指先では、小さな蝶が羽を休めている。子供の爪くらいしかない繊細な羽を、かすかに震わせて。

その頃には大きな蝶はきれいさっぱり形を消していて、小さな蝶たちが辺りを好き勝手に舞っている。春の花吹雪そっくりのその光景に、みんなしてきゃあきゃあとはしゃいでいた。

しかしその中を突破するようにして、数名の研究生が駆け寄ってくる。

「ねえねえ、その魔法陣、もっとよく見せて！　うわ、小さい！」

「虫眼鏡、虫眼鏡持ってきて！」

「いや、光魔法で像を拡大してしまおう！」

そうして研究生が大きく映し出した魔法陣を見ながら、あれこれと考察している。頭に何羽もの蝶を止まらせたカイウス様も、身を乗り出して目をまたたいていた。

「この制約の魔法、普通のものと違うな？　俺は専門外だから、それ以上のことは分からないが」

「今の芸を披露してもらうために、おねがいしたんです」

私の言葉に、カイウス様だけでなく研究生たちもこちらを向く。

「何度も呼んで仲良くなっている子たちなら、制約の魔法をかけなくても話をきいてくれるんですけど……この子たちとはそこまで親しくないので、仕方なく制約の魔法をつかいました。でも、形はかえていますす」

四歳の頃、皇帝陛下の前で召喚魔法を披露した。あの時、悩みつつも制約の魔法を使ったら、ハトたちに思いっきりへそを曲げられた。許してもらうまで、かなり謝ることになった。

召喚獣は、みんな制約の魔法が嫌いだ。それもそうだろう、初対面の相手に偉そうに命令されてそれに従わなくてはならないなんてことになったら、私だって腹を立てる。

だからその代わりに、『お願い』を魔法陣に描き込むことにしたのだ。

「制約の魔法を変形させて『こんな感じで動いてもらえると嬉しい』って描きました。わたしは『お願いの魔法』とよんでいます」

それを聞いて、研究生たちがまた魔法陣に向き直る。さらに真剣な顔で、ああだこうだとささやき合いながら。

そんな彼らに目をやって、カイウス様が心底おかしそうに笑った。そうして、そっと耳打ちしてくる。

「しかし、『お願いの魔法』か。ゾルダー辺りが聞いたらあんぐりと口を開けそうだな」

「わたし、召喚獣に命令するのは嫌なんです。この子たちは、友達みたいなものですから」

カイウス様が、こぼれんばかりに目を見開く。驚いたような、感心したような表情だ。

「この帝国ではな、召喚獣は人により使役される獣で、力そのものなんだ。だから召喚魔法の研究は、その力をどれだけ有用に用いるか、そういった事柄に絞られる」

やがて彼の表情が、切なげなものにゆっくりと変わっていく。皇帝として私と顔を合わせていた時に、垣間見せていたあの表情だ。

「……カインさん？」

今の彼は皇帝カイウス様なのか、それとも研究生カインさんなのか。ふとそんなことが分からなくなってしまい、ためらいがちに呼びかける。

「召喚獣を友達と呼び、ただみんなを楽しませるための魔法の研究に取り組む。お前がそんな優しいままのお前でいられるよう、俺も頑張るよ」

戸惑う私に、彼は柔らかい笑みを向けてきた。彼の頭に止まっていた蝶が一斉に舞い上がり、後光のように彼を彩っている。

かつてゾルダーは、私の優しさが命取りになるかもしれないと忠告してくれた。

けれどカイウス様は、優しいままの私でいて欲しいと言ってくれている。

ゾルダーは、共に帝国の力になろうとも言っていた。彼はどうやら、いつか私が彼と共に帝国のため力をふるう、そんな未来を望んでいるように思える。

でもカイウス様は、私のことを守ろうとしてくれている。なぜかは分からないけれど、彼は私に対して親しみを抱いているようにも思える。

今の帝国は、とても平和だ。それはきっと、カイウス様がこの平和を守ってくれているから。でも、それに甘えてしまっていいのかな。私にも、できることがあるんじゃないかな。ゾルダーが言っていたように。

ぽんと頭に置かれた手の感触に、我に返る。いつの間にか、すっかり考え込んでしまっていた。

「お前が何を考えているか、分かるよ。お前は自分のことより他人のことを優先させてしまう、そういう人間だからな。きっと、自分にできることがあるんじゃないかとか、そういうことを考えてるんだろう」

泣きそうなくらいに目尻を下げて、カイウス様は笑っていた。私の頭を、愛おしそうになでながら。

「今はただ、遊べ。手にした幸せを、思う存分満喫するんだ。力だ責任だと面倒なことで悩むのは、もっとずっと後でいいさ」

ぽかんとしたまま、彼の顔を見つめる。どう言葉を返せばいいのか、分からなくて。

周りのみんなのはしゃいでいる声が、やけに遠くから聞こえてくるように思えてならなかった。

# 第4章 ✦ 型破りなお友達

「よし、ちゃんと来てくれたな。約束、すっぽかされたらどうしようかと思ったぞ」

「約束っていうか……カインさんが一方的に言い出しただけじゃ……」

私とカイウス様は、学園を出て少し進んだところの街角で話していた。

あの後、料理同好会が後片付けを済ませ、魔法研究会の平屋を引き上げようとした時、カイウス様がそっと耳元でささやいてきたのだ。『寄り道して、もう少し遊ぼう。学園を出てすぐの十字路を左に曲がったところで待ってる』と。

訳が分からないまま学園に戻り、寮の厨房を片付けて。そうしてみんなが解散していったのを見計らってから、言われた場所に向かっていった。

学園の門をくぐると、貴族の屋敷が立ち並ぶ区画に出られる。どの屋敷の門にも門番が立っているし、兵士たちがたくさん巡回しているから、学園の生徒たちも安心して自分の足で屋敷まで帰ることができるのだ。……というか、いちいち迎えの馬車とか使用人とかを受け入れていたら帝城周囲の道が大混雑してしまうから、こうして警備を厳重にして、徒歩で通学させているらしい。

そんな訳で、ちょっとくらいなら寄り道できなくもないのだ。土地勘がないし危ないのでやらないだけで。

首をかしげながら歩く私に、カイウス様が上機嫌で笑いかける。黒い髪に青い目、研究生の制服のまま。

「寄り道って、どこにいくんですか？　おそくなるようなら、両親に連絡しておかないと……」

「ああ、大丈夫だ。今日は早めに出てこられたし、遠出はしない。それにお前は、俺がきちんと送り届け……いやちょっと待て、お前の両親は『我』に会ったことがあったな。……まあいいか、気づかれたらその時はその時だ」

「開き直っちゃった……」

うちの両親、気づくかなあ。ほんわかしているようで結構鋭いし、でも妙なところで大らかだから、気づいても知らん顔をするかもしれない。ちょうど、今の私のように。

うんうんうなりながら、せっせと足を動かす。このまま進んでいくと、城下町の中心のほうに出ちゃうけれど、いいのかな？

「しかし、さすがはジゼルだな。昔からそうだったが、面白いくらいに肝が据わっている」

夕方まではまだ少し時間があるということもあって、まだまだ辺りは明るい。空を見上げて、カイウス様が唐突につぶやく。

「何のことですか、カインさん？」

「そう、その口調だ。ごく普通に、先輩に接する時のような口調と態度を保っているだろう？」

彼はそう言って、にっと笑いかけてきた。いたずらっぽい、楽しそうな笑みだ。

「こんな風に変装してあちこち出歩いていると、側近や重臣やらの俺の顔を知る者たちに、ばったり出くわすこともあってさ。ま、たまになんだが」

「……さっきのわたしみたいに、ですね。あれは驚きました」

「そうなんだ。驚くだけならいいんだが、みんな笑えるくらい挙動不審になるんだよな。どう見てもただの研究生でしかない俺に様付けしたり、過剰な敬語を使ってしまったり。しかも、ぎくしゃくした動きで。怪しいにもほどがあるじゃないか、なあ？」

その様を想像してしまって、つい笑いが漏れる。確かに、それはかなり挙動不審だ。もっともそれって、全部カイウス様のせいだけど。

くすくすと笑っていたら、彼はふと足を止めた。それから目を細め、すっとかがみ込む。整った顔に浮かぶ表情が、生き生きとしたものから威厳を感じさせるものに、一瞬で変わる。

「……だが、そちは瞬時に状況を理解し、今の我の姿にふさわしい対応をしてみせた。我の臣下たちの誰よりも、見事であったぞ」

「は、はい……あの、その口調、誰かにきづかれたら大変ですよ……？」

見間違いようのない、皇帝そのもののたたずまいに、思わず飛び上がって周囲を見回す。幸い、近くを歩いている人たちは誰もこちらに注目していなかった。

ほっと胸をなでおろしていたら、カイウス様がけろりとした声で笑う。

「意外に心配性だな、お前は。たとえ聞かれてたって大丈夫だよ。『今度学園の演劇で、皇帝陛下の役をやることになったんです』とか何とか言っておけば、怪しむ奴なんていないさ」

そのとんでもない言い訳に、今日何度目になるのか分からないため息をつく。この人って、つくづく常識外れだ。おかげでさっきからずっと、驚いてばかりだ。

こっそり口をとがらせていたら、上のほうからカイウス様の明るい笑い声が聞こえてきた。

「そうふてくされるな。ほら、目的地に着いたぞ」

休みの日なんかは、両親と一緒に城下町をお散歩することもある。それに夏休みには、セティも一緒にサーカスに行った。その時に歩いたのは、城下町の中でも比較的帝城に近い、貴族の邸宅や裕福な平民たちの住まいが並ぶ治安のいい区画だった。

けれどカイウス様は、そういったところからはずっと離れた細道を歩き続けていたのだ。そうしていたら、いきなり広い道に出た。細道と広い道、二つの道が交差する角に立ったまま、きょろきょろと辺りを見回してみる。

そこには普段見慣れたものよりもずっと粗末な建物が並び、質素で動きやすそうな、飾り気のない服装の人たちが盛んに行きかっている。馬車はほとんど見かけず、代わりに人やロバが引く荷車があっちこっちをゆったりと進んでいた。

通りの両脇には、物売りたちがずらりと並んでいる。何かを詰め込んだ木箱や、何かがずらりと並べられた机が、所狭しと並べられていた。客を呼び込む声があっちこっちから聞こえていて、とてもにぎやかだ。

「ここは、平民たちが集まる市場なんだ。ここはまだぎりぎり治安もいいが、通りの向こう側には行くなよ。あっちは下町だから、さらわれるかもしれないぞ」

その言葉に、思わず身構える。確かにここの通りでは、きっちりとした制服姿の私とカイウス様はとっても目立つに違いない。って、それよりも。

「……帝都に、人さらいなんて出るんですか？」

「俺は聞いたことないけどな。でもどこにだって、悪い奴ってのはいる。お前みたいな可愛い子供は、特に人の目を引くから気をつけないと」

私の目をまっすぐに見つめて、カイウス様が静かに微笑む。

「なあに、俺がきっちりと守ってやるから大丈夫さ。だから俺のそばを離れるなよ……って、うわ、何だ!?」

「あ、ルル」

カイウス様が私の肩にぽんと手を置いたと思ったら、次の瞬間驚きの声を上げている。その声に、私までちょっとびっくりしてしまった。背負っているカバンからするりと出てきたルルが、しっかりとカイウス様の手にしがみついていたのだ。

「もしかしてこれが、お前が連れてるっていうネズミの召喚獣か？」

「はい。耳がウサギみたいなので、ウサネズミって呼んでます。一番大きなこの子は、ルルって名づけました」

そういえばカイウス様は、ウサネズミを見るのは初めてだった。目を輝かせているカイウス様に、ルルのことを紹介する。

「へえ、名前まであるのか！　よかったな、ルル。いい名前じゃないか。俺はカイン、ジゼルの先輩だよ」

にこやかに名乗ったカイウス様だったけれど、すぐにいぶかしむような表情で首をかしげた。

「……なんだかこいつ、俺のことを警戒してないか？」

「そうですね。珍しいなあ……？　この子、いつもはおっとりしていて人懐っこいんですけど」

ルルは大きな耳をこれでもかというくらいに伏せて、細めた黒い目でじっとカイウス様をにらみつけていたのだ。

さっきから、背中がもぞもぞする。たぶんカバンの中のノートから、ぞくぞくとウサネズミが出てきているのだろう。今カバンを開けたら、ウサネズミでいっぱいになっているような気がする。目立っちゃうから、人の多いところではあんまり出てこないでねって、普段からそう言い聞かせてはいるのだけど……どうして、急にこんなに出てきたんだろう。

カイウス様は青い目を真ん丸にして、きょとんとした顔でルルを見つめ返している。けれどやがて、朗らかな笑みがその顔いっぱいに浮かぶ。

「あ、分かったぞ！　ルル、お前、人さらいの話が出てきたからあわてて駆けつけたな？」

「えっ!?　あの、どうしてそう思うんですか!?」

実のところ、私も同じ結論にたどり着いてはいた。ルルのちょっとぴりついた雰囲気が、前に嫌がらせをしてきた子をとっちめた時のものと似ていたから。ルルは私を守ろうと、頑張っているように見えるのだ。

でも、ルルとは初対面のカイウス様が、こんなにあっさりと同じ考えに至るなんて。

「そう考えると、一番筋が通るだろう。そんな危ないところにお前を連れ出した俺のことを、ルルは警戒してるんだよ」

ぽかんとしている私をよそに、カイウス様はルルに話しかけている。まるで、一人の人間を相手にしているかのように。

「お前、小さいのに立派だな。大丈夫だ、俺はこの辺りなら歩き慣れてる。どこが危険で、どこが安全かまで、全部頭の中に入ってるよ」

カイウス様の手にしがみついたままのルルが、ひこひことひげを動かして小首をかしげた。

「ジゼルを危険な目にあわせたりしない。俺の全力で、彼女を守る。だからどうか、敵視しないでもらえるとありがたいんだが」

ちっ！

相槌を打つかのように一声鳴いて、ルルがカイウス様の肩にぴょんと飛び乗った。

「分かってもらえて嬉しいよ。……というかこいつ、かなり賢くないか？」

「みんな、そう言うんです。わたしたちの言葉がわかってるみたいだね、って」

「俺もそんな気がする。こっそり言葉とか、教えられないかな？」

「成功したら、召喚魔法の研究者がねこんでしまうんじゃないですか？　召喚獣にそんな知性はないはずだ、って、みんなそう言ってます」

「常識ってのは、一度疑ってみるものだろう。研究者たち、あれで意外と頭固いからなあ」

そんなことを話しながら、背負ったカバンをそっと胸元に抱え直してそっと中をうかがってみる。

案の定、ウサネズミのちっちゃな顔がみっちりと詰まっていた。何だか心配そうだ。

「ほら、そういうことだからみんなも一度帰ってね」

そう呼びかけると、カバンがまたもごもごと動き出す。けれど、やがて静かになった。どうやらみんな、帰ってくれたらしい。

元通りカバンを背負い直したら、カイウス様がそっと私の手を取った。

「よし、じゃあ行こうか。そこの屋台だ」

人波を縫うようにして、二人一緒に道の反対側に移動する。そこでは、中年の女性が机の上の小さな薪ストーブにフライパンを載せ、何かを焼いていた。ほんのりと甘い香りがするから、お菓子かな。身長が足りなくてよく見えないのだけれど、その手つきはちょっとクレープを焼く時のそれに似ているような。

そしてカイウス様は、慣れた様子で女性に声をかけていた。

「ようおばちゃん、二つくれよ。それと生地の切れ端、こいつにも分けてやってくれ」

女性は顔を上げ、私たちを見てにっこりと笑う。どうやら、カイウス様……というか、カインさんとは顔なじみらしい。

「おや、あんたかい。好きだねえ。ところで、肩のそれは、ネズミ……？　にしちゃ妙な感じだね」

「はるばる遠くからやってきた、珍しい生き物なんだとさ。人馴れしていて可愛いんだ」

間違ってはいない。ここで「召喚獣なんです」って正直に言ったら、この人を混乱させかねない。

それにしてもカイウス様の言い訳は、本当に見事だ。慣れている。

「で、そっちのお嬢ちゃんは……見ない顔だけど……」

などと考えていたら、女性の視線がこちらに向いた。私たちは似た雰囲気の制服をまとっているけれど、友人というには年が離れているし、兄妹というにはあまりにも似ていない。そんな私たちの関係を、決めかねているのだろう。女性はさっきから、盛んに首をひねっていた。

そんな彼女にお金を渡し、カイウス様はクレープを二つ買った。その一つを私に渡すと、ついでにもらった皮の切れ端をルルに渡している。

そうして彼は、茶目っ気たっぷりに片目をつぶってみせた。

「俺の将来の奥さんだよ。じゃ、また」

あれまあ、と楽しげに微笑む女性に手を振って、カイウス様は私をさっき立っていた街角まで引っ張っていった。

そうして、クレープを手に顔をほころばせている。

「これな、俺のお気に入りなんだ。お前たちの差し入れもとってもうまいが、これはまた一味違ううまさがあるんだ」

彼の肩の上では、ルルがとっても上機嫌でクレープの皮にかぶりついていた。それを見やってから視線を落とし、手にしたクレープを見つめる。同好会で作ったものよりもくすんだ色の皮には、小さな粒々が混ぜられているようだった。

確かにおいしそうだ。しかしその前に、一つ言っておきたいことがある。そっと上目遣いにカイウス様をにらみ、小声でつぶやく。

「……さっきの、何ですか？」

「何って、どれのことだ？」

彼は私が何を言いたいのか分かった上で、とぼけているらしい。青い目が楽しげに、ついとそらされた。ちょっと気恥ずかしさを覚えつつ、具体的に言い直す。

「将来の奥さんって、どういうことなんですか」

「ああ、あれな。一応冗談だ、気にするな。お前さえよければ、いつでも本当にしてやるぞ？　俺には婚約者もいないしな」

「もう、年齢にも身分にもむりがありますよ。冗談になってません」

私は彼より十二歳も年下で、ごくありふれた伯爵家の娘だ。過去には、もっと年の差のある皇妃がいたという記録は残っているけれど……こんな子供相手に、何を言っているのだか。

思いっきり呆れている私をよそに、彼は大きく口を開けてクレープにかぶりついた。

「それより、ほら、お前も食ってみろよ」

それ以上考えるのを止めて、無言でクレープを食べてみる。そうして、ぱっと驚きに目を見張った。しっかりとした歯ごたえに続いて、素朴な甘さが口に広がったのだ。

「あ、おいしい……」

「だろ？」

とても嬉しそうなカイウス様を見上げて、ちょっと照れながら答える。

「生地の歯触りが楽しいです。中のジャムも甘さひかえめで、やさしい味です。わたし、これ好きです」

素直な感想を口にしたら、ふっとカイウス様が目を細めた。嬉しそうな、でも切なそうな顔だ。何かを思い出しているような、そんな顔でもある。

「気に入ってもらえてよかったよ。……この菓子な、貧乏だからこそ生まれたんだ」

思いもかけない言葉に、ぽかんと彼の顔を見つめる。けれど彼は、こちらを見ることなくつぶやいていた。

「小麦粉があるなら、主食のパンにできる限り回したい。お前たちが作っているような小麦粉ばかり使った菓子は、平民にとってはそもそも贅沢品なんだよ」

やけに実感のこもった声で、カイウス様は続ける。

「けど、それでも菓子を食いたい時もある。だからこうやって、アワとかヒエとかの安い雑穀でかさ増しするんだ。そのおかげで、この食感が生まれてる」

アワやヒエって、小鳥の餌だって聞いたことがある。必死に節約をしていた前世でも、食べた覚えはない。……でも、これはこれで、おいしいかも。

「そして、精製された白い砂糖は高価だ。だから野で採れる甘い実や蜂蜜を合わせて、じっくりと煮込むんだ。色んな材料を使ってるからか、味に深みが出てる」

「そうだったんですか……初めてしりました……」

「だろうな。普通の貴族なら、一生知ることのない味だ。……けれど俺にとって、これは懐かしい味なんだよ」

カイウス様は、貴族たちよりもさらに上に位置するお方だ。皇族として生まれ育ち、四年前、十四の歳で皇帝として即位された。

いつからこうやって魔導具で姿を変え、お忍びでふらふらするようになったのかは知らない。けれど、平民の菓子を「懐かしい味」などと呼ぶのはちょっとおかしい気がする。

ずっと昔、小さな子供の頃によく食べていた、とか？　ううん、それもあり得ない。

「やっぱり、お前もおかしいって思うよな。お前くらい賢い子供なら、そんなはずないって思うよな」

ひどく静かな声に、ぱっと顔を上げる。日の光を受けたカイウス様の黒い髪が、ほんの少し夕暮れ色に染まっていた。

彼は微笑んでいた。青い目を細めて、悲しそうに。けれどどこか、期待するように。

「……ジゼル、お前は前世って、信じるか？」

突然のことに、何も言えない。

前世。それは私の、隠し通さなくてはならない秘密。女王エルフィーナが死んで、まだ七年。私がその生まれ変わりだと知られたら、どんな目にあうか分からない。だからこの秘密は、セティにしか明かしていない。

湖月の王国の騎士団長ヤシュアの面影をどことなく残した、けれど記憶はほとんど残っていないセティ。彼以外に、私はあの王国の生まれ変わりと出会っていない。

けれどこんなことを言い出すからには、まさかカイウス様もあの王国の？

呆然としたままカイウス様の顔を見つめ、必死に記憶をたどり続ける。湖月の王国の貴族たち、大臣たち、騎士たち、使用人たち。その記憶の中に、彼を思わせる顔はない。……ううん、けれど何かが、記憶の片隅に引っかかっているような……何だろう、これ……。

カイウス様は、そんな私を愛おしげな目で見守っていた。そして、かすかな声で続ける。

「俺には、カイウスとして生まれるより前の記憶、もっと別の自分だった記憶があるんだよ」

それはほとんど吐息だけの、ささやき声にも満たないものだった。けれどその声は、市場の喧騒にもかき消されずにはっきりと私の耳に届いていた。

そうして彼は、静かに語り出した。彼がかつて歩んでいた、もう一つの人生の思い出を。

「前の俺は、貧しい農民の子として生まれた。帝国のど田舎の、ちっちゃな村に」

彼は通りを行く人々を眺め、とても懐かしそうに微笑んでいる。自分もあんな風に、質素な服を着て歩いていた頃があるのだということを、思い出しているような顔だった。

「物心ついた時には、もう農作業を手伝ってたよ。家族みんなで、猫の額みたいな農地を耕して暮らしてた。気候のいい地域だったのが、唯一の幸いだったな。そこそこ作物が実ってくれてたから、どうにかこうにか飢えずに済んだ」

普通の人なら、まずこんな話を信じたりしないだろう。でも私は、信じる。だって私も、前世の記憶を持っているから。

「貧しかったけど、幸せだった。親父がいてお袋がいて、弟たちもいて。年に一度の祭りの日には、さっきの菓子と似たようなものを食べたよ」

彼の前の人生は、確かに貧しいものだったのだろう。けれど、少なくとも私のそれよりは幸せだったのだろうな。だって、前世のことを思い出しながら、あんな風に笑えているのだから。

うらやましいな。ふと、そんな思いがわき上がる。私にとって前世の記憶は、思い出しただけで胸が苦しくなるものだったから。

湖月の王国では、父王の時代に、まともな臣下は追放されるか、処刑されるか、逃げ出してしまっていた。残っていたのは、頼りにならないおべっか使いばかり。

女王となってからは毎日、泣きたいのをこらえながら必死に執務をこなしていた。騎士団長ヤシュアが時々訪ねてきてくれるわずかなひと時だけが、唯一の息抜きだった。

そっとそんなことを思い出していたら、カイウス様の顔からすうっと笑みが消えた。

「でも、そんな暮らしは長く続かなかった」

さっきまでとは打って変わった暗く沈んだ表情で、彼は言葉を紡ぐ。

「俺が十の歳の時、たちの悪い風邪が流行ったんだ。……呆れるくらい、たくさん死んだよ。俺たちの両親も、近所のおじさんおばさんも。子供は、割と生き残ったんだが」

たったの十歳で両親を失う。その言葉に、自分の境遇を重ねてしまった。前世の私も十四歳で父王を亡くし、たった一人で国を背負ったのだ。

けれどカイウス様の次の言葉は、私のそんなちょっとした共感を振り払うようなものだった。

「両親を失った俺と弟たちは、ちっちゃな農地すら奪われた。何がどうなってるのか理解するよりも先に、領主に持ってかれた。土地も、家も、全部。その地では、そういう法律になっていた」

「えっ、でも、そんなはず……」

この翠翼の帝国では、皇帝を頂点として、たくさんの領主がそれぞれの土地を治めている。我がフィリス家の当主であるお父様も、そんな領主の一人だ。他にも、帝国領でありながら同時に王国を名乗る地域や、王を持たない自治領などもある。そういったところでは王や首長が、領主同様にその土地を治めているのだ。

そういった領主や王たちは、その土地ごとの事情に応じて、様々な法律を作ることができる。自分の領地内でだけ通用する、そんな法律だ。もっとも当然ながら、その法律は帝国法に反してはならない。親を失った子供たちから全てを巻き上げるような法律は、無効になるはずだ。そんな無茶苦茶をやっていたら、帝都から派遣されている監査官によってすぐに是正されるはずで……！

「ま、当時のその地方は、そんな感じだったんだよ。この帝国、やたらと広いからな。皇帝の目が行き届かないこともある」

かすかに震える私を励ますように、カイウス様が優しく笑いかけてくる。そうして、彼はさらに話し続けた。全てを失ってなお、諦めなかった子供たちのことを。

「そうして俺は、弟たちや身寄りのない子供たちを連れて村を離れ、近くの町に向かった。人の多いそこでなら、子供たちにも稼ぐ方法があるだろう。そんな、賭けに出たんだ」

あまりのことに、言葉が出ない。

「荷物運び、ドブ掃除、薪運び……やれることは何でもやった。俺は年の割に体が大きかったから、思ったよりは稼げたな」

彼の語る世界が、想像できない。ただ、とんでもなく悲惨なことだけは分かった。

「昼は働いて、夜は町外れの物置に忍び込んで、悪い連中に見つからないよう息を殺していた。少しでも寒くないよう、身を寄せ合って」

けれど、悲惨そのものの思い出を語るカイウス様の目は、やはり懐かしそうに細められていた。

「一日一日を必死に乗り切る、そんな暮らしだった。俺のような大きい子供は小さい子供を守り、小さい子供はもっと小さい子供を守って。か弱い者同士、助け合う日々だった。大変だったけど、やりがいはあったよ」

しかしその時、カイウス様がふっとうつろな目をした。今までに見たことのない表情に、思わず目が釘付けになる。

「……あれは、俺が十四になってすぐのことだった。うっかり馬車の前に飛び出してしまった小さい子をかばおうとして、自分が馬車にはねられたのは」

どこまで続くんだろう、この不幸は。前世のカイウス様が必死に頑張って、前に進もうとあがいても、どこまでも不幸が追いかけてくる。

「領主が乗っていたその馬車は、一瞬たりとも止まることなく、そのまま屋敷に帰っていったよ。俺はその様を、石畳に横たわったままぼんやりと見ていた」

「そんな、そんなのって……」

「不思議と、痛みは感じなかった。俺を囲んで泣き叫ぶみんなの声が、どんどん遠くなって。みんなの顔も、どんどんぼやけていって。ああ、俺、このまま死ぬんだなって思った」

彼の声が、どんどん弱くなっていく。苦しそうに、震えている。

「でもさ、自分が死ぬってことよりも、みんなが泣いていることのほうが、よほど辛くてさ……」

ひんやりとしたものが、頬を転げ落ちていくのを感じる。たぶん、私は泣いているのだろう。

「最後の力を振り絞って、みんなに呼びかけたんだ。『泣かないでくれよ』って。ちゃんと声になってたかどうかは、怪しかったけどな」

「きっと、ううん、絶対に聞こえてたと思います……」

涙でぐしゃぐしゃの声で、つっかえながら答える。そうであって欲しいという、祈りをこめて。

「ありがとう、ジゼル。お前にそう言ってもらえると、ちょっと救われた気分だ」

ぽんと頭の上に、手が置かれる。その感触に、また涙がこぼれた。

「そうして、ゆっくりと目を閉じて……次に目を開けたら、ものすごく豪華な部屋が見えた。何とびっくり、俺は皇族の赤子に生まれ変わってたんだ」

彼は私の頭をぽんぽんと優しく叩いて、大きく笑った。悲しそうに眉を下げたまま。

「……なんてな。よくできた作り話だろう？　……だからもう、泣くな。戸惑わせて悪かったな」

そう語る彼の声も表情も、もう元通りの軽やかなものに戻っていた。

カイウス様がどうしてこんなことを打ち明けてくれたのか、それは分からない。

もしかしたら、ちょっと誰かに話したくなっただけなのかもしれない。私はセティと秘密を分かち合えているけれど、カイウス様はきっと、たった一人で生まれ変わってきたのだろうから。ただ、その話し相手に私が選ばれた、その理由はやっぱり分からないままだけれど。

そして今、彼は『作り話』だと言った。今の話を信じてもらえなくてもいい、この市場で一緒にお菓子を食べて、ちょっと不思議な話を聞いた、そんなささやかな思い出にしてくれればいいと、見上げた青い目は雄弁に語っていた。

「わたし、覚えておきます。昔、けんめいに生きた少年がいたことを。でも他の人には信じてもらえないかもしれないから、内緒にしておきます」

袖でぐいと涙を拭って、カイウス様をじっと見つめる。彼は一瞬目を見張って、それからくしゃりと笑った。

「ああ、そうしてもらえると一番嬉しい……ありがとう、ジゼル。お前に話してよかった」

ゆっくりと暮れていく街角で、ただ見つめ合う。どちらも、無言のまま。

「……っと、話し込んでいたら遅くなってしまったな」

どれくらいそうしていただろう、不意にカイウス様がにやりと笑った。

「それじゃあ、約束通り屋敷まで送り届けようか、ジゼル」

「あの、道はおぼえてますし、大丈夫ですよ?」

「だがそろそろ夕暮れだ、悪い人に出くわしたら大変だろう?」

「そうなったら、召喚獣におねがいします。ハチの群れなら、すぐ呼べますから」

「この街中にハチの群れなんて出たら、騒ぎになるぞ?　天才少女の名が、城下町まで知れ渡りそうな気がするな」

ぽんぽんとそんな具合にやり合って、同時に口をつぐんだ。そしてまた、同時に口を開く。

「なんだジゼル、一人で帰ることにやけにこだわるな？　俺はもう少し、お前と話していたいんだが」

「……だってカインさん、パパとママに挨拶する気まんまんですよね。ばれたらどんなことになるか……」

「気にするな、何とかなるさ。さっきも言っただろう、気づかれたらその時はその時だって」

「大丈夫かなあ……」

カイウス様に背中を押されるようにして歩き出しながら、ちらりと彼を見上げる。

エメラルドグリーンの髪に明るい金色の目の、古めかしい口調でゆったりとふるまっていた皇帝カイウス様。

黒い髪に青い目の、ごく普通の青年として生き生きとふるまっている研究生カインさん。

ぱっと見の印象は、かなり違う。でもどちらかと親しくしている人間なら、あるいはかなり勘のいい人間なら、すぐに同一人物だと見抜くだろう。……気づかなければよかったと思った人も、たくさんいたんだろうなあ。

うちの両親は、どんな反応をするんだろうか。気づかなければ普通に歓迎するだけで済みそうだけれど、気づいてしまったら。

「大丈夫だと思うぞ。お前の両親も、中々の変わり者……というか、肝が据わってたからなあ」

考え込んでいると、頭上から明るい声が降ってきた。

「あれは二年前、お前を帝都に呼んだ時のことだ」

人のいない裏通りに差し掛かったのをいいことに、カイウス様が重々しく話し始める。呆れるほど見事に、この人は雰囲気を切り替えている。

「我を目の前にして、あの二人は少しも動じていなかった。ただひたすらに、己たちの幼い娘が皇帝に召し出《い》だされた喜びと誇りを顔に浮かべ、そちが披露した魔法の見事さに心奪われていた。あぁも見事に我を無視してのけた者は、そうおらぬ」

ふっと皇帝の顔になって、カイウス様が笑う。気まずさにうろたえながら、小声で答えた。

「あの、その……うちの両親、わたしのこととなるとちょっと見境がなくなるというか……すみません……」

次の瞬間、彼はまた『カインさん』の笑顔をこちらに向けてくる。

「なあに、だからこそ大丈夫だろうって言ってるんだよ。愛娘の友人、って紹介してくれれば、あの二人はすんなり受け入れてくれるさ」

彼がさらりと口にした言葉に、つい眉間にしわを寄せてしまう。

「……友人、というには年齢差が……カインさん、わたしより十二歳も年上じゃないですか」

「友情に年齢なんて関係ないだろう」

堂々と言い切ったカイウス様を見上げながら、こっそりとため息を押し殺す。本当に、この人といると退屈しないなあ。良くも悪くも。

そうこうしているうちに、見慣れた通りまで戻ってきた。周囲に立ち並ぶのは、大きくて豪華な貴族の屋敷ばかり。

「……あのさ、ジゼル。お前を連れ出した理由はもう一つあるんだよ。ほら、これ」

すると唐突に、カイウス様が何かを渡してきた。近くに誰もいないことを確認しながら、手早く、こっそりと。

それは私の片手にすっぽりと収まってしまうような、小さな巾着袋だった。中に、何か丸くてころんとしたものが入っている。

「そっと中身を見てみろ。ただし、絶対に他の奴には見せるな」

やけに真剣なカイウス様の声に首をかしげつつ、慎重に巾着袋を開いた。そうして、はっと息を呑む。

袋の中にしまわれていたのは、大人の親指の爪くらいあるエメラルドがはめ込まれた、純金の指輪だった。とても細かな模様の浮き彫りが全体に施されていて、薄暗い袋の中にあるというのに見事なきらめきを見せていた。

「……あの……もしかして、これって……皇族の持ち物なんじゃ……見た感じ、女性ものみたいですが……だれのですか……？」

この翠翼の帝国では、緑が高貴な色とされている。だからこんなに大きなエメラルドを身につけられるのは、それこそ皇族だけだ。

「今のところ、持ち主はいない。で、俺としては、その指輪が予期しない相手の手に渡るのだけは阻止したいんだ。俺ももう十八歳だし、そろそろ大臣たちなんかが余計な気を回しそうでな」

さっぱり話の筋が見えてこない。カイウス様の年齢と、大臣たちの思惑と、この指輪。どうつながるんだろう。それはそうとして。

「あの、これをどうしろと……？」

「お前が預かっていてくれ。そうだな、十年くらい」

カイウス様はさらりと、そんなことをつぶやいている。まるで、ちょっとの間本の貸し借りをするかのような軽い口調だ。

「む、無理です!!　万が一のことがあったら、責任とれません!!」

しっかりと巾着袋を握りしめて、力いっぱい首を横にぶんぶんと振る。

「ああ、その時はその時だ。もし失くしたとしても、お前は責任なんて取らなくていいぞ。そうなったら俺が、いくらでも言い訳をこしらえてやるから」

カイウス様は、やたらと言い訳がうまい。それは今日一日で、たっぷりと思い知った。だったら、大丈夫かな……？

私の心が揺らぎかけたのを見て取ったのか、カイウス様が頼もしく胸をどんと叩き、それから妙に優しく微笑んだ。

「とにかく、その指輪をお前が受け取って、大切に保管してくれたら、それでいいんだ。俺が欲しいのは、その事実だけだから」

「は、はあ……」

「本当は、肌身離さず身につけていて欲しいところだが……それだと目立つしなあ」

困惑しっぱなしの私をよそに、カイウス様は何やら考え込んでいる。

「そうだ、ルルに預けておくというのはどうだ？」

「はあ!?」

即座に、そんな叫び声が飛び出した。皇帝陛下に対して失礼だと分かってはいたけれど、こらえ切れなかった。

「こいつはお前の魔法陣を通って自由にこの世界と異世界を出入りできるし、とにかく俊敏だ。それにお前の力になりたいと、そう考えているみたいだし。なあルル？」

軽やかに述べるカイウス様の肩の上で、ルルがちちいっ!! と声を上げた。とっても張り切った声だ。まずい。ルルがやる気になっている。

「おお、お前も頑張ってくれるか。この帝国で一番大切な勅命《ちよくめい》、果たしてくれるな？」

ちいちいっ!!

「ええっと、さすがにそれには無理が、というか、だめです！」

どうにかして彼らを止めないと。そう思って割り込んだら、カイウス様が急に真面目な顔になってこちらを向いた。

「なあジゼル、帰還の魔法陣に永続化の魔法をかけられるか？ それも、かなりちっちゃいやつ」

言いながら、カイウス様は親指と人差し指で輪を作っている。ウサネズミの中では大柄なルルでも、楽々通り抜けられるくらいの輪だ。

「は、はい。それくらいなら、ほとんど魔力はつかいませんし……」

突然がらっと話が変わったことに戸惑いつつも、素直に答える。

「だったら、ルルの故郷につながる帰還の魔法陣を永続化付きで小さな紙に描いて、それをルルに持たせておけばいい。そうすれば、何かあったらすぐに異世界に逃げ込める。しかも、追っ手をまくのも簡単だ。そして頃合いを見て、お前のノートの魔法陣からこっちに戻ってくればいい」

筋は通っている……かもしれない？　確かにそうすれば、ルルはとても小さな魔法陣を通って、二つの世界を股にかけて逃げ回れる。少なくとも、私が持っているよりは安全かも……？

あれ、でもちょっと待って。いつの間にか、ルルが指輪を預かるのが本決まりになっているようない？

何か言わなくちゃと口を開きかけたその時、カイウス様が声をひそめて付け加える。

「それと、その袋の中身が指輪であることについては内緒にしておいてくれ。『皇帝陛下の勅命で、とあるものを預かることになりました』とか何とか言っておけば、誰もそれ以上追及してはこないだろう」

「あ、はい……？」

「よし、そうとなったら、この袋をルルが背負えるよう加工してやらないとな。紐を縫い足すか……それとも、リュックか何かを作ったほうが……」

ちちいっ！

上機嫌なカイウス様とルル。そんな彼らを見ながら、そっとこめかみを押さえた。駄目だ、頭が痛い。

成り行きに流されて、とんでもないことになってしまった。もういいや、ほかならぬカイウス様があぁ言ってるんだし、これ以上深く考えないようにしよう。

そう開き直ろうとしたその時、見慣れた我が家の前にたどり着いていた。いよいよ、両親とカイウス様との対面だ。またしても、背中に変な汗が流れる。

私の姿を見かけた門番の一人が、屋敷の中に駆けていく。すぐに、笑顔の両親が姿を現した。

「お帰り、ジゼル。……おや、そちらの方は？」

「学園の方みたいね？」

両親は、私の隣にいるカイウス様を見て首をかしげている。えっと、この反応、どっちだろう。気づいたのかな、気づいていないのかな。

「初めまして、フィリス伯爵、フィリス伯爵夫人。俺、カイン・ユースと言います。学園の研究生で、お嬢さんとは親しくさせてもらっています」

明るい声で、カイウス様がけろりとそんなことを言い放つ。丁寧さと人懐っこさをぎりぎりのところで釣り合わせた、絶妙な声音だ。

親しくも何も、『カインさん』と出会ったのは今日が初めてなんだけどな、という言葉を呑み込みつつ、こくんとうなずく。

きっと私は微妙な表情をしていると思う。しかし両親はカイウス様に、それはさわやかに笑いかけたのだった。

「そうなのか！　よろしく、カイン君。私はレイヴン、こっちは妻のプリシラだ」

「まあ、研究生の方がジゼルのお友達……カインさん、うちの娘が迷惑をかけていないかしら？」

「いいえ、ジゼルといると楽しいですよ。とても賢くて、いい刺激になっています」

「あらそうなの、どうぞこれからもジゼルと仲良くしてあげてね」

　そうして三人、明るく笑い合っている。

　やっぱり気づいてないのかなあ。さっき一瞬だけ、二人そろって目を見張ったような気もする。けれどもうすっかり、カイウス様と打ち解けてしまって……私と『カインさん』の年の差も、全く気にしていないみたいだし。

「そうだ、カイン君。もうすぐ夕食なんだが、一緒にどうだい？　今日はたまたまビーフシチューで、多めに作らせていたから、君の分も用意できるよ」

「それはいいわね！　ねえカインさん、私たちあなたともっとお話もしたいし、どうぞ寄っていって」

　押し黙っていたら、お父様がとんでもないことを言い出した。すぐに、お母様も笑顔で同意している。ちょ、ちょっと待って、その展開は予想してない！

「えっ、あの、パパ、ママ？」

「いいんですか？　ぜひ、ご一緒させてください！」

　ひっくり返った声を出す私と、すかさず目を輝かせるカイウス様。

「よし、じゃあ決まりだな。どうぞ、上がってくれ」

「私たちはおもてなしの準備をしてくるから、ジゼルはカインさんと応接間で待っていてね」

両親はそう言い残すと、そのままさっさと屋敷の奥に消えていってしまった。

「な、大丈夫だったろ？」

二人で屋敷の廊下を歩きながら、カイウス様がにっと笑う。

「……いつかばれそうな気もしますけど」

「その時はその時だ。というか、うっすら気づいてるかもな、あの二人」

「わたしもちょっと、そんな気はします……あの、パパもママも陛下に無礼をはたらくつもりはなくて、単にわたしのおともだちって考えちゃってるだけで……」

カイウス様は気にしないだろうけれど、一応弁明しておく。

「ははっ、いい両親じゃないか」

思った通り、カイウス様は明るく笑うだけだった。けれど彼の前世の話を振り返ると、その笑顔はとても意味ありげなもののように思えた。

「はい。わたしの、大切な両親です」

だからそう答えて、笑顔でうなずいた。カイウス様も無言で、力強くうなずき返してくれた。


そうして、にぎやかで和やかなひと時を過ごし……なんとカイウス様は、そのままうちに泊まっていくことになった。両親のお誘いに、カイウス様も快く応じてしまったのだ。

ちなみに『ちょっと外泊してくる、朝には戻るから探すな』という恐ろしいことづてを帝城まで運んだのは、私の召喚獣だ。さすがにうちの使用人に、帝城の奥まで伝言を運ばせるのはかわいそうだし。

何とも言えない微妙な気分で夕食の席に着き、まるでここが自分の家であるかのように堂々とくつろいでいるカイウス様をちらちらと見る。

カイウス様は気持ちいい食べっぷりで食事を平らげ、夜の庭を散歩しながら両親とお喋りし、軽やかな足取りで客室に向かっていった。

次の朝も、彼はとってもさわやかな顔で起きてきて、嬉しそうに朝食を食べていた。そうしている様は、本当にごく普通の十八歳の青年にしか見えなかった。両親も、とても優しい目でカイウス様を見守っていた。

……皇帝だとかどうだとか、そういうことって、気にしなくってもいいのかな。カイウス様たちのふるまいを見ているうちに、そんなことをふと思った。

前世の私は、ただ女王としての任を全うすることしか考えていなかった。だから、忘れていた。女王である前に、私も一人の人間だったのだということを。もしかしたら、ささやかな日常の幸せくらい、追いかけてもよかったのかもしれない。もうちょっと、わがままを言ってもよかったのかもしれない。

ちょっとしんみりしながら、朝の身支度を整えていく。制服に着替えて、髪をくくって、カバンを背負って。

「……カインさん、寝ぐせついてますよ」

「なぜか知らんが、ここの一房だけいっつも跳ねるんだよ。……普段は帝冠で押さえてごまかしてる」

こそっとささやかれた一言に、絶句した。冠って、そういう用途のものだったかな……？

そうしていたら、両親がまた朗らかにカイウス様に話しかけてきた。

「カインさん、どうぞこれからも、気軽に遊びにきてくださいね」

「ああ。ジゼルの友人なら、私たちにとっても家族のようなものだ。いつでも大歓迎だよ」

「パパ、そこは『私たちにとっても友人のようなもの』が正しいとおもうよ……」

あわててお父様の言葉を修正すると、カイウス様が楽しそうに笑った。

「俺は家族で構いません、むしろ嬉しいです。素敵な家族が増えました」

「もう、カインさんまで！」

困ってしまってため息をつく私を見て、私以外の三人が同時に笑った。楽しげに、声を上げて。

さわやかな朝の空気に、その声はとてもよく合っているなと、ぼんやりとそう思ってしまった。


「……と、そんなことがあったの。昨日魔法研究会に差し入れにいってから、今朝までずっと大騒ぎだった」

カイウス様にさんざん振り回された次の日、私はセティとアリアに昨日のできごとについて語っていた。前世の話と指輪については伏せて。ちなみにあの指輪は、袋に入れたまま両親に預かってもらっている。今度革職人を呼んで、ルル用のリュックを作ってもらうことになったのだ。

「……なんだか、すっごく疲れた。常識外れのできごとが多すぎて……」

今日は図書室ではなく、アリアお気に入りの三階のベランダ席に集まっていた。秋にしてはちょっと暑いので、いい風が吹くここで過ごすことにしたのだ。

「しかし、とんでもない方がとんでもないことをなされていたのですね。今まで気づかれずにいたのが、すこし不思議です」

セティが機械弓の部品をかちゃかちゃと組み上げながら、しみじみとつぶやく。相変わらず何がどうなっているのか分からないけれど、細かな部品がきれいに組み合わさっていくのは見事だと思う。

それってどう動くの、と尋ねると、セティは嬉しそうな顔で部品の一部をちょっとだけ動かしてくれるのだ。その動きが、あっという間にあちこちの部品に伝わっていく様は面白い。やはり仕組みは理解できないけれど。

彼はある程度機械弓の図面が引けたので、こうして試作品を作っているのだ。帝城の隣にある工房の研究員たちに協力してもらったおかげで、必要な部品はほぼできているらしい。試作品の合金を譲っていただけたのは助かりましたと、セティは顔をほころばせていた。

「変装する時は、堂々としていたほうが気づかれないって、歴史書にもかいてあるよ……」

分厚い本を手にしたまま、アリアがくすくすと笑う。

「でも……あの方の雰囲気がどれくらい変わるのかは、きになる……」

まだ人見知りで引っ込み思案なアリアだけれど、以前のような極端な怖がりはもう直ったようだった。私たちと一緒なら、こんな風に年相応の好奇心をのぞかせることもある。

けれどそのアリアの言葉を聞いたセティが、ふっと難しい顔になった。

「アリア、もし『カインさん』がその言葉を聞いたら、たぶん大喜びでやってくるとおもいますよ」

「わたしもそう思うわ。カインさんって、こう言ったらなんだけど……ちょっと子供みたいなところのある人だから。行動力もすごいし」

「行動力……おかしなかんじの……」

何か考え込んでいるような表情で、アリアが胸元を押さえた。制服の下に、学期末試験の時にもらった忠誠の首飾りを着けているのだ。私たち三人、こっそりとおそろい。イリアーネにばれたら面倒だから、内緒にしているけれど。

「ええ、おかしいですね……こんなものを子供にほいほい与えるなんて、あの方はなにを考えておられるのか……」

おかしそうな声で、セティがつぶやく。それから三人で、顔を見合わせた。呆れたような、困ったような、でもちょっぴりおかしそうな顔を。

「とにかく、あの人は本当に自由な人だから……振り回されたくなかったら、魔導士の塔のほうには近づかないほうがいいとおもう。セティもアリアも、顔はおぼえられてるはずだし」

「大丈夫……もともと、あっちには用事がないから。でも、きをつける……」

神妙な顔でうなずき合った時、セティがふと視線をさまよわせた。

「ところで、ルルはどこにいったのでしょうか？」

私たちが特別研究に励んでいる時はいつも、ルルも机の上に絵本を広げて眺めていた。まるで、一緒に勉強しているかのように。他のウサネズミたちがいない時は、ひたすらに黙々と。他の子たちがいる時は、まるで読み上げているかのように小声で鳴きながら。

今朝方の騒動を思い出して頭を押さえながら、セティの疑問に答える。

「パパとママのところ。二人とも昨晩、カイウス様とすっごくもりあがっちゃって……どうも三人で、ルルの話をしてたみたいなの」

本当は、私もその話をきちんと聞いていたかった。けれど体が子供のせいなのか、それとも昼間カイウス様にさんざんびっくりさせられたからなのか、途中で眠りこけてしまったのだ。

「今朝、『ルルにお願いしたいことがあるから、この子を借りてもいいかな』ってパパに言われたの。ルルもやけに張り切ってたから、おいてきた」

最近、ルルがどんどん行動的になっている気がする。最初は可愛くてのんびりした子だなと思っていたのだけれど……学園に来てたくさんの人たちを見てきて、あの子も変わったのかもしれない。ちょっぴり、行動的になり過ぎてる気もするけど。

「ルルにお願い……？　なんだろう……」

「気になりますね。ジゼル、またそのうち、教えてくださいね」

「うん。……なんだか、とんでもないことになってるきもするけど」

その件については、また両親に聞いてみる。二人にそう約束して、いったんこの話は終わりになった。そしてまた、それぞれの研究に移る。

セティが機械弓を組み立てるかちゃかちゃという音と、アリアが本のページをめくる音。それらを聞きながら、私もノートにペンを走らせ……。

「……うう、やっぱりだめだわ。こうじゃない」

紙に書きつけていた覚え書きを、ぐしゃぐしゃと荒っぽく線で塗りつぶす。二人が手を止めて、こちらを見た。

「どうしたんですか？　もしかして、行き詰まっている、とか」

「うん。セティのおかげで、魔法陣を描いてから大きさを広げられるようになった。でも、やっぱり限界があるみたいで、がんばっても二回りくらいしか大きくならないの」

私が何の工夫もせずにそのまま魔法陣を描けば、呼び出せるのはキツネくらい。描いてから線を動かす方法を使えば、オオカミくらいまで呼べる。

もちろん、前にルルにもらった木の棒を使えば、簡単に大きな魔法陣を描くことはできる。でもかさばるし、生木だからかちょっとずつしんなりとしてきた。だから最近では、ほぼ屋敷に置きっぱなしになっている。うっかりすると、折っちゃいそうだし。

でもどうせなら、もっと大きな魔法陣を描きたい。そうして、見たこともないような召喚獣を呼んでみたい。それが、私がこの特別研究を始めた理由、ううん、召喚魔法を初めて使った時からの夢の一つ。だけど。

……大きな召喚獣は、小さな召喚獣よりもより多彩な姿と能力を持つ傾向があり、そのため戦の道具として用いられることも多い。とびきり大きな魔法陣を描き、特に強力な召喚獣を呼ぶために、複数名で協力して魔法陣を描く方法なんてものも存在する。魔導士の塔に出入りしてさらに詳しい資料を読むにつれ、そんなことも分かってきた。

私は、戦になんて協力する気はない。ゾルダーは「帝国の力となってくれ」と言っていた。もしかしたら遠い未来、私はそういった道を、帝国を支える者となる道を歩むかもしれない。けれど絶対に、戦にだけは加担しない。したくない。

もし私が、一人で大きな魔法陣を描き上げる方法を見つけたとして。その方法が戦に活用される可能性があると思えたら、私はその方法を隠して、何にも気づかなかったふりをすると決めていた。

でも、昨日カイウス様と話して確信した。あの方は、戦なんて望まれないんだってことを。あの方は、一番下で虐《しいた》げられる者としての記憶を持っている。戦を起こせば、真っ先に苦しむのはそういった者たちだと知っている。だからあの方は、何としてでも戦を回避するだろう。

そんな訳で、私は心置きなく大きな魔法陣の描き方を追求できるようになったのだけれど。

「もっと線を大きく動かせればなあ……でも、動かしすぎると線と線のつながりがぐちゃぐちゃになっちゃうし……」

ぶんぶんと頭を振って、それからぺたんと机に額をつける。どうも、これまでと同じようなやり方ではうまくいかないような気がする。もっと根本的な方向転換が必要な気がするんだけど、それが何なのか分からない、思いつかない。

「……がんばって、ジゼル……えっと、これ、あげる……応援になるかな、って……」

おろおろしながら、アリアが何かを差し出してきた。机に突っ伏したままそちらを向くと、彼女の小さな手に何か綺麗なものが載っているのが見えた。

その何かを手に取って、じっくりと見てみる。

それは、丸くて平べったい、私の手のひらくらいのメダルのようなものだった。でも、とても軽い。そして、とっても美しい。セティに見せてもらったオルゴールみたいに、小さな部品？　が複雑に組み合わさっていて……もっともこれは、オルゴールと違ってぺったんこだし、動きそうにはないけれど。

「あのね、それ……わたしの故郷の、お守りなの……」

アリアがもじもじしながら、説明を始めた。なんでもこのお守りは、色とりどりの紙を折って重ねて作るもので、手間暇かかるため他の地方ではあまり知られていないらしい。

「紙を折ってたたむ……それだけで、こんなに複雑なかたちになるのね、すごい……」

お守りに見とれていたら、アリアがまたごそごそし始めた。そうしてカバンから取り出したのは、お守りよりも二回りくらい大きな、正方形の紙。普段見慣れたものよりも薄手の、張りのあるものだ。

「簡単なものなら、わたしにも折れる……」

そう言って、アリアが紙を折りたたみ始めた。四つの角を内側に折り込み、一部を袋状に持ち上げたと思ったら、またぺたんとつぶして。見る見る間に、一枚の紙が何層にも折り重なっていく。

そうしてできあがったのは、元の紙の四分の一くらいの大きさの、平べったいお花。

「ほどくと、またもとの紙に戻るの……いがいと、簡単……」

ちょっぴり得意げに説明して、アリアはあっという間にお花を紙に戻してしまった。たくさんの折り目がついた紙を見ていたら、ぴんときた。

「アリア、そっちの紙も貸して!!」

最初にもらったお守りと、折り跡のついた紙。その二つを交互に見て、考えて。

「そっか、それぞれの線を滑らせるようにうごかしてたから、線のつながりがずれちゃってたんだから……折った紙を開くみたいに、立体的にぱたんとうごかせば……」

またノートとペンを手に取り、全速力で描きまくる。

ただ線を動かすのではなく、最初から複数の紙が重なったような魔法陣を描く。そうして重なり合った魔法陣を、紙を開くようにしてふわりと広げていく。今までの線を動かす方法と、同じ要領だ。ただ、動かす対象と、動かす方向が大きく変わっただけで。

「……これなら、いけるかも……」

ペンを置き、書き込みだらけになったノートを見つめる。深呼吸して、右手の人差し指ですっと空中に魔法陣を描く。描き慣れた、私の手のひらよりも少し大きなものだ。ルルたちウサネズミや子猫くらいしか呼べない、小さなもの。

けれど今その魔法陣の中には、たくさんの線が重なり合い、ひしめき合っていた。セティとアリアがそれを見て、目を丸くする。

「いつものものより、ずっと複雑ですね？」

「線が……ごちゃごちゃに、かさなってる……？」

「これ、二つの円が重なってるの。こうして、片方の円を切り開いて……」

そう説明しながら、ついと指を動かす。片方の円が中心から放射状に裂けて、果物の皮をむくようにべろんと外側に広がっていく。それからするすると線が滑るように動いて、隙間を埋めていった。

「よし、大きくなった！」

元の大きさの倍くらいになった魔法陣から、何かがぽんと飛び出してきてどいんと机に着地した。ごくありふれた、ウサギ。ただし、とびきり大きい。抱きかかえるのは難しそう。

「……魔法陣、一気に大きくなりましたね」

「……もしかして、わたしのお守りと紙……役にたった……？」

「うん、とっても！」

今は、円を二つ重ねて、そのうちの片方を単純にぱたんと開いただけだ。でももっと細かく折りたたんだものを描けるようになれば、開いた時にもっともっと大きな魔法陣を完成させられる。

目の前でずっと閉ざされていた重い扉がちょっとだけ開いたような感覚に、思わずぴょんぴょん飛び跳ねていた。そんな私を、セティとアリアは優しく見守ってくれていた。

そうしてとっても明るい気分で、のんびりと帰路に就く。昨日はばたばたしてたから、ようやくのんびりできる。いつも通りの日々っていいなあ。そんなことを思いながら屋敷に戻り。

「おかえり、ジゼル。ほら、見てくれよこれ!!」

「やっぱりルルって、すごいのよ!!」

……昨日と同じくらいはしゃいでいる両親に出迎えられた。

二人は居間のテーブルを囲んでいて、テーブルの上にはこの上なく得意そうな顔のルル。その背後には、何やら大きな紙が一枚置かれていた。

「……文字と数字が、全部かかれた紙？　パパ、ママ、これ何？」

何となく、いやものすごく嫌な予感がするのを抑え込みつつ、できるだけ無邪気な顔で尋ねてみる。

「答えは、ルルから聞いてみるといいよ！」

お父様がそう言ったとたん、ルルがぴょんと跳んだ。紙の上の、一つの文字を踏みしめるように。

そうしてさらに、ぴょんぴょんと跳んでいく。

「『おはなし』……まさか、ルルがわたしたちとおはなしする、ってこと？」

呆然とつぶやいたら、ルルはこくこくとうなずいていた。……この半日の間に、いったい何があったのか。

「パパ、ママ、いったい何をしたの……？」

くるりと振り向いて、両親を問い詰める。その答えを聞いて、頭を抱えた。

この事態には、やはりカイウス様がからんでいた。昨夜私が眠ってしまった後、三人はまだ話していた。そうして誰からともなく、言い出したのだ。ルルに言葉を教えられないかな？　と。ルルは賢く、こちらの話していることを理解しているように思える。だったら文字や言葉を教えれば、意思疎通もできるのではないか、と。

そうして三人は、ああでもないこうでもないと、ルルに言葉を教える方法を相談したのだそうだ。で、この方法に行き着いた。そして両親は二人がかりで、朝からルルを特訓していたらしい。

「音《おん》と文字の対応は、すぐに覚えたわ」

「簡単な言葉のつづりも、既に知っていたみたいだね」

「きちんとした文章はまだ無理だけれど、ちょっとしたことなら伝えてくれるようになったわ」

うきうきの両親からそっと視線をそらして、頭を抱える。

あーあ、ついに、やっちゃった。人の言葉を解する召喚獣って、前代未聞なのに。このことがばれたら、間違いなく魔導士の塔が大騒ぎになるのに。私、これ以上注目されたくないのに。ごく普通の子供……でいるのはちょっと難しそうだから、ちょっと優秀な子供……でいたいのに。だからあえて、ルルのことはひた隠しにしてたのに。

というかカイウス様、私のそんな思いも全部分かっててやっている気がする。お前なら、これくらいうまく切り抜けるだろ？　という彼の声が聞こえてきた気がした。どうせなら、ルルと話せたほうが楽しいだろう？　という面白がっている声も。

「……ルル、やっぱり絵本で勉強してたの？　人間のことば」

こう問いかけたら、ルルはぴょんぴょん跳んで『うん』と答えた。それから『にんげん、おもしろい』と返ってきた。なるほど、それでルルはほぼずっとこっちの世界で過ごしているのかな。

それから、もう少しあれこれと話してみる。難しい言葉はつづれないし、ちょっとずつしか話を聞けないけれど、結構楽しい。両親がはしゃいでしまったのも、ちょっと分かる気がする。

ルルはたまたま呼ばれたこの世界と、あと私のことが気に入って、もっと色々見てみたいと思ったらしい。ノートに永続化された魔法陣が描かれてからは、友達や親戚など、仲のいいウサネズミたちに声をかけて自由に出入りしているのだとか。ちょっとした、観光旅行気分で。

そんなことを説明していたルルが、ふと背筋を伸ばした。かしこまっているような表情でぺこりと頭を下げて、また紙の上を跳び回る。

「『ないしょ、おねがい』……なにを内緒にしたいの、ルル？」

ちちっ、と鳴いて、ルルがまた跳ねる。

「『るる、はなす』……えっと、ルルがこうやっておはなしできることが内緒なの？」

するとルルは、ちっちゃな頭を縦に振った。それからはっとした顔になって、またぴょんぴょん跳び始めた。

「『せてぃ、ありあ、かいん、だいじょうぶ』……その三人には話してもいいってこと……？　でも、こうやって跳ねておしゃべりしてたら、そのうちほかの人にもばれちゃうんじゃ……」

眉間にしわを寄せてそう指摘したら、お父様とお母様、それにルルが同時に首をかしげた。

「確かに、言われてみればそうね」

「可愛いルルがぴょんぴょん跳ねていたら、嫌でも目立つしね」

「『こまった』」

「じゃあ、お話しするのはこの屋敷のなかだけ、にしたらどうかな？」

そうすれば、目立つこともない。もうしばらく、この事実を隠しておける。ほっと胸をなでおろした次の瞬間、お父様が声を張り上げた。

「そうだ、もっと手軽に、もっとこっそりと意思疎通できる方法を探してみたらどうだろう？」

「あら、いい思いつきね、あなた。だったらひとまず、言語学の本を当たってみましょう」

「よし、そうしようか！」

ちちっ！

ぽかんとする私を置き去りに、二人と一匹は弾むような足取りで書斎に駆けていく。

「……まあ、いいか。ルルともっとおしゃべりできたら、素敵だし」

考えてみたら私は、生まれ変わってからこのかた、楽しいこと、興味のあることを追いかけてきたのだった。今度こそは幸せになるんだっていう、そんな思いと共に。

また何か騒ぎに巻き込まれるかもしれないけれど、それも楽しんでしまおう。

そう割り切って、私もみんなの後を追いかけた。

などと色々ありつつも、割と日々は平和だった。

ある休日、私はアリアと一緒に買い物に出ていた。リボンやレースなどをたくさん取り扱っている、そんなお店に来ていたのだ。

「あっ、これ可愛い。ほらほらアリア、どう?」

お店の人が出してくれたリボンを一本選び、アリアの髪にあてがってみる。そうして、二人一緒に姿見に向き直った。

「……可愛い、けど……少し、派手かも……?」

幅が広くて、縁が花びらのようにひらひらした、優美な桃色のリボン。それはアリアの銀の髪に、とてもよく映えていた。けれどアリアは、恥じらって目を伏せている。

「こどものうちは、ちょっとくらい派手でもいいの。むしろそのほうが似合うくらい」

ぐっとこぶしを握って、力強く断言する。

「小さいうちしか似合わないものって、あるのよ。だから今楽しめるものは、今のうちにたっぷり楽しんでおかないと」

「そういうものなの……? わたし、よく分からない……」

アリアは全く実感できていないようだった。それもそうだろう。私だって、実際に体験していなければ、こんな風に思わなかっただろうから。

前世の私、エルフィーナには、お気に入りのリボンがあった。前世の母が亡くなる直前、幼い私に贈ってくれたものだった。私は片時も、それを離さなかった。

けれど体が大きくなってきて、子供から少女に、乙女に変わっていくにつれ、そのリボンはちっとも似合わなくなってしまった。それに気づいた時は、大いにしょんぼりしたものだ。

そうして身につけられなくなったリボンは、宝石箱の底にそっとしまい込まれたままになっていた。あのリボンも、きっともうなくなってしまったんだろうな。リボンのほかには何も入っていなかったとはいえ、女王の宝石箱なんて、民たちの怒りが向くには十分な品だから。中身ごと叩き壊されたとしても、驚きはしない。

ひとかけらの寂しさを押し込めて、にっこりと微笑む。

「そういうものだって、きいたことがあるの。それより、こっちのもすっごくアリアに似合ってるよ」

「……やっぱり、派手……」

そうやってはしゃぐ私たちを、店員と他の客、そしてアリアの母が優しく見守っていた。

アリアの母はアリアと似た面差しの、もっと儚げな女性だった。城下町に買い物にいきたいから付き添いをお願いします、と頼んだら、花が咲いたような笑顔でうなずいてくれた。あなたがアリアのお友達ね、いつもありがとう、という言葉を添えて。

今日は、うちの両親はついてきていない。今日この店にいることも、ここで買い物をすることも、両親には内緒なのだ。

こんな状況になっているのには、もちろん理由がある。もうすぐお母様の誕生日なので、内緒のプレゼントを贈ってびっくりさせようと思ったのだ。

しかしさすがに、六歳の子供だけで買い物にはいけない。お金は心配いらないのだけれど、付き添いなしに出歩く訳にはいかないから。

そうして困っていたら、アリアが協力してくれたのだった。「わたしのおかあさまについてきてもらって、二人で遊びにいくことにすれば、内緒でおかいものができるよ……」と言って。

これで、付き添いの問題は片付いた。とはいえ、城下町のどこで何を売っているかなんて分からない。なので、たまたま私たちの特別研究を見物にきていたカインさんに相談してみた。すると彼は、すぐにいくつかの店を挙げてくれた。割と高級な、貴族の女性向けのお店を。「人気の店なんだよ」という言葉を添えて。

どうやらカイウス様は、城下町についてかなり詳しいらしい。『カインさん』と初めて会ったセティとアリアは彼の大胆さと雰囲気の変わりっぷりに驚いていたけれど、彼の城下町についての知識の豊富さに、さらに驚いていたものだ。

「……それより、ジゼルはプレゼントをさがしにきた……んだよね……？」

「あ、そうだった。アリアに似合いそうなものがたくさんあって、忘れてた」

両手に一本ずつリボンを持ったまま、アリアの言葉で我に返る。

今まで両親の誕生日には、自分で描いた絵や手紙などを贈ってきた。召喚獣に分けてもらった綺麗な羽を添えたり、召喚獣たちに歌や踊りを披露してもらったこともある。

でもそろそろ、もっとちゃんとしたプレゼントを探したかった。カイウス様に教えてもらったこの店は趣味がいいし、アリアのおかげでこうしてここまで来ることができた。

「今日はありがとう、おかげで、いいプレゼントがえらべそう」

改めてお母様へのプレゼントを探しながら、隣のアリアに笑いかける。真剣な目でレースを見つめていたアリアが、こちらに向き直って首を横に振った。

「……ううん、わたしも街を見てみたかったから……それに、演劇同好会の役にもたつし……」

「アリアって、演出の担当よね？」

「うん。……でも、衣装担当の子たちに教えてあげられるから……こんなお店があるよって……」

彼女が演劇同好会に入ったと聞いた時は驚いたけれど、案外うまくやっているようだった。初めて会った時は極端な人見知りだったアリアも、今ではごく普通の人見知りくらいで済んでいる。

「あのね……お礼をいうのは、わたしのほう……」

ふと、アリアがそんなことを言った。私から目をそらし、もじもじしながら。

「あなたとセティが、お友達になってくれたから……わたし、ほかの子と関わってみようって、そうおもえたの……勇気をだして、演劇同好会にもはいれたの……」

「わたしたちは、あなたとお友達になりたいなっておもっただけ。むりやり追いかけていったのに、友達になってくれてありがとうね」

そんな風にお礼を言い合う。どちらからともなく、くすくすという小さな笑い声が漏れた。

「……プレゼントをえらぶの、わたしも手伝おうか……？」

「うん、お願い！」

そうして二人で、プレゼントを選び始めた。やがて、レースの縁取りがされた可愛いハンカチが数枚見つかった。気取っていないし、これなら普段使いにもできそう。それじゃあ、このどれかにしようかなと、改めて選び直しにかかる。

その時、アリアがぽつりとつぶやいた。ひらひらきらきらな店内を見回して。

「……カインさん、どうしてこんな店を知ってたんだろう……？」

カイウス様はこの店について「上質な割に値段はそこそこ、お勧めだが女性ものの下着なんかも売ってるから、セティは行かないほうがいいな」などと言っていたのだ。……だったらカイウス様は、なんでそんなところに足を踏み入れたんだろうか。私たち三人とも、そんなことを思っていた。

「……カインさんって、やっぱりとんでもない」

彼女も既に何度か、『カインさん』と顔を合わせている。『皇帝カイウス』とはまるで違ったその様に、最近では驚くのを通り越して、ちょっぴり呆れているようだった。彼に対して、それだけ親しみを感じているということでもあるのだろうけど。

「……それにあの人、ジゼルのこと、とっても気に入ってる……」

「気に入られてるな、とは思うけど……そんなに？」

「うん。……はっきりとは言えないけど、ひとりだけ特別……みたいな……？」

アリアの指摘に、言葉に詰まる。その言葉は正しいような、そんな気がしたから。

カイウス様と初めて会ったのが二年前、わたしがまだ四歳の時。あれからあれこれと、よくしてもらっている。けれどこの前、市場の片隅で彼の前世の話を聞いてから、ずっと悩んでいる。どうして彼は、私にあんなことを話したのかな、と。

そしてアリアはアリアで、何やら考え込んでいるようだった。

「……もしかして……好き、とか……？」

「妹みたいな感じで？」

「ううん、女性として」

気軽に尋ねたら、とんでもない答えが返ってきた。びっくりしたのを、笑顔でごまかす。

「まさかあ。それはないよ」

「そう……かな。だけど……」

けれどアリアは納得いかないようで、きゅっと眉を寄せて首をかしげている。

「カインさんって、ジゼルのことを子供扱いしてない気がする。だから、特別……？　はっきりとは言えないけど……」

子供扱いしていない。その言葉には、ちょっと心当たりがあった。

彼は初めて会った時から、妙に心に残る切なげな視線をこちらに向けていた。そして親しく話すようになってからは、まるで同世代の女性、一人前の女性に対する敬意と気遣いのようなものを、時折感じるようになった。彼のちょっとした言動、仕草に、そういったものがにじみ出ているように思えたのだ。

でもそんなはずはないし、気のせいだろうなと思っていたのだけれど。アリアまでがそう言うのなら、本当に何かあるのかな。

「このまま、仲良くしてたら……いつか、謎もとける……かもしれない……」

「そうだね、たぶんこれからもしょっちゅう会うだろうし、わたしもカインさんのこと、もっとしっかり見てみる」

ハンカチを並べて見比べながら、二人顔を寄せ合ってひそひそと話し合う。大人たちの微笑ましげな視線を感じながら。

「それにしてもアリアって、やっぱり賢いのね。わたし、カインさんのことをきちんと考えてなかった。……ただのとんでもない人って、そうおもってたから」

小声でアリアをたたえると、彼女はちょっぴり得意げに笑った。

「……実はね、最近人間についてまなんでいるの」

そして唐突に、そんなことを言い出した。

「わたしの夢は、いつか法務大臣になること。……そのためには、まず文官になって、それから裁判官を経験するのが、いちばん可能性がたかいんだって……」

「それって、こないだカインさんが教えてくれたんだよね」

「うん……陛下じきじきの情報だから、まちがいない……すごく、貴重……」

「陛下がおともだちになっちゃったっていうのは、もっと貴重だけどね」

周囲の大人たちには絶対に聞かせられない、私たちだけの内緒話。くすりと笑って、またアリアが話し出す。

「だからわたし、すぐれた裁判官になろうっておもったの……。だったら、法律だけじゃなくて人のきもちも知らないといけないわねって、おかあさまが言ってた……」

「そうだね。わたしもそう思う」

人の上に立ち、人を裁く存在。それには、ただ法律を厳格に適用するだけではなく、他者の心情をくみ取り、より柔軟に判断していく能力が必要とされるのだろう。

今の私には、そのことがすんなりと理解できる。けれど前世の私は、果たしてそうできていただろうか。私は湖月の王国を保つのに必死で、王国を支える一人ひとりのことまで考える余裕がなかった。法にのっとって、迅速に淡々と片付けることしかできなかった。

そうしているうちに、小さな不満が少しずつ降り積もって……そしてあの、内乱に……。

「だから、物語の本もよむようにしたの……」

過去の記憶に取り込まれそうになった私を、アリアの穏やかな声が現実に引き戻す。

「……おばさまが、たくさんもってた。……その、恋愛の本……人のこころについて書かれた、すてきな本よ、って、色々かしてくれたの……」

実家が遠いアリアは、母親と二人で帝都の親戚の屋敷に移り住んでいる。そこの主《あるじ》夫妻は、物静かなアリア母子とはまるで違う、陽気で行動的な人たちだった。そしてどうやら、本の好みもかなり違っているらしい。アリアはとにかく難しい本が好きで、アリアの母は詩集をのんびり口ずさむのが好きだと聞いている。二人とも、恋愛の本には無縁だ。

「……けど、わたしたちの年で恋愛の本って、まだ早くない？」

アリアは大人びていて賢いとはいえ、私と違って本当に六歳だ。恋愛ものの物語は、少々刺激が強いのではないか。ちゃんと読んだことはないから、具体的にどんなものなのか想像がつかないけれど。

「ちゃんと、子ども向けのをかりたから……大丈夫。こんど、ジゼルも読んでみる……？　学園にも、もっていってるから……」

「……うん。こんど、試してみる」

そんなことを話していたその時、近くの棚に置かれていた一本のリボンが目についた。春の日差しのような優しい黄色の、レースのリボンだ。

あれなら私の夕焼け色の髪にも、アリアの銀の髪にもよく似合うだろうな。それにこれはちょっと大人っぽいから、十年経っても使えるし。ふと、そんな考えがぷかりと浮かぶ。

「ね、ねえ、アリア！」

ちょっぴり緊張しながら、リボンを指さす。

「あのリボン、なんだけど……かわいいと思わない？」

アリアは一瞬ぽかんとして、視線を動かした。それから、力強くうなずく。

「素敵。……派手じゃない。わたし、ああいうの好き……」

「だったら、買って帰らない？　その、わたしとあなたでおそろいにしてみるのも、いいかなって」

「うんっ！」

返ってきたのは、とびっきりの笑顔だった。

お友達との、おそろいのリボン。これはずっと私のお気に入りになるんだろうな。私が大人にな

って、リボンがすっかり古びてしまってからも、私は時々宝石箱からリボンを取り出して、子供の頃の思い出に浸るのだ。いずれ、リボンを私の子供や孫に見せる日がくるのかも。この日の思い出を語りながら。

そんな穏やかな未来がやってくるのだと、これっぽっちも疑わずにいられる。そのことが、とても幸せだった。幸せすぎて、ちょっと怖いくらいに。


私たちが選んだハンカチは、とっても喜ばれた。「使うのがもったいないわ、額に入れて飾っておきましょう！」とお母様は叫んでいた。「また別のハンカチを贈るから、ちゃんと使って」と説得して、ようやく思い留まってくれた。

そしてそれ以上に、お父様が大変なことになっていた。彼は「うらやましい……うらやましい……」とぶつぶつぶつぶやきながら、部屋の中をうろうろと歩き回り始めたのだった。「パパのつぎの誕生日にも、ちゃんとすてきなプレゼントをさがしてくるから」となだめ続けて、やっと落ち着きを取り戻してくれたのだった。

ハンカチ一つでこんなに大騒ぎできる。やっぱり、平和だな。……お父様のプレゼント、気合入れて選ばないと。まあ、彼の誕生日は冬の終わりだからもっと先だし……ゆっくり考えよう。

平和な日常、しかしそこに遠慮なく刺激を与えにくる人がいた。言わずと知れた、カイウス様だ。

「……やっぱり、これは無理があります。はやく外に出ましょう」

「まだ大丈夫だって。今のところばれてない。怪しまれてすらいないぞ」

私は、帝城の中を歩いていた。学園からも魔導士の塔からも遠い、奥まった一角の静かな廊下を。

隣にいるのはカイウス様……というか、カインさん。面白いところに連れていってやると言われて、ついていったらこうなってしまったのだ。帝城の奥、普通は立ち入れないところの探検なのだと、引き返しづらいところまで来てから言われた。本当にもう、この人は。

「帝城を歩くなら、別に変装しなくても……」

「我が一生徒を構いつけていることが表ざたになれば、そちも今後やり辛くなると思うが。目立つのは嫌いであろう？」

しれっと口調だけ元に戻して、カイウス様がにやりと笑った。と、遠くからかすかに足音が聞こえてくる。

「よし、隠れろ」

そうして、二人一緒に近くの柱の陰に隠れた。カイウス様は目を閉じて、耳を澄ましている。

「……あ、大丈夫だな。あの鎧の音は巡回の兵士だから、こっちの区画までは入ってこない」

「……足音で分かるんですか」

「まあな。騎士と兵士は鎧の音が違うし、大臣たちの一部の足音も聞き分けられるぞ。で、一番特徴的なのがゾルダーなんだよ。あいつの足音、からくり仕掛けかってくらいに規則正しくてな」

「足音だけでわかるくらいに特徴的、ですか。なっとくいくような……」

「ああ。覚えやすいのはいいんだが、そのせいで聞くとちょっと寒気がな……我が執務の合間にうっかりだらけでもしようものなら、すぐに駆け付けてきて『陛下ともあろうお方が、そのようなだらしない姿で』と説教をしてくるのだ……あれには参る」

それを聞いていたら、自然と笑いが込み上げてきた。他の臣下に見つからないようこっそりとだらけていたカイウス様に、ゾルダーがすっとんできてお説教する。そういった光景が、あまりにも容易に想像できてしまったのだ。心底真面目そうなゾルダーと、この通り型破りなカイウス様。合わないんだろうな、この二人。

それからも人の気配がするたびに、階段の陰、カーテンの裏なんかに隠れてはやり過ごし、さらに奥に進んでいく。声をひそめて、ぼそりとつぶやいた。

「……これって、探検っていうか……ほぼかくれんぼですよね」

「そうだな。鬼は大臣とか騎士とか、それにもちろん騎士団長と魔導士長。いやあ、鬼だらけのかくれんぼだ」

「笑いながら、軽く言うような事じゃないですよね……？」

「なあに、もうすっかり慣れっこだからな。帝城の最奥の私室で着替えて、そこから誰にも見つからずに帝城を抜け出して、学園や城下町をふらふらする。そうして、また見つからずに戻ってくる」

得意げにあごを上げるカイウス様。しかし私は、その言葉に引っかかるものを感じていた。

「あれ？　前に、その姿を臣下に見られたとか、そんなことをいってませんでしたか？」

そう指摘しても、彼の笑みは変わらない。

「ばれたのは、学園にいた時だ。というか、学園で堂々とごろごろしていたら通りすがりの大臣に見つかった」

その時の大臣の心境を想像すると、同情しかわいてこない。びっくりして心臓が止まりでもしたら、カイウス様はどうするつもりだったのか。

「帝城の中で臣下に見つかればすぐに連れ戻される。しかし、研究生の中に皇帝が交ざっているなんて騒ぎ立てたら、学園が大混乱になるだろう？　だからあっちは、俺を見逃さざるを得なかった」

「そこまで計算してたんですか……」

「ああ。ただ、ゾルダーにだけは見つからないよう注意してる。ちょっとだらけてただけで説教するような奴だぞ、こんな姿を見られたりしたらどんなことになるか……想像しただけで寒気がしてきた」

そんなことを話していたら、カイウス様がぴたりと足を止めた。険しい顔で、長い廊下の先のほうをにらんでいる。

「あ、まずいぞ。騎士が近づいてきた。身を隠そうにも、この辺りは大臣の部屋が多いし……逃げ場は……ここしかないか」

そう言うなり、彼はひょいと窓から外に出てしまう。って、ここ、三階!!

「ほら、お前も来いよ。意外と安全だからな、ここ」

そうこうしている間にも、足音は近づき続けている。どうしたものか少しだけ悩んで、大あわてで窓枠に両手をかけた。


「……よし、行ったな。もう少し待ってから、中に戻るぞ」

私たちは、窓の外にいた。外壁に施された彫刻の出っ張りに、二人並んで腰かけていたのだ。

「さすがにこれは、危ないです……というか、人間がいていいところじゃないです……」

今いる出っ張りは、二人がゆったりと腰かけてもまだ余るくらいの広さがある。しかしちょっとふらつきでもしたら、そのまま下まで真っ逆さまだ。怖すぎる。

「そうか？　ここ、外壁の足掛かりの中ではかなり大きいほうだぞ？　それにお前が万が一に備えて召喚獣を呼んでくれたから、安心してくつろげる」

「こんなところでくつろがないでください」

私たちのすぐ近くの別の出っ張りには、青いワシが三羽。ピクニックの時に私たちを海に落とした、あの子たちだ。でも今回は、三羽とも満足げな顔をしていた。アリアのおかげで思いついたあの方法で描いた大きな魔法陣を、どうやらこの子たちは気に入ってくれたようだった。

「しかし、さっきの魔法陣は妙だったな？　やけに複雑で、しかも描いた後、一気に大きくなったし」

「アリアのおかげで、さらに魔法陣を大きくする方法をおもいついたんです。まだまだ実験段階ですけど、なれればもっともっと魔法陣を大きくできそうなんです」

隠れていることも忘れてちょっぴり興奮気味に語る私を、カイウス様は目を細めて見守ってくれていた。

「なるほど、友達のおかげなのか。いいな、そういうの。俺も何か手伝ってやれればいいんだが、あいにく召喚魔法は専門外で」

「……五歳の誕生日にもらった魔導書、とてもたすかりました。おもしろかったです」

「うん。ならよかった」

ふと、私たちの間に沈黙が流れる。でもそれは少しも気まずくない、むしろ心地よいものだった。

「……こうやって、友達と壁に腰かけてのんびりするのは久しぶりだな……」

今は黒い髪を風になびかせて、カイウス様がぽつりとそんなことをつぶやく。彼を知るほとんどの人が理解できないだろう、不思議な独り言。でも私には、当てがあった。

「もしかしてそれって、前世でのことですか？」

「ああ、覚えてたのか。あんな作り話を」

「作り話じゃないって、わたしにはわかります」

そう断言した時、ふと疑問が浮かぶ。

「……前世のことって、今でも思いだしますか……？」

ふと、そんな言葉が口をついて出た。自分でも驚くくらい、寂しそうな声だった。カイウス様はぽんと私の頭に手を置いて、空を見上げて答える。

「そうだな。今でも時々、夢に見るよ。貧しかったけど俺たちを愛してくれてた親父とお袋のこととか、俺に懐いてた弟たちとか、町で一緒に暮らした仲間たちのこととか……」

その横顔が、遠い。手を伸ばせば届くほど近くにあるのに、声をかけることすらできない。

「貧しい暮らしだったが、それでもあの時間は、俺にとってかけがえのないものなんだ。今でも、な。あの思い出は、間違いなく今の俺の一部を形作っているよ。あの思い出がなかったら、きっと俺はもっと違う皇帝になっていただろうな。いや、そもそも皇帝にすらならなかったかも」

……私も、そうなのだろうか。生まれ変わった時に、前世はもう振り返らない、全部忘れるんだと思った。けれどやっぱり、ことあるごとに思い出さずにはいられない。女王エルフィーナは、今の私、ジゼル・フィリスの一部になっているのかもしれない。

ふとそう思って、小さく首を横に振る。ううん、やっぱりカイウス様と私は違う。前世の私は、少しも幸せではなかったから。私は彼のように、前世を懐かしんだりはしない。やっぱりこのまま、忘れてしまおう。

そう結論を出したついでに、気になっていたことを尋ねてみる。

「……カイウス様は、どうしてわたしに前世のはなしをしてくれたんですか」

「お前に知っていてもらいたかった、それだけだよ。たとえ、信じてもらえなくても」

ためらうことなく、カイウス様は答える。こちらを向いて、晴れやかな笑顔で。思わず見とれてしまい、言葉が返せない。

そうやって見つめ合っていたのは、ほんの一瞬のことだったと思う。でもとても、長い時間のように思えた。

カイウス様は呆けている私の手を引いて、そっと立たせた。

「なあ、せっかくだから、ここからはこいつらに運んでもらえないか？　空の旅、ちょっと興味があるんだよ。ほら、普段の姿だと、周囲が死に物狂いで止めてくるからさ……」

「……それじゃあ、ここからはわたしの指示にしたがってくださいね」

「ああ、もちろんだ！」

浮かれた様子で、青いワシに向き直るカイウス様。もうすっかり、いつもの私たちに戻っていた。


よく晴れた午後、私は一人でとことこと魔導士の塔に向かっていた。魔法陣の研究中に、もうちょっと調べておきたいことができたのだ。

塔の横にある平屋をちらりと横目で見て、そのまま魔導士の塔に入っていく。塔の一階はロビーになっていて、テーブルや椅子がいくつも置かれている。魔導士たちがちょっとした談話や討論をするのに使っているのだ。

ところが今日は、そこに意外な顔がいた。ゾルダーだ。彼は魔導士長だし、別にここにいてもおかしくはないのだけれど、普段はカイウス様の補佐としてその隣にいることが多い。

「ああ、ジゼル・フィリスか。久しぶりだな」

彼は私を見つけると、さわやかに笑いかけてきた。ペルシェが憧れるのも分かる、頼もしい笑みだ。そういえばカイウス様だけでなく、ゾルダーもちょくちょく私のことを気にかけてくれている。私のことをただの子供扱いしていないのも、一緒のような気がする。

「おひさしぶりです、ゾルダーさま」

そんなことを考えながら、ぺこりと頭を下げた。

「今日はどのような用件かな？　ちょうど私の用事も済んだところだし、少し付き合おうか」

「あの、本をさがしにきたんです」

とはいえ、探している内容がどの本に書かれているのかは分からない。たぶんあの辺にあるだろうなという目星だけはついているので、その辺りをしらみつぶしに当たっていこうと考えていた。

そんなことを、手短に説明する。

「ああ、その内容なら『魔法陣文様学・応用編』の第三巻だな。確か、第四章と第五章の記載が参考になるはずだ」

しかし私の話を聞いたゾルダーは、即座にそう答えてきた。え、ちょっと待って、確かゾルダーの専門は属性魔法で、召喚魔法については詳しくないはずなのに。

「信じられないという顔だな。ならば、共に行こう。答え合わせだ」

ぽかんとしたままゾルダーと一緒に魔導士の塔を昇り、書庫に入る。目的の本を見つけて開き、そして驚愕に目を見開いた。そこには私が探していた内容そのものが、丁寧につづられていたのだ。

どうして、と思いながらゾルダーを見上げると、彼は穏やかに笑ったまま目を細めた。

「私は、属性魔法しか使えない。しかし私の配下には、召喚魔法の使い手もいる。それに召喚獣は、この上なく有用だ。以前君のところに訪ねていったあの時も、召喚獣に乗ったことで大幅に時間を短縮できた」

あれは、私が皇帝陛下に謁見して少し経った頃のこと。なんとゾルダーは、単身大きな鳥に乗って、うちの屋敷までやってきたのだった。馬車だと片道丸一日以上かかってしまう距離を、鳥は数時間で飛び抜けたのだとか。

「そういった生き物について、魔導士を束ねる私が無知のままであることなど許されない。召喚獣を活用する機会を見過ごしてしまっては大変だからな」

召喚獣を活用する。その言葉に引っかかるものを感じてしまって、軽く顔を伏せる。それに気づいたのか、ゾルダーが子供をあやすような声で言った。

「ああ、そういったところはまだ子供なのだな。召喚獣を道具として用いることに、抵抗があるか」

彼はかがみ込んで膝をつき、私と目線を合わせてくる。

「ならば、こう考えてはどうだ。召喚獣は、君の右腕として、共に帝国の明るい未来を支えてくれる存在なのだと」

この人は、二言目には「帝国のため」だ。とてもひたむきな思いは、初めて会った頃から変わらない。やや暗い青色の目が、とてもまっすぐに私を見つめている。

「ともに、未来を……」

「そうだ。君と召喚獣は、仲間だ。私と君が、仲間であるように」

ゾルダーの言葉には、カイウス様のもののような荘厳な響きも、カインさんのような軽やかさもない。けれど、つい背筋を伸ばして真剣に話を聞きたくなってしまうような、そんな何かがあった。

「……さすがに、理解が追いつかないようだな。そうだ、少し、君に見せたいものがある」

本を抱えて困惑する私に、ゾルダーは手招きする。訳も分からずについていったら、彼はさらに階段を昇り始めた。せっせと追いかける私に手こそ貸さないものの、時々立ち止まって待っていてくれる。

やがて、魔導士の塔の一番上の階にたどり着いた。私の背の丈より高い塀と、四方にある太い柱と、質素な屋根。それだけしかない、がらんどうの階。

「ほら、見えるか」

彼は私を軽々と抱え上げて、塀の向こうの風景を見せてくれた。少し離れたところにはこんもりとした塊のような帝城がそびえ、その東側には城下町が広がっている。

両親以外に抱き上げられるのはめったにないことなので恥ずかしいなあと思いはしたけれど、それ以上に周囲の風景が気になってしまった。

「さすがに帝城の鐘楼よりは低いが、それでもここからなら城下町を一望できる」

やっぱり、広いなあ。そして、人が多いなあ。そんな感想が、ふと浮かぶ。湖月の王国の城下町は、ここことは比べ物にならないくらいさびれていた。

すると、ゾルダーが思いもかけないことを口にした。

「昔は、もっとずっと小さかったのだ。帝国も、あの城下町も」

そろそろと首を動かし、彼の顔を見上げる。その横顔には、遠い昔に思いをはせているような、そんな笑みが浮かんでいた。

「遥かな昔から、帝国は皇帝陛下の号令のもと、周囲の国を取り込み、成長していった。そうして、今の栄華がある」

静かにつぶやいていたゾルダーの声に、不意に力がこもる。

「だが、ここで歩みを止めてはならない。私たちはもっと多くの民に、より豊かな暮らしを与えられるはずなのだ。皇帝陛下の、威光のもとに」

ああ、そうか。彼は、現状に満足していないんだ。彼の目には、きっともっと強大な帝国の姿が見えているんだ。そして、そこで幸せに暮らす人々の姿も。

「……ジゼル。君の力は、稀有《けう》なものだ。私はその力が、この帝国のために活かされることを願ってやまない。君と初めて会った二年前からずっと、その思いは変わらない」

今なら、彼の気持ちもちょっとだけ分かる。召喚獣たちと協力すれば、さらに色んなことができるようになる。戦いには出ないとしても、それでも私たちは帝国の力になれる。みんなをもっと幸せにできる。

けれど当の皇帝陛下は、私が私らしく、自由に生きることを望んでくれている。

私は、どっちの道を選べばいいのかな？

「急がなくていい。私の言葉を心のどこかに留めておいてくれれば、今はそれでいい」

悩む私に、ゾルダーはそっと語り掛けてきた。彼の言う通り、その決断を下す時はまだまだ先だ。

そう思いながらも、どうにも落ち着かないものを感じずにはいられなかった。


「どうしたんですか、ルル？　立派なリュックですね？」

「……似合ってる……」


朝の教室で、セティとアリアが目を丸くしていた。机の上でこの上なく得意げに胸を張っているルルを見つめて。

カイウス様にあのとんでもないエメラルドの指輪を押し付けられ、しかもルルに預けるというさらにとんでもない提案をされてしまって。

その結果が、これだ。一流の革職人の手による小さな小さなリュック。ルルの体に合わせた特注品が、ついに完成したのだ。本音としては、完成して欲しくなかった。だってあの中に、あの指輪があるって思ったら、怖くてたまらないし……。

リュックは小さいながらも、とても見事なものだった。うっかり中身が出てしまわないよう、紐や金具できっちりと閉められるようになっている。人間とは体格が違い、しかもぽんぽん跳ね回るルルでも背負いやすいように、リュックを体に固定するための細いベルトも取り付けられていた。

そしてリュックの上蓋のすぐ下からは、丸めた紙がのぞいている。私が描いた、帰還の魔法陣だ。

この魔法陣をくぐれるのは『ルルと同じ異世界から来た、この魔法陣より小さな召喚獣』だけなので、実質的にルル専用の逃げ道として機能する。

「ちょっと、ね……カインさんから預かり物をしてて……あの人が、ルルに預かってもらえとかいだしちゃって……」

その言葉に、二人とも微妙な顔をした。

「ルルに、って……あの人が言いそうなことですね……」

「……これ、何が入ってるの……？　とんでもないもののような気がする……」

リュックの中身を気にし始めた二人に、無言でぶんぶんと首を横に振る。それから、がっくりとうなだれてみせた。

「もしかして、内緒なんですか……それだけ、たいせつなもの……？」

「……やっぱり、とんでもないものなんだ……」

二人がルルのリュックをじっと見て、それから私に視線を向けてくる。私が何か面倒なことに巻き込まれたのだと、確信した様子だった。ちょっと同情するような表情をしている。

「うん……もしなくしたら、その時はその時だっていってたし……もうこれ以上、きにしないことにする……」

そうして、二人に大体の説明が済んだところで。

「ルル、それはなに？」

首をかしげて、ルルに問いかける。ルルの腰のところのベルトに、小さな棒のようなものが二本差してある。さっきから、それが気になって仕方がなかったのだ。

私の問いに、ルルはさらに張り切った顔になると、その棒を手にした。あ、これ棒じゃなくて旗だったんだ。ルルのちっちゃな手にぴったりの大きさの。右手は赤で、左手は白。

その旗をしっかりと握り、ルルは踊り始めた。尻尾や耳をぱたぱたさせながら、旗をぶんぶんと振っている。遠巻きに見ていた同級生たちが、可愛い……と声を上げていた。

「新しい踊りですか？　おもしろいですね」

「……あれ、これって、もしかして……」

アリアが何かに気づいたような顔をして、机にあごを載せてルルの動きを凝視する。

「……『はなす。はた』……だって」

彼女がつぶやいた言葉に、私とセティが同時に驚く。

セティもアリアも、ルルが文字を書いた紙の上を跳ねて言葉をつづるところを見ている。特別研究の時に、こっそりと。

でも今ルルは、その紙を使ってはいない。使っているのは、旗だけだ。

「……あとで、説明するから……ルル、後でもっとはなそう？　ここだと、めだっちゃうから……」

首をかしげている私とセティを置き去りに、アリアとルルはうなずき合っていた。

特別研究の時間、三人と一匹だけになってようやく、私たちはアリアの説明を聞くことができた。

そして、同時に呆然とした。

「手旗信号、でしたか……確かに、文字を書いた紙を使うより、はるかにらくですが……」

「ルル、いつの間におぼえたの？　そしてアリア、どうして知ってたの？」

「『こっそり、れんしゅう』だって……わたしは、前によんだことがあったから……暗号や信号に関する本……ほら、こういうの……」

そう言いながら、アリアは一冊の本を広げる。両手に持った旗の向きの組み合わせで文字を表現する、そんなものだった。

「これなら、もっとかんたんに意思疎通ができますね。すこし頑張れば、ぼくたちもおぼえられそうです」

「……でも、ほかの人に、ルルが話せることがばれちゃう……？」

「だったらこれまでみたいに、ほかの人のいるところでは話さないか、こっそり話す……ってことにしたらどうかな？」

ちっ！

私の提案に、ルルが元気よく鳴いた。ちっちゃな片手を、まっすぐに挙げて。満足げに、ひげをひこひこさせて。

ルルがリュックを背負って跳ね回るようになってから、どことなくセティの様子がおかしいようだった。特別研究の途中で手を止めて考え込んでいたり、みんなでお喋りしていてもどこか上の空だったり。

それがどうにも気になってしまったので、学園が終わった後に彼を寄り道に誘ってみた。といっても、子供だけだから遠くには行けない。だから行き先は、貴族の屋敷が集まる区画にある静かな公園だ。ここなら学園からも、私の屋敷からもそう遠くない。

「……あのね、セティ」

木の長椅子に並んで腰かけて、ためらいがちに切り出す。すると、彼はこちらを見ないまますぐに答えた。私、まだ何も言っていないのに。

「ぼくの態度のせいで心配をかけてしまい、もうしわけありません。ルルを見ていたら、かんがえずにはいられなくて……」

そのルルは長椅子の背にちょこんと座って、心配そうにセティを見ていた。

「皇帝陛下の勅命を受け、重大な任務を遂行する……そんなルルをみていたら、騎士のようだなっておもえてしまって」

ちっ、とルルが励ますように鳴いた。手旗信号で話せるようになったルルだけれど、普段は今まで通りに鳴き声や身振り手振りで返事をしていることが多い。

「……ルルは立派です。それにくらべて、ぼくは何をしているんだろうって、そうおもえてしまって」

なぜそこで、ルルと自分を比べるのか。首をかしげていたら、セティがうつむいた。

「ぼくの特別研究は、ひとまず形になりました。女性や子供でも取り回せる、小型で軽量な機械弓ができたんです。でもこれではまだたりません」

「どうして？　護身用の武器としては、いいものができたのに」

「そうですね。一人一人が、ちょっとした危機から身を守る。そんな用途でなら、やくにたつかもしれません」

セティの声は、消え入りそうになっていた。

「でも、もし戦になってしまったら……あんなもの、ただのおもちゃです」

「戦になんてならないわ。ここは、あの王国とは違うもの。だいじょうぶよ、絶対！」

彼を元気づけようと、一生懸命そう主張する。脳裏に、色んなものがよぎっていくのを感じながら。私たちを慈しむような、カイウス様のまなざし。帝国の明るい未来を思う、ゾルダーの声。学園の、平和そのものの日々。六年間ずっと笑顔の、パパとママ。

「……エルフィーナさま」

けれど不意にかつての名を呼ばれて、我に返る。

「ぼくは、あなたを守れなかった。ぼくがだれだったのかすら思い出せないのに、そのことだけはおぼえています。その苦しみだけが、胸に焼きついているんです」

小さな手で、彼はぐっと自分の胸を押さえている。

「自分をみとめてやれるくらいに、ぼくが強くなれたら……その時ぼくは、やっと解放されるのかもしれません。この、無念から」

「……やっぱりあなたは、ヤシュアではないの？」

セティがヤシュアだったらいいな。そんな思いは、今でも私の胸の中にあった。

湖月の王国の騎士団長ヤシュア、無口で朴訥《ぼくとつ》だった彼とのささやかなお喋りは、かつての私にとって数少ない、くつろげるひと時だった。あんなことがなかったら、彼は将来私の配偶者になっていたかもしれない。彼に恋していた訳ではないけれど、彼は安らげる人だった。

「その名前に、聞き覚えはあります。ですが、それが自分のことなのかどうかは……やっぱり、わかりません」

「……そうなんだ。もしそうだったら、わたしももっとあなたの力になれたのかなって思ったのだけれど……」

もどかしいものを感じながら、思いを巡らせる。セティがヤシュアなのか、それとも他の誰かなのか、そこのところはまだ分からない。けれど彼は今もなお、前世の記憶に囚われている。そこから逃れようと、あがいている。

同じように前世の記憶を持つカイウス様は、その記憶を大切な、愛おしい思い出として抱いている。その思い出は、間違いなく今の彼に影響を与えている。

私は、どうなのだろう。生まれ変わった直後とは違い、もう前世のことを思い出しても嫌な気分にはならなかった。ただ私にとって、エルフィーナはもう別の人間だった。私は彼女とは違うのだと、彼女を否定して今の自分を生きている。

前世との関わり方一つとっても、人それぞれだ。セティも早く、折り合いをつけられるといいのになあ。

そう思いながら、声を張り上げる。

「……ううん、前世がなにだとか、関係ないわ。だってわたしたち、友達だもの！」

驚いたように、セティも顔を上げた。目を丸くして、こちらを見ている。

「ね、約束！　これからもずっと、友達よ」

そう言って、彼に軽く握った右手を差し出した。小指だけを立てて。セティはちょっぴり頬を赤く染めていたけれど、やがて同じように右手を差し出してきた。

そうして二人、小指をからめる。誰もいない公園で、子供同士の約束だ。

セティの指は、私の指と同じようにちっちゃくて、柔らかかった。

そんなことのあった、次の日の放課後。私はたった一人、校舎裏に呼び出されていた。イリアーネに。

「ジゼル・フィリス！　ききましたわよ。昨日、セティさまをつれだして二人きりで、そ、その……い、いいいっ、いちゃ」

「……もしかして、いちゃいちゃって言おうとしてる？」

彼女の豪快な言い淀みっぷりに、大体何を言いたいのか察した。そのまま口にしてみたら、彼女は真っ赤っかになってしまった。すごい。トマトみたい。

「ちがうよ。あれは、ただの悩み相談だから」

「そ、それでも、セティさまを独占していたことにかわりはありませんわ！」

相変わらずだなあ、この子。今でも剣術同好会に差し入れに行くたびに、私とセティを引っぺがそうとやっきになっているし。一生懸命なところがまた、とても可愛い。

……ん？　剣術同好会……あ、そうだ。

「ねえイリアーネ、あなたにおりいってお願いがあるの」

「ちょっ、あなたがそんなことを言い出すなんて、どういう風のふきまわしですの!?」

「まあまあ、聞いて。あのね、セティのことなんだけど」

そう口にした瞬間、彼女はぴたりと黙った。真剣な顔で、必死に耳を傾けている。

「セティ、強くなりたいんだって。だったら、本気でけいこできる相手がいればいいのになって思わない？　やる気と体格が、おなじくらいの」

料理同好会の活動のついでに、剣術同好会の活動をちょっと見学したことがある。その時セティは、一人で黙々と素振りをしていた。貴族のたしなみとして和気あいあいと剣術に励んでいる他の子とは、どうもそりが合わないようだった。かといって上級生相手だと、体格差のせいで軽くあしらわれてしまうし。

「……つまりわたくしに強くなれと、そうおっしゃりたいの？」

イリアーネは、一年生の女子の中では背が高い。本人はどうもそのことを気にしている節があるけれど、だからこそセティとも正面からやり合える可能性がある。まだ六歳だから、男女の筋力差も気にならないし。

「うん。手合わせとかができるようになったら、セティももっと強くなれるよね。そうしたらセティ、きっと喜んでくれるとおもうんだ」

さらに追い打ちをかけてやると、イリアーネがきらきらと目を輝かせ始めた。本当に一途だなあ、この子。

「ただ、本気で手合わせをするとなると、打ち身なんかも増えるだろうし……騎士志望の子とかならともかく……」

「打ち身くらい、耐えてみせますわ!!　こうなったら、もっともっと鍛えなくては!!」

そう言い残して、イリアーネは駆け去っていった。きっと彼女は、セティのいい稽古相手になってくれるだろう。彼が強くなる後押し、ちょっとだけできたかな。

鼻歌を歌いながら、学園の門に向かっていった。とてもすがすがしい気分で。


それから少し経ったある日の夕方、私とセティ、それにアリアは三人一緒に学園を後にしていた。今日は、前から計画していたお泊まりの日なのだ。

セティは夏休みに泊まりにきたことがあるし、カイウス様がこないだうちに押しかけてきた。それを知ったアリアが「自分もお泊まりしたい」と言い出したので、改めてみんなでうちに集まることになったのだ。

私たちは子供だし、日程はいつでもいい。ただうちの両親がちょっと忙しくしていたので、少し先延ばしになっていたのだ。

「きみの屋敷におじゃまさせてもらうのは久しぶりです。あの時は、たのしかったなあ……」

「わたしも、すっごくたのしみ……ちゃんと、おかあさまには言ってきたから……」

「アリアは親戚の屋敷に、おかあさまと一緒に引っ越してきたのよね？　こないだは、付き合ってもらってたすかったな」

「……うん。学園を卒業したら、故郷に帰るの……ジゼルたちともおわかれ……」

その時のことを考えてしまったのだろう、アリアがふっと暗い顔をする。

「あ、先にいっておくけど、パパもママも、ものっすごくやる気だからね？　二人をもてなすんだって、朝からはりきりっぱなしで！」

「それって、とんでもないことになりそうですね……ちょっとしたパーティーになりそうな……」

アリアを元気づけようと声を張り上げた私に、セティが目を丸くして相槌を打つ。

「そう、そんな感じ！　たぶん、ほんとにパーティーになっちゃうと思う！」

私たち二人の言葉に、ようやっとアリアも気を取り直したようだった。

「……パーティー……すごい……でも、本当に？」

「うん、本当なの」

「十分にあり得ます、あの方々なら」

そんなことを話していたら、屋敷の門の前に着いた。いつものように、門番の一人が門を開け、もう一人が両親を呼びにいく。きっと二人とも、うきうきした足取りでやってくるんだろうな。

こっそり笑いを噛み殺しながら、玄関に向かう。そんな私たちの前で、扉が勝手に開いた。

「ええっ!?」

そうして、私たちは同時に声を上げたのだった。

「よう、子供たち。まっすぐ帰ってきたみたいだな。偉いぞ」

「カインさんが、どうしてここにいるんですか!?」

まだ呆然としたままのセティとアリアの代わりに、カイウス様に尋ねる。玄関の扉の向こうに立っていたのは、今ではもうすっかり見慣れてしまったカインさんの姿だったのだ。

「どうしてって、俺は前にもお世話になったことがあるだろう。あれ以来、フィリス伯爵夫妻とは時々連絡を取り合う仲だぞ」

それ、聞いてない。でも、納得はいく。うちの両親とカイウス様、馬は合いそうだし。

「『ジゼルの友人たちがうちに泊まるから、よければカイン君もどうぞ』と伯爵じきじきに招待されたんだ」

二人とも、本当にこの人が皇帝陛下だって分かってるのかな……分かってってやってそうな気もするのが怖い……。

「驚くかと思って、俺が来ることは伏せてたんだが……うん、いい感じの驚きっぷりだ」

そしてカイウス様はカイウス様で、いたずら心が顔を出しているようだった。本当にもう、この人は。

……でも、あんな前世の記憶があるのなら。貧しくともたくさんの家族や仲間に囲まれ、温かな日々を過ごしていたのなら。皇帝としての今の暮らしは、恐ろしく肩が凝るだろう。

だから彼は、こうやって学園の人たちや私たちとにぎやかに過ごすことで、少しでも息抜きしようとしているのかもしれない。

そんな感じで自分に言い聞かせていたら、セティがカイウス様をじっと見つめてつぶやいた。

「……ぼくは、やっぱり納得がいかないんですが……どうしてこれで、ばれないんでしょう……？」

カイウス様はすっと目を細め、声をひそめる。

「人間とは案外、ものを見ているようで見ておらぬ。皇族の証である緑の髪を隠しただけで、我の姿が目に留まらなくなるようだな。おかげで、我もこうして息抜きに出られる」

一瞬にして雰囲気を変えたカイウス様に、アリアが目を丸くする。そういえばこの二人、カインさんにはちょくちょく会っているけど、この早変わりを見るのは初めてだったかも。

しかし次の瞬間、カイウス様は満面に笑みを浮かべた。厳《おごそ》かさは消え、人懐っこさが戻ってくる。

「さらにこうやって軽やかにふるまっていれば、もう誰も俺が皇帝陛下だなんて思わない。感づかれそうになっても、にっこり笑いかけてやれば他人の空似で済む。おかげで、素晴らしく自由だ。我ながら、いい方法を見つけたと思ってるよ」

「……やっぱり、とんでもない人……」

私の斜め後ろに隠れながら、アリアがぼそりとつぶやく。それを聞いたカイウス様が、さらに嬉しそうに笑った。

「褒め言葉と受け取っておくよ」

そんなことを話しながら、ひとまず全員を応接間に連れていく。

「それじゃあ、みんなはここで待ってて。わたし、パパとママの手伝いをしてくるから」

「……お手伝い……何、するの……？」

「料理。うちのパパとママ、ちょっとだけ料理ができるの。親しい人を招く時だけの特別な料理を、いまつくってるところなんだ」

フィリス家の人間は、なぜか代々料理同好会に入りがちだった。どうも、料理に惹かれる血筋らしい。そうして一族の者は学んだ料理にさらに創意工夫を加え、そのレシピを一冊の本にまとめたのだった。さほど難しくはなく、それでいておいしく作れるものばかり。その本は親から子へ、そして孫へと受け継がれながら、少しずつ改良され、また書き足されていった。

だからうちでは、当主夫妻と、跡継ぎの子は料理を覚えることになっている。私も、もう数年したら両親から料理を教わることになっていたらしい。もっともそれより前に、やっぱり私が料理同好会に入ったのだけれど。お父様もお母様も「やっぱり私たちの子だね」とか何とか言いながら笑い合っていたのだとか。

今日の夕食は、本に記されたレシピの一つ。『友人たちとの温かな夕べに』と題されたものだ。

そう説明したら、カイウス様がにやりと笑った。あ、嫌な予感。

「ただ待ってるだけってのもなんだし、ちょっと面白いことを思いついたんだが」

制服を普段着に着替えて、厨房に向かって。既に料理に取りかかっていた両親を手伝い始める。

「ふふ、こんなに早くあなたと一緒にこのシチューを作れるなんて思わなかったわ。ご先祖様も、きっと喜んでおられるわね」

私とお母様が担当しているのは、大鍋いっぱいのシチュー。野菜と肉を切って、ちょっと炒めて、水を加えてひたすらことこと煮るだけ。こう言ってしまうと簡単そうだけれど、おいしく作るには気をつけなくてはならない点がいくつもある。ご先祖様のレシピ本には、その辺りの注意もしっかり書かれていた。

「わたしも、料理同好会の一員だもの。あとは焦げつかないよう、気をつけてまぜればいいんだよね」

「ええ、そうよ。おいしくなあれ、って思いをこめながら、ね」

踏み台の上に乗ってシチューをゆっくり混ぜながら、ちらりと背後をうかがった。厨房の真ん中にある、大きな作業台のほうを。

作業台の隅のほうでは、セティとアリアがナッツを砕いている。二人ともこういう作業をするのは初めてだとかで、おっかなびっくり、でも楽しそうに手を動かしていた。それは、とても微笑ましい光景だった。

問題は、その隣だ。

「おや、中々筋がいいじゃないか。もしかして君の家でも、こんな風に料理をするのかい？」

「昔、ちょっとだけやってたんですよ。自分で自分の食べるものを作るって、楽しいですね」

談笑しながらパン生地をこねているのは、お父様と……カイウス様。二人とも、とっても慣れた手つきだった。……カイウス様、その『昔』って、前世のことですよね……？

「そうだろう。今日の夕食は、とびきりおいしいものになりそうだ。なんせ、こうやってみんなで作ったんだから」

「俺もそう思います。声をかけてくださって、ありがとうございます」

「君なら、いつでも大歓迎だよ。年齢も立場も関係なく、友人だと思っているから」

その会話に、別の作業に取りかかっていたお母様が加わる。

「ええ、私もよ。カインさんといると、とても楽しいの。こうやって一緒に料理をしていることもだけれど、次々と驚かせてくれて、退屈する暇すらないわ」

……やっぱり二人は『カインさん』の正体、分かってる気がする。発言が、どことなく思わせぶりだ。それとも、ただの偶然かな？

ただ、両親が彼のことをとても気に入っていることだけは確かだった。いつもなら客がいようとお構いなしに私を甘やかしまくる二人だけれど、彼がいると、ちょっとだけそっちに意識がそれている。

カイウス様は、不思議と人を惹きつける魅力のある人だ。皇帝としてふるまっていても、研究生としてふるまっていても。両親のあの反応は、たぶんそのせいもあるんだろうなという気がする。

などと考えていたら、セティがそろそろと近づいてきた。私だけ踏み台に乗っているので、彼を見下ろす形になる。

「……あの、ジゼル。もしかして寂しかったりしますか？　その、ご両親がカインさんと仲良くされていますから……」

「ううん、逆。パパとママも、これならちゃんと子離れできそうだなって思ってた。……わたし、じつはずっと心配だったの。わたしが大人になっても、パパとママが甘々のままだったらどうしよう、って」

声をひそめてつぶやくと、セティは何とも言えない顔になり、それからそっと苦笑した。

「……そうですね。たしかにその可能性は否定できません」

「……わたしにも分かる。ジゼルのおとうさまとおかあさま、甘い……」

同じようにアリアもちょこちょこと歩み寄ってきて、力強くうなずいている。

うちの両親は、とっても素敵な人たちだ。この二人の娘として生まれ変わることができて、本当によかったと思っている。

ただ、やっぱりちょっと……私のことを甘やかしすぎるのも事実だった。愛されている証なんだと分かってはいるけれど、それでも時々恥ずかしくなってしまう。私は見た目こそ子供だけれど、中身は立派な大人なのだし。

「すっごく甘いけど……わたし、パパとママのこと、だいすきなんだ」

小声でこう付け加えたら、二人はにっこりと笑った。

そうやってばたばたしているうちに、夕食の準備が整った。

今日の夕食は、シチューとパンだけ。といっても、シチューはじっくりと煮込んだうまみたっぷりのものだ。ふわんと漂ってくる香りをかいでいるだけで、お腹が鳴ってしまう。

そしてパンも、焼きたてのぱりぱりだ。男性二人が力いっぱいこねた生地に、セティとアリアが丁寧に砕いたナッツが混ぜ込まれている。こっちも、とてもおいしそう。

ちゃんとした料理人が作るものよりずっと質素な、飾り気のない料理。けれど気心の知れた友人たちとお喋りしながら食べるにはぴったりの、肩肘張らないものだ。

みんなでわいわい騒ぎながら料理を皿によそって、ワゴンに載せて隣の食堂まで運んでいく。これもまた、このレシピの決まり事らしい。初めてだけれど、すっごく楽しい。

いつもは三人だけの長机に、今日は六人。せっかくだからと椅子を動かして、片方の端に寄り集まってご飯を食べることにした。無作法、というか貴族の常識からはかけ離れたそんなふるまいに、さっきからわくわくしっぱなしだ。

みんなも同じように思っているのか、全員ちょっとはしゃいでいた。いつも引っ込み思案なアリアですら、いつもよりたくさん喋っていた。

ご飯はおいしくて、みんな笑っている。幸せだなあとしみじみ思ってしまうような、そんな時間だった。

「……懐かしいな」

ふと、にぎやかなざわめきを縫うようにして、そんな声が聞こえてきた。私にだけ聞こえるようなかすかな声で、隣のカイウス様がつぶやいていたのだ。

そっとそちらに視線を向けると、彼は目を細めて笑いかけてきた。今は青いその目が、ちょっぴり揺らいでいる。

泣きそうな顔だな、と思ったとたん、自然と声を張り上げていた。

「パパ、ママ、みんな、楽しいね！」

私の明るい声に、みんながこちらを向く。そうして、笑顔でうなずいてきた。

「だからまたこうやって、みんなでお泊まりしようよ！　わたしたちだけでもいいし、他のお友達もよんでもっともっと大騒ぎしてもいいし！」

そうね、そうだねという同意の声が、次々と上がる。その声に笑顔で応えて、こっそりカイウス様にささやきかける。

「ひとりのご飯が寂しくなったら、いつでもあそびにきてくださいね」

彼は皇帝で、当然ながら食事は一人きり。それに、友人なんて作ることはできない。たくさんの人たちに囲まれて過ごした温かな記憶を持つ彼には、それはあまりに寂しすぎるのだろう。さっきの表情を見て、気づいた。

「ああ、そうさせてもらうよ」

穏やかな声で、カイウス様が答える。その言葉はとても短かったけれど、とてもたくさんの思いがこめられているように思えた。

# 第5章 ✦ 晴天に暗雲わき起こり

毎日がのどかに、穏やかに過ぎていった。秋もすっかり深まってきて、時折ひんやりと肌寒い風が吹くようになっていた。

そんなある日、何の前触れもなくそれはやってきた。

その時、私たちはダンスの授業中だった。貴族の子女である私たちにとっては必須で、そして楽しみな時間だった。

制服のまま運動場で、くるくると踊る。時々、踊る相手を変えながら。けれどさっきから、セティはイリアーネに独占されっぱなしだ。笑顔の教師に時折注意されつつも、彼女はこの上なく嬉しそうな顔で踊り続けている。セティは少し困っているようだったけれど。

「アリア、わたしたちも踊ろう？」

体が弱く、運動の授業はずっと見学していたアリアだったが、最近では時々参加するようになった。なんでも、私たちと一緒に動き回っているうちに体力がついてきたのだとか。

「……女の子どうしだよ……？」

「大丈夫。みてるうちに覚えたから」

そう言って、強引にアリアを抱き寄せ、踊り出す。私が男性役だ。見よう見まねだけど、案外どうにかなる。

「じ、ジゼル、動きがはやい……」

目を丸くしてはいるものの、アリアも楽しそうだ。他のみんなが、動きを止めてきょとんとした顔で私たちを見つめている。

「毎年一組は出るんですよね、自主的に同性で踊り出す子たちが。ですが中々に上手ですよ、ジゼル」

ダンスの教師が、くすくすと笑いながらそんなことを言い出した。それを聞いて、他の子たちもあれこれと遊び始める。あえて男女逆で踊ってみたり、同性で組んでみたり。なんとも微笑ましい、おかしな光景が広がっていた。

と、運動場を囲む回廊のほうから、やけに急いだ足音が近づいてきた。やがて、いつも運動の授業を担当している教師が姿を現す。服越しでも分かるくらいにたくましい体をした彼は、しかし驚くほど青ざめていた。

彼がダンスの教師に耳打ちすると、ダンスの教師の顔からもすっと血の気が引いている。何か、よくないことが起こったらしい。

「みなさん、事情により授業は中止です。ひとまず教室に戻って、そこで待機しましょう」

「先生、なにがあったんですか？」

「大した事ではありませんよ。ただ、あなたたちがうろうろしていたら、大人の邪魔になってしまいますからね」

生徒の質問に、ダンスの教師は笑顔でそう答える。きっと、生徒たちを心配させないようにそう言ったのだろう。けれどそれが真実ではないことが、彼女の顔色からありありとうかがわれた。

そうして、運動の教師はまたどこかに走り去っていく。私たちはダンスの教師に導かれて、教室を目指すことになった。

足早に歩きながら、こっそりと魔法陣を描く。私の手のひらよりも小さなそれから、次々とウサネズミたちが飛び出して、素早く周囲の物陰に消えていった。

「もしかして、偵察……ですか？」

それを見ていた隣のセティが、ひそひそとささやきかけてくる。

「うん。これってたぶん、緊急事態だとおもうの。でも、おとなに直接聞いても教えてもらえなさそうだし。だったら、みんなに見てきてもらえばいいかなって」

「教室にいるルルに翻訳してもらえば、なにがあったか分かるかもしれませんね」

そんなことをささやき合っているうちに、一年生の教室まで戻ってきた。すると、なぜか私の机の上いっぱいにウサネズミが並んでいた。真ん中でルルがちいちいと鳴くと、ウサネズミたちが四方八方に散っていく。ルルは長い耳をぺたんと伏せて、背中の毛を逆立てていた。

「ルル、どうしたの？　嫌な予感がする、とか？」

小声でそう尋ねると、ルルは不機嫌そうな顔で小さくうなずいた。ぢいっ、といらだたしげに鳴きながら。

「……ルル、何かを警戒しているみたいですね。動物は感覚がするどいといいますし、ぼくたちには分からないなにかを感じ取っているのでしょうか……」

「……何がおこってるのかな……？」

怖がるアリアを励まそうとしたその時、離れたところから声が上がった。

「ね、ねえ！　イリアーネたちがいないよ!?」

「あれ、本当だ。さっきまでいたのに！」

おびえた声に振り向くと、確かにイリアーネとその取り巻き二人の姿が見えなくなっていた。こんな時に、どこに行ってしまったのだろう。

首をかしげていたちょうどその時、一匹のウサネズミが戻ってきた。小声でちいちいと鳴いているのを聞いたルルが、きりりと顔を引き締めて旗を手にする。人前でこれを使うということは、やっぱりかなりの緊急事態だ。

「『そと、いりあーね、あぶない』……もしかして、イリアーネたちは運動場にいるのでしょうか？」

「……忘れ物をした、とか……？」

悩んでいる暇はなさそうだった。何がどうなっているのか分からないけれど、イリアーネに危険が迫っていることだけは確かだから。

「ちょっといってくる！」

ルルを肩に乗せ、ウサネズミたちに案内されて教室を飛び出す。たまたま持ってきていた、ルルに作ってもらったあの魔法の杖を手にして。引き留めようと叫ぶ、教師の声を背中で聞きながら。

運動場に向かって走り出してすぐ、セティが隣に並んだ。彼は完成した機械弓を構え、背中に矢筒を背負っている。

「一応、用心のために持ってきました。ぼくもおともします」

さらに、なぜかペルシェまでやってきている。

「……なんであなたがここにいるの？」

困惑しながら尋ねると、彼は走りながら器用に胸を張った。

「イリアーネに危機が迫っていると、おまえたちが言っているのがきこえた。ならばおれも、力をかそう」

力を貸すって……下手をすると、足手まといになるかもしれないんだけどなあ……。

などと思いつつ、好きにさせておくことにする。危険といっても大したことはないかもしれないし、たぶん大丈夫だろう。そう思いたい。

しかしそんな見通しは、これでもかというくらいに見事に裏切られてしまった。

「嘘、これって……」

　さっきまで私たちが楽しく踊っていた運動場。そこには、全く予想もしていなかったものが姿を現していたのだ。

　馬よりずっとずっと大きな、見たこともない生き物。全身を覆う真っ赤な鱗は、とても固そうだ。その口元からは肉食獣のそれを思わせる恐ろしげな牙がのぞき、体格の割に小ぶりな手には、槍先のような鋭い爪が生えている。体はがっしりとして、背中にはコウモリを思わせる大きな翼。鼻息も荒く、ぎらぎらと光る目は獰猛《どうもう》な色をたたえている。それは間違いなく、ドラゴンだった。

「あの、あれって……ドラゴン、ですよね」

「まさか、そんなはずは……」

　ドラゴンを見据えたまま、後ろのセティとペルシェに答える。

「うん、ドラゴンで合ってる。たぶん、野良召喚獣だとおもう……だって、こんなところにいるはずがないもの……」

　あそこまで大きくて強い召喚獣を呼ぶのは、中々に大変だ。召喚魔法に熟練した者が長い魔法の杖を使うか、あるいは数名で協力するか、そういった手段が必要だ。しかも、狙って呼び出そうとすると魔法陣がかなり複雑になるし。

　そしてこの帝都では、大型召喚獣を呼ぶことは基本的に禁止されている。単純に、危険だからだ。練習や実験のために呼ぶ時は、帝都から丸一日以上離れた草原まで移動することが義務付けられているのだ。

だから、あのドラゴンは昨日今日呼ばれたものではない。もし呼び出されたものが何かの拍子に逃げ出したのだとしたら、すぐに帝城に報告が上がる。ドラゴンがここまで飛んでくるより前に、学園はお休みになるはずだ。

かといって、どこかよその国からあのドラゴンが送り込まれたとか、そういうのでもないと思う。もしそうだとしたら、もっと早くに警戒網に引っかかっているはずだし。

となると、あのドラゴンは野良召喚獣だと考えるのが一番筋が通る。

野良召喚獣というのは、何らかの理由で帰れなくなってしまった召喚獣を指す。一番多いのが、召喚主と死に別れてしまった場合だ。ただ、制約の魔法を破壊して逃げ出すこともごくまれにある。そして召喚主が死んでいた場合も、制約の魔法の効果は失われる。

つまり野良召喚獣は、誰の言うことも聞かない、誰も止められない嵐のような存在なのだ。特に、あれだけ大きなドラゴンであれば、なおさら。

たぶんあのドラゴンは野良召喚獣になった後、帝都の近くの野山にひそんでいたのだろう。それがなぜか突然、学園に飛んできた。つじつまは合うけれど、とんでもない事態だ。

「あぶないから、刺激しないようにしないと……」

後ろの二人にそう注意したその時、ウサネズミたちがぴょんぴょんと跳んでいくのが見えた。ドラゴンを回り込んで、その向こう側に向かっていく。自然とその動きを目で追って、ぎょっとした。

「あ、イリアーネ！」

ドラゴンのがっしりした足の間から、運動場の反対側が見えている。その片隅に、イリアーネたち三人が寄り集まって震えていたのだ。

「こ、この子が、おとしものを……とりに、きたら、こんな……」

震える声で、イリアーネが切れ切れに訴える。彼女はドラゴンにおびえながらも、他の二人をしっかりと抱きしめて、まっすぐに私を見つめていた。

「待ってて、いま助けるから！」

ここにドラゴンがいることを、たぶんまだ教師たちは知らないと思う。となると、兵士や騎士、魔導士なんかが助けにきてくれるまで時間がかかる。

だったらその前にイリアーネたちを助け出して、教室に戻るしかない。校舎は頑丈だから、たぶんドラゴンに壊されることもない……と思いたい。

「おちついて、魔法陣を描いて……少しだけ、ドラゴンを足止めできる子を……」

しかしここで、問題にぶち当たる。私が呼んだことのある召喚獣は、みんな気性のおとなしい、戦いには向かない子ばかりだ。ぶっつけ本番で戦いが得意な子を呼んでもいいのだけれど、私は制約の魔法を使い慣れていないから、下手をすれば余計に状況が悪くなる。

だからここでは、足止めするだけにする。でも、相手が大きいからこちらもそれなりの子を呼ばないと。

魔法の杖をしっかりと握り、振り回すようにして魔法陣を描く。うう、結構時間がかかりそう。

そんな状況を見て取ったのか、ペルシェが叫んだ。どことなく誇らしげに。

「ふっ、時間かせぎならおれにまかせろ！　召喚魔法より、こちらのほうがはやい！」

「だめですよ、ペルシェくん！　下がって！」

視界の端に、セティの制止を振り切って飛び出すペルシェの姿が見えた。やけに堂々とした、聞いたことのない詠唱の文言も。

ペルシェに気づいたらしいドラゴンが、顔をそちらに向ける。セティが大急ぎで、機械弓に矢をつがえている。

「これで、どうだっ!!」

そんな叫び声と共に、ペルシェが突き出した手から水が勢いよく吹き出した。え、でもここって芝生だから、水を撒いても染み込むだけで……。

と思ったら、意外なことが起こった。魔法で呼び出された水は染み込むことなく、芝の上で大きな水たまりを作ったのだ。日の光を受けてきらきら輝く……ん？　輝くというか、虹色に光ってる？

ドラゴンがのそのそと、ペルシェに向かって歩き出した。はらはらしながら、必死に魔法陣を描き続ける。早く、早く何とかしないとペルシェが。

ずうん。

その時、いきなり地面が揺れた。何が起こったのか理解するより先に、ペルシェの声がした。

「いまだ、イリアーネ、走れ！」

弾かれるように、イリアーネが駆け寄ってくる。他の二人の手をしっかりと握って、ドラゴンを回り込むようにして。……あれ、ドラゴン、倒れてもがいてる？

せっせと手を動かしつつぽかんとしていたら、ペルシェの得意げな声が横を走り抜けた。

「おれの新しい魔法だ。とびきりよくすべる油を生み出せる」

「……すごい、ね……」

「おどろきました……」

見上げるほど大きなドラゴンが、お腹を見せてひっくり返っている。そうそう見られる光景ではない。

そしてペルシェはイリアーネたちと合流して、四人一緒に戻ってきた。そのまま、運動場の出口を目指して走り続けている。

「ジゼル、もうすこし、あいつをひきつけてくれ！　任せたぞ、おれの好敵手よ！」

「だから、好敵手じゃないってば！」

ペルシェたちが私とすれ違ったちょうどその時、ようやっと魔法陣が完成した。私の身長より少し小さいその魔法陣から、ひゅっと黒い影が二つ飛び出してくる。

その影たちは、ドラゴンの近くを目まぐるしく跳び回り始めた。ドラゴンの攻撃を受けないよう距離を空けつつ、時々近づいてドラゴンをちょんとつつき、また離れることを繰り返している。

転ばされた上にうっとうしい影にまとわりつかれたからか、ドラゴンが怒りの声らしきものを上げた。

目を丸くしてその影たちを見つめていたセティが、首をかしげながらつぶやく。

「翼の生えた……黒ヒョウ？」

「うん。とにかくすばしっこくて、うろちょろ逃げ回れる子を呼んだの」

機械弓を構えたままのセティに笑いかけた時、背筋がぞわりとした。大きな見えない手に、首根っこをつかまれたような感覚だ。

「ジゼル！　セティ！　これは教師としての命令です！　今すぐ、教室に戻りなさい！」

そんな声に振り返ると、校舎の入り口に立っている教師の姿が見えた。青ざめた彼女の手には、ぼんやりと光を放つ大きなメダル。ちょうど校舎に逃げ込んだペルシェが、去り際に心配そうな目をこちらに向けていた。

「強制力の魔導具、ですね……話にはきいていましたが、不思議な感覚ですね」

「うん。これくらいなら、無視できるけど」

あのメダルは『強制力の魔導具』と呼ばれるもので、緊急事態にのみ使用が許されている。学園の生徒はみな貴族の子女で、中には皇族の血を引いた子もいたりする。そんな子供たちをまとめ導くために、学園の教師たちには生徒たちに命令する権限が与えられている。とはいえ、生徒がその命令に従わないこともある。

生徒たちの命がかかっている時、生徒を守るために、教師たちが力ずくで言うことを聞かせる手段、それがこの魔導具なのだ。

人の心を操る大変危険なものということもあって、威力はとても控えめだ。それこそ、せいぜい十歳くらいまでの子供にしか効かないくらいに。だから大人の心を持つ私とセティには、当然効いていない。ちょっともぞもぞしたくらいで。

「ところで、ここからどうします？」

「うーん……今なら、黒ヒョウたちにあとをまかせて、ここを離れることもできそうだけど」

ドラゴンをからかうように走り回っている黒ヒョウたちを見やり、ううんとうなる。

「あの子たちだけだと、ずっと足止めするのはむずかしいし……それのあの子たちをここにのこしていったら、兵士たちに野良召喚獣とまちがわれて、まとめて斬られちゃうかもしれないし」

「それにあのドラゴンを野放しにしていいものか、まよいますね」

「うん。城下町のほうにいったら、とんでもないことになっちゃう……」

さて、どうしたものか。なおも私たちを呼び戻そうとしている教師の叫び声を無視して、こそこそと話し合う。と、セティが何かに気づいたような顔をした。

「あの、『強制力の魔導具を使われた場合は、たとえ効かなかったとしても従うこと』ってきまり、ありましたよね……罰則つきで……」

「あ、そういえば『学内での戦闘行為禁止』ってきまりもあったっけ。破ったら一発で停学の」

罰そのものは、別にそれほど怖くはない。セティの両親はどうか知らないけれど、うちの両親は事情を話せば分かってくれる。むしろ、よく頑張ったと褒めてくれるだろう。最悪、カイウス様に頼めば何とかなる。できればそういう特別扱いはされたくないので、最後の手段だけど。

兵士や騎士なんかの戦える大人たちが来るまでドラゴンを足止めして、罰を受けるか。それとも、素直にこのまま引いてしまうか。

「……いくらなんでももうすぐ、たぶんそろそろ兵士たちがくるだろうし、もう引こうか？」

小声でそうつぶやいたその時、また声がした。教師のものではない、もっと幼い声。

「二人とも、あのドラゴンを足どめして！」

いつも聞いているものより、ずっと大きくて張りのある声。なんとアリアが教師の横に立ち、一生懸命に声を振り絞っているのだった。

「あっちこっち大騒ぎで、騎士も兵士も、それに魔導士もしばらく学園にはこられないって、聞いちゃったの！　あのドラゴンを放っておいたら、どこに飛んでいくかわからない！」

しばらく大人たちがやってこない。つまり、私とセティが引いたら、ドラゴンがどこで何をするか見当もつかない。だったらアリアの言う通り、ここで足止めするしかないのかも……。

「罰則は気にしなくていいよ！　強制力の魔導具については、『従わないことに対する正当な理由』があれば罰則はまぬがれるの！　それに、戦闘禁止のきまりもおなじ！」

いつにない大声を張り上げ続けているせいか、アリアの顔は真っ赤だ。

「特別研究で成果を出している二人なら、兵士たちがやってこないこの状況なら、『やむを得ない理由』ってみとめてもらえる！」

学園に入学した時に、様々な学則には一応目を通した。でもこの辺の内容については、さらりと読んでそのまま忘れていた。どうせそんな事態になることなんてないし、と甘く考えていたのだ。

おそらく今の学園で、一番戦えるのは私とセティだ。戦える教師は騎士や魔導士との兼任だから、たぶん他の場所で忙しくしている。私たちで、何とかするしかない。

「うん、まかせて！　先生、アリアをお願いします！」

アリアたちに叫び返し、セティとうなずき合う。教師は戸惑いつつも、アリアに手を引かれて校舎の奥に消えていった。どうやら、アリアに説得されているらしい。たぶん、この場にいたら足手まといになるとか、そんなことを言っているのだろうな。

それからまた、ドラゴンに向き直った。黒ヒョウたちのおかげでドラゴンは元の位置から動いていなかったけれど、その姿勢は大きく変わっていた。背中を丸め、あごを地面すれすれまで下げていたのだ。荒い鼻息が、芝を揺らしている。

私は召喚魔法の使い手として、召喚獣の生態についても学んでいる。ドラゴンがああいった動きをする時って、確か……。

「あ、あれってちょっとまずいかも……」

「そうなんですか？」

「あの子、かなり気が立ってる。ペルシェに転ばされて、黒ヒョウたちにまとわりつかれて、アリアが大声を上げたからかも。……本格的に暴れ出すまえに、どうにかしないと」

こうなったら、黒ヒョウたちだけではちょっと力不足だ。次の召喚獣を呼び出さなくては。大丈夫、まだまだ魔力に余裕はある。それに、持久戦向きな子の当てについても。

魔法陣を描こうと杖を掲げた次の瞬間、目の前が真っ赤になった。そうして、ぶわんと体が浮き上がる感触。

「ジゼル!!」

セティの悲鳴が聞こえた。そうして、また足が地面につく。首の後ろが妙に温かいので振り返ったら、すぐそばに黒ヒョウの顔があった。

きょとんとしながら、辺りを見回す。ついさっきまで私がいたところにドラゴンが立ち、がっしりした足で何かを踏みつけていた。あ、あれ私の杖!! ばきばきに折れちゃってる!!

どうやらドラゴンは、私があの杖を使って黒ヒョウを呼び出したことを理解していたらしい。これ以上何かさせてたまるかと、真っ先に私に襲いかかったのだろう。そこに黒ヒョウが割って入り、とっさに私の襟首をくわえて、大きく跳んで逃げてくれた。

「大丈夫ですか!?」

「わたしはなんともない。でも、杖が壊れちゃった……」

セティとアリアのおかげで編み出せた、描いてから魔法陣を広げる方法。それを使えば、今からでも大きな召喚獣を呼び出せる。

でもあの方法はまだ不慣れなので、時間がかかる。これから呼ぼうとしている子はそれなりに大きいから、特に。

だったらなおさら、急がないと。数歩後ろに引いて、さっそく魔法陣を描き始める。

「より確実に足止めできるように、次の召喚獣をよびたいの。でも、魔法陣を描くのにちょっと時間がかかるから、その間、あの子たちと協力して足止めをおねがいしてもいい?」

そうセティに呼びかけると、すぐにはっきりとした返事があった。

「はい、まかせてください」

「……でも、無理はしないでね?」

二頭の黒ヒョウに翻弄されているドラゴンをちらりと見て、そう付け加える。あの黒ヒョウは、そこまで体力があるほうではない。戦いが長引いてしまったら、セティを守り切れないかもしれない。

「いいえ、無茶をさせてください」

思いもかけない言葉に、目を丸くする。セティは、そんな私をまっすぐに見つめてくる。

「ぼくは前世の苦しみを乗りこえるため、力を求めてこれをつくりました」

そう言って、彼は機械弓をしっかりと握り直した。

「きっとこれでは、あのドラゴンには通用しないでしょう。それでもぼくは、きみをまもるために死力をつくします。今この手にある、力のすべてをもって」

かつて彼は、この機械弓をおもちゃのようなものだと言っていた。召喚獣の中でもとびきり打たれ強いドラゴンを相手にするには、まるで足りない。それが分かっていてなお、彼は少しもひるんではいなかった。

「きみは、ぼくを友達だと言ってくれました。ぼくも、きみを友達だとおもっています。でも同時に、ぼくにとってきみは、やはり大切な女王陛下でもあるんです！」

かつて自分の力不足を嘆いていた時の彼とはまるで違う、力強いまなざし。その輝きに驚いて、魔法陣を描く手が一瞬止まってしまった。

「ぼくは、きみの騎士でありたい！　きみのためなら、きっとぼくはもっと強くなれるから!!」

一気にそう言い放つと、セティは駆け出した。機敏に飛び回っている黒ヒョウたちに当てないように注意しながら、狙いを定めている。

「あ、ドラゴンの弱点は目と喉で、あとお尻のあたりを触られるのがきらいだから！　そのへんをつっつけば、気を引けるとおもう！」

我に返ってそう呼びかけたら、セティがすっと狙いを変えた。そうして、ひゅっという音と共に矢が放たれる。続いて、かちんという硬い音。ちょうど金属同士がぶつかったような、そんな感じの音だ。

セティが放った矢はドラゴンの背中に当たり、そのまま落ちた。さすがに、あれだけせわしなく動くドラゴンの急所を正確に狙うのは難しいようだった。ただそれでも十分にドラゴンの気に障ったらしく、ドラゴンは目をぎろりと動かし、セティに向き直った。

しかしセティは動じることなく、たたたと走りながら次々と矢を放っていった。魔法陣を描きながらその姿を見つめ、彼の手際の良さに驚く。

思えば、彼がこうやって機械弓を連射しているところは初めて見た。前に、試し撃ちをしているところを見せてもらったことはあるけれど。

そうこうしていたら、黒ヒョウたちが思いもかけない行動に出た。一頭がするりとセティのそばに歩み寄り、もう一頭は落ちた矢をくわえて拾い集め始めたのだ。

「え、あの、どうしたんですか!?」

そうして黒ヒョウは戸惑うセティを背に乗せて、ふわりと舞い上がった。といっても、私の背丈くらいの低いところを。ドラゴンの周りを、ぐるぐると回るように。

「あ、ありがとうございます！」

セティは律儀に礼を言うと、黒ヒョウの首に足をかけるようにして体を固定していた。そうして改めて、ドラゴンに矢を射かけている。手元に集中できるぶん、少しやりやすくなったようだ。もう一頭の黒ヒョウから矢を受け取って、途切れることなく攻撃を続けている。

……なんだか、騎士みたいだな。黒ヒョウに乗って戦っている小さなセティの姿に、ふとそんなことを思う。わたしの、騎士……か。

いけない、集中しないと。あと少しで、魔法陣が完成するんだから……ここをこうして、こうつないで……。

「よし、やっと描けた！」

私の目の前には、複雑な線が幾重にも重なった円が浮かんでいた。私の両手のひらを広げて並べたくらいの大きさのものだ。

線がふわりと動き、一つだった円が重なり合った二枚の円に分かれる。そうして手前の円が、ふわりとほどけてひらめいた。ちょうど、少しの乱れもないドレープを描いたカーテンがなびくような、そんな美しい動きだった。

ひらひらとさざ波のように揺らめきながら、手前の円がはためき、どんどん広がっていく。そうして、私の身長くらいの大きな魔法陣が完成した。セティの矢を払っていたドラゴンがぴたりと動きを止めて、魔法陣をじっと見つめてくる。興味を持っているような、そんな目つきだった。

そうして魔法陣の中から、もっちりした何かがゆっくりと姿を現す。やがてその何かは、どぅるん、という妙な音を立てて地面に降り立った。

もっちりとした、半透明の塊。手も足も目も口もない。ほんのり青くてぷるぷるしていて、ちょっとおいしそうだ。夏場に食べる、青い花の汁を入れたゼリー菓子にそっくり。といっても、この塊は大人が上に乗れそうなくらいに大きいけれど。

その何かはぷるんぷるんと揺れながら、ドラゴンのほうに近づいていく。ドラゴンが目を丸くして、自分に迫るぷるぷるに見入っていた。何だか、無邪気な子供のようにも見える表情だ。

黒ヒョウがふわりと舞い降りてきて、背からセティを下ろす。ずっと黒ヒョウに乗っていて体がこわばってしまったのか、セティはややぎこちない足取りで近づいてきた。

「……あの、あれは一体……何ですか？」

「スライムよ。呼ぶのは初めてだったけど、うまくいったわ」

「……あのスライムが、ドラゴンを足止めしてくれるのでしょうか？」

セティは半信半疑といった顔で、ドラゴンと顔？　を見合わせてにらめっこしているスライムを眺めている。私たちのそばでは、黒ヒョウたちがぐうっと伸びをしていた。さすがに疲れたらしい。

「大丈夫よ、ほら」

私が指さした先では、ちょっと不思議な光景が広がっていた。

さっきまでぷるぷるした塊だったスライムが、突然どろりと溶けて地面に広がる。しかし次の瞬間、スライムはそのままドラゴンの手足にねちょりとからみつき、しっかりと動きを封じていた。

それが気持ち悪いのか、ドラゴンが抗議の声を上げる。……魔導書で読んでたから知ってたけど、実際に見るとすごいなあ、スライムのあの変形。

「スライムは驚くくらいに体を変形させせられるし、再生速度もとってもはやい。しかも、見た目よりずっと力が強いの」

ドラゴンは必死に首を曲げて、足にからみついたスライムを食いちぎろうとしている。けれどスライムは牙が当たりそうになるとその部分だけをするんと移動させ、逆に頭まで包み込もうとしている。

その様を見ながら、ちょっとだけ肩の力を抜いた。これで、もう少し時間稼ぎができる。

「あとは、戦える大人たちが来てくれるのをまつだけなんだけど……」

「さっきアリアが、あっちでもこっちでも大騒ぎ、といっていましたね。どうなっているんでしょう？」

ドラゴンとスライムの取っ組み合いを遠巻きに眺めていたら、ちちっという声がした。見ると、足元にウサネズミたちが集まっている。その真ん中で、ルルがぶんぶんと旗を振っていた。

「『ほかのこ、あばれてる、ほかのところ』……他にも野良召喚獣がやってきている、ってことかな」

「『おとな、いそがしい。ここ、こない？』……さすがにそんなことはないと、そうおもいたいところですが」

ルルたちの報告に、セティと二人顔を見合わせる。ひとまず、ドラゴンを足止めすることはできた。けれどさすがに、いつまでもこうしてはいられない。

スライムの体力が尽きる前に、また別の子を呼ぶか……黒ヒョウたちは、もう少し休ませてあげたいし……。それに、私の魔力ってどこまでもつんだろう。この感じだともうしばらく大丈夫な気がするけれど、ぽんぽん召喚獣を呼び続けたら魔力切れを起こしそう。

そんなことを考えながら小声でうなっていたら、隣からためらいがちな声がした。

「ジゼル。きみはもう十分に、強い召喚獣をよべます。だから、その……無傷で足止めするのではなく、多少弱らせてでも無力化する、というのは……」

「うん、できそうなきはする。でも、できれば……あのドラゴンも、保護してあげたい。きっと、元の世界に帰りたくて、暴れているんだとおもうから」

この帝国では、野良召喚獣はできる限り生け捕りにして、飼育する。捕獲のための魔導具も、飼育のための施設もちゃんと整っている。そうやって、召喚獣の生態や、野良召喚獣を元の世界に戻す方法などが研究されているのだ。

召喚獣を元の世界に戻せるのは、基本的に召喚主だけだ。帰還の魔法陣は、異世界を指定し、その異世界との道をつなぐもの。しかし異世界の数は途方もなく多いため、その召喚獣がどこの異世界から来たのかは、召喚主以外には分からない。

召喚主と召喚獣にはある種の絆が結ばれるため、召喚獣の出身世界がどこなのか忘れていても、召喚獣を見ればすぐに思い出せる。召喚獣が召喚主のそばに留まっていれば、元の世界に帰る方法は常に残されているのだ。

また、召喚の際に描かれた魔法陣の記録が残っていれば、それを分析して別の人間が帰還の魔法陣を描くこともできる。もっとも、そんな記録が残っていることはめったにないけれど。

そういった訳で、今のところ野良召喚獣を元の世界に帰す方法はない。色んな異世界につながる魔法陣をかたっぱしから試してみれば成功する可能性はあるけれど、途方もない労力がかかる。

もし、野良召喚獣を容易に帰還させる方法が見つかれば、軍事的にも有用――敵が呼び出した召喚獣を強制送還し、戦力を削ぐことができる――なので、ずっと前から力を入れて研究されているのだけれど、まったく進展がないままなのだとか。

でも、ドラゴンをその施設に入れてやれたら……かすかな希望を、つなぐことができる。少なくとも、討伐されることはなくなる。

「……きみはやっぱり、優しいですね。でしたら眠り薬か何か、そういったものをさがしてくるとか……」

「いい考えだと思うけど、学園の医務室にはなさそうだし……それに、普通の量じゃきかないよね、どうかんがえても」

二人して眉間にしわを寄せていたら、ちちいっ！　という元気いっぱいの声がした。ルルがちっちゃな手をぴんと挙げて、尻尾を立てている。その周りには、さっきより多くのウサネズミがわらわらと寄り集まっていた。私が偵察に出した数よりずっと多いから、ルルが教室に置きっぱなしのノートから呼んだ子たちかな。

そうして、ちょっともったいつけた動きでルルが旗を振った。気のせいか、どことなく得意げだ。

「えっと、『どらごん、おうち、かえそう』って……ルル、帰したくてもどこに帰していいのか分からないから……」

私の返事を聞くのと同時に、ウサネズミたちが一斉に跳んでいく。取っ組み合いをしている、ドラゴンとスライムに向かって。

「危ない！　戻って！」

悲鳴を上げる私には全く取り合わずに、ウサネズミたちはドラゴンの頭の上に着地する。そうして、まるで会話でもするようにちゅちゅちゅと鳴いていた。合間に、ドラゴンのものらしい低い声も聞こえてくる。

はらはらしながら見守っていたら、また全てのウサネズミが私たちのところに戻ってきた。ほっとしたのもつかの間、ルルの言葉に首をかしげる。

「『まほうじん、かいて、おおきいの』……何をえがくの？」

すると大量に集まってきていたウサネズミたちが整列し、ものすごく大きな円を作った。さらにその中にウサネズミたちがぴょんぴょんと跳んでいって、自分たちの体で模様を描き……あれ、これって……魔法陣？　知らない異世界とつながる、帰還の魔法陣だ！

どうやらルルたちは、この魔法陣を描いて欲しいらしい。それも、大きなもの……たぶん、あのドラゴンを通せるくらいのものを。

訳が分からないながらも、その言葉に従ってみることにした。ただ待っているだけというのも落ち着かないし。

「ジゼル、描けそうですか？　かなりおおきいですが……」

「帰還の魔法陣だから、割と簡単だけど……あそこまで大きいと、かなり複雑に折りたたまないと……いつもの二重じゃ無理だから、じぐざぐに折ればいいのかなあ？」

知らない魔法陣を、折りたたんだ形で描いていく。難しいけれど、ちょっと楽しい。こんな時じゃなかったら、じっくり分析しながら描けたんだけど。

描き終えたとたん、魔法陣が広がっていく。ぱたぱたとかすかな音を立てて、折り目がどんどん広がっていった。それはねじを巻いたオルゴールの内側を思わせる、規則正しくて美しい動きだった。

「……できた！　……本当に、これでいいの？」

ちっ！

すぐに、足元から元気な声がいくつも返ってきた。そちらにうなずきかけて、また前を見る。そこには、私の身長よりもずっと大きな魔法陣が、淡く輝きながら浮いていた。

「……せっかくだから、この帰還の魔法陣があのドラゴンにきくか、試してみようとおもうの」

そうつぶやくと、隣でセティが機械弓を構える音がした。

「ぼくもそれがいいとおもいます。援護しますね」

既に疲れ果てている黒ヒョウたちと戦いには全く向いていないルルたちを下がらせて、セティと二人でそろそろとドラゴンのほうに歩み寄っていった。宙に浮かぶ魔法陣の端のほうをそっと押して動かしながら、一生懸命、気づかれないように気配を消して。

しかしあと少しというところで、ドラゴンがこちらを向いた。その目は、怒りにぎらついている。

最初からいら立っていたドラゴンは、スライムに拘束されていることでさらに腹を立てているようだった。

その大きな口が、突然開く。恐ろしげな牙がずらりと並んでいるのが、離れていてもよく見えた。しまった、炎だ！　全身に冷や汗が吹き出す。次の瞬間、ドラゴンの口の中から、炎が噴き出てくる。そうして炎はまっすぐに、私とセティに襲いかかってきた。時間が、ひどくゆっくりと流れているように感じられた。

迫りくる禍々《まがまが》しい熱気に、声を上げることすらできない。

セティが持っているのは機械弓だけ、私が使えるのは召喚魔法だけ。水や氷を使える召喚獣を呼び出すことはできるけれど、時間が足りない。こんなに激しい炎を、すぐに消したり防いだりすることはできない。

とっさにセティと身を寄せ合って、小さく小さく身を丸める。死にさえしなければ、魔導士が回復魔法で助けてくれるかもしれない。それでも、怖い！

ルルたちを巻き込まずに済んでよかったという思いと、もしここで私が死んだらみんな野良召喚獣になってしまうという申し訳なさが、頭の中をめまぐるしく駆け抜ける。

がくがくと足が震える。私の背に手を回したセティも、やはり震えていた。

しっかりと目をつぶって、ただ二人、じっとその時を待つ。

……………あれ？　熱く、ない？

もうとっくに炎に包まれていてもおかしくないのに、少しも熱を感じない。むしろ、ひんやりしているような。

そろそろと目を開けようとしたその時、生き生きとした声が響き渡った。

「やっぱりこっちに来て正解だったな。俺の勘、よく当たるんだよ」

それは、こんなところに来ているはずのない人の声だった。混乱しながら振り返り、声の主を確認する。

「カイン、さん……!?」

黒い髪に青い目、でもまとっているのはいつもの研究生の制服ではない。貴族の普段着……にしてはやけに豪華だ。もしかしてこれ、皇帝の普段着？　上着は脱いでいるしスカーフや帝冠も外しているけれど、とびきり高級な服だということは一目で分かる。

彼は全力疾走してきたかのように肩で息をして、うっすら汗をかいていた。けれどその顔には、安堵の笑みが浮かんでいる。

「間に合ってよかった。ジゼル、セティ、怪我はないか？」

何が起こったのだろう。ぽかんとしながらもう一度ドラゴンのほうを見て、あっと声を上げた。

私とセティを守るように、高い氷の壁が立ちはだかっていた。その向こうに、ドラゴンの赤い姿がうっすらと透けて見える。壁の端のほうは溶けてなめらかになっていて、ぽたぽたと水が滴っていた。

「はい、大丈夫です……あの、どうして……あなたが、ここに？」

「子供たちを守るのは、大人として当然だろ。手が空いてるのが俺しかいなかっただけで。間に合ってよかったよ。趣味で特訓してた魔法がこんな形で役に立つとは、思いもしなかったけどな」

ぽかんとしながら、氷の壁とカイウス様を交互に見る。セティも同じようにしながら、目をぱちくりさせていた。

「あ、もしかして言ってなかったか？　俺、氷の魔法は得意なんだよ。詠唱なしで、いきなり発動できる」

その言葉に、以前ゾルダーが魔法を見せてくれた時のことを思い出した。あの時彼は無言のまま、次々と魔法を繰り出していた。カイウス様も、きっと同じようにやったのだろう。けれどこれだけ大きく分厚い氷の壁を、それも離れたところにいる私たちを守るようにして出せるなんて。

「……すごいです……ぼくたちを助けてくれて、ありがとうございました」

「ほんとうにたすかりました。カインさん、魔法ここまでうまかったんですね……」

私たちが口々に礼を言うと、カイウス様はこちらに駆け寄ってきて氷の壁を間近で眺めた。

「俺、これでも魔法研究会の一員だぞ……なんてな。実のところ、自分でも驚いてる。必死だったとはいえ、ここまで強固な氷の壁を出せたのは初めてだ」

そうして三人並んで、氷の壁と、その向こうのドラゴンに目をやった。

「今、帝城及びその周辺に、複数体の野良召喚獣、それも大型のものが侵入している。兵士も騎士も魔導士も、みんなそちらにかかりきりだ。かなりてこずってる」

ドラゴンの様子をうかがいながら、手短に説明するカイウス様。その声は低く、硬い。

「学園に現れたのは赤いドラゴン一体のみ、それも小型のもので、危険度は低い。そう報告を受け

てはいた。あそこには教師たちもいるし、校舎は頑丈に作られている。だから、生徒たちは安全に避難できているだろうと」

息を整えながら、カイウス様がつぶやく。

「だが、それでも……嫌な予感がしてならなかった。だから、様子を見にきたんだ」

「だからって、あなたがこんなところに……」

皇帝その人が、子供や教師を救いに危地に身を投じる。かつて女王だった私にとって、それはとてもない、あり得ない行いだと思えてしまった。

私の言いたいことをすぐに察したのだろう、カイウス様は優しい目で私を見つめてきた。

「命の重さに、皇帝も子供も関係ない。みんな等しく大切なんだよ」

しかしすぐに、その青い目に影が差す。

「けどな、この帝国の人間はそう考えていない。特に、偉い連中は。実力や運に恵まれた子供なら、多少の危機くらい自力で何とかして生き延びるだろう。たとえ死んだところで、また産めばいい。いまだに、そんな考えが残っているんだ」

力こそ全て。強き者こそ正しい。だから、帝国は強くあらねばならない。昔の帝国には、そんな風潮があったと聞いている。そしてその考えのもとに、帝国は周囲の国々を次々と併合し、大きくなっていった。

ゾルダーと一緒に、魔導士の塔から城下町を見下ろした時、似たような話を聞いた。彼もまた、帝国のさらなる繁栄を望んでいた。多くの民を豊かにし、幸せにするために。カイウス様の右腕だけあって、ゾルダーもカイウス様と同じような考えを持っているのだろうな。

「俺は皇帝として、そんな考えを変えていこうと頑張ってるところなんだ。……ま、そう簡単にどうにかなるようなものでもないけどな」

カイウス様はそう言って、寂しげに笑った。

彼が皇帝の座に就いたのが、四年前。それから帝国は、少しずつ変わっているらしい。

どこの街にも、貧しい者、病める者、身寄りのない者などがいる。かつて、そういった者たちを助けるのは、各地を治める領主の仕事だった。だから地域によって支援にばらつきがあったし、それどころかそういった者たちが見捨てられている地域すらあった。

しかしカイウス様はそういった者を支援するための法律を作り、設備を整えていったのだ。どこで暮らしていようと、等しく救いの手が差し伸べられるように。昔とは大違いなんだよって、以前に両親がそう教えてくれた。

たぶん、そこまでの間にかなりの苦労があったのだろうな。彼は皇帝とはいえ、その周りには古い考えの人間がうじゃうじゃいるのだし。

「……カイウス様は、頑張ってるとおもいます」

「励ましありがとうな、ジゼル。でも結局今回も、ここが後回しにされてしまった。だから俺は、手っ取り早く自分で何とかすることにしたんだよ。……炎を吐く赤いドラゴンなら、俺の氷魔法で時間稼ぎくらいはできる。そう判断して」

カイウス様はふうと息を吐いて、それから不思議そうに小首をかしげた。その視線が、私のすぐ隣に浮いている帰還の魔法陣に向けられている。

「それはそうとして、その描くだけ描いてほったらかしの魔法陣、どうするんだ？」

「あっ」

ドラゴンの炎と氷の壁、それにカイウス様……次から次へと色んなことが起こり過ぎたせいで、気が動転してすっかり忘れていた。……カイウス様になら、事情を話しても大丈夫かな。

「じつは、この魔法陣であのドラゴンを帰還させられないかな、って……」

そう打ち明けると、カイウス様の目が真ん丸になった。興味深そうに、もう一度魔法陣をまじまじと眺めている。

「理論上は一応可能、実際には限りなく不可能。そう言われてるやつだな。さすがは我が帝国が誇る天才少女、またとんでもないことに挑んでるな。いったいどうやって、その魔法陣を編み出したんだ？」

「これはわたしが編み出したんじゃなくて、ルルたちが提案してくれたものなんです」

ちらりと背後を振り返ると、離れたところの芝の上で、ルルたちがぴょんぴょん跳ねていた。どことなく誇らしげに。

「ルルたちがやけに自信たっぷりなので、この魔法陣ならいけるんじゃないかなあ、って……」

改めて言葉にしてみると、結構無謀だったかも。行き詰まっていたとはいえ、それだけの根拠でドラゴンに迫っていくなんて。

「よし、じゃあもう一度やってみようか。俺も援護する。駄目でもともと、気楽にな」

しかしカイウス様は、即座にそう言い切った。私の迷いを、吹き飛ばすように。

本当にこの人は、とんでもない。優先順位の低い子供を単身助けにくるし、ちっちゃな召喚獣の根拠もない提案を信じてしまうし。しかも、自分も手伝うつもりらしいし。

でもそんなところが、頼りになる。

「……それじゃあ、お願いします。セティはうごけそう？」

「はい。矢はまだ十分にのこっています。短時間ドラゴンの気をそらすくらいなら、どうにかできそうです」

三人で顔を見合わせて、同時にうなずく。もう一度氷の壁に向かって、身構えた。

「それじゃあ、いくぞ。一、二の、三」

カイウス様の掛け声と共に、氷の壁が消える。まだスライムにまとわりつかれたままのドラゴンが、私たちを見て目を丸くしていた。そのドラゴンに向かって、まっすぐに走る。セティとカイウス様に両側を守られて、大きな魔法陣を掲げたまま。

私たちのやろうとしていることを察したのか、スライムが動きを変えた。それまではドラゴンの全身にへばりついていたスライムがするすると下に移動し、足と翼、それに尻尾をしっかりと抑え込んだのだ。うっかりドラゴンが逃げてしまわないようにという気遣いらしい。

しかしそのせいで、ドラゴンの口が自由になってしまった。ドラゴンはぶんと首を振ると、また炎を吹きつけてくる。怒っているらしい。……ううん、さっきと表情が違う気がする。もしかするとこの子、戸惑っているのかも。

「はは、これくらいどうということはないな！」

すかさずカイウス様が氷の盾を掲げて、あっさりと炎を防いでしまう。

「きみのためなんですから、おとなしくしていてください！」

それでもなお炎を吐こうとしたドラゴンの口の中めがけて、セティが矢を打ち込んだ。ドラゴンはとっさに口を閉ざして、それをやり過ごしている。

そうやって二人が作ってくれた隙をついて、どんどんドラゴンに迫っていった。

あと少し。あと三歩。あと……よし、今だ！

魔法陣に両手を当てて、全力でドラゴンのほうに押し出す。

ドラゴンの顔が、とても近くに迫っていた。ドラゴンはきょとんとした顔で、私と魔法陣を見つめていた。不思議と、もう怖いとは思えなくなっていた。

「お願い、もとの世界に、帰って!!」

魔法陣がドラゴンに触れた瞬間、そこからまばゆい光がほとばしった。

とっさに顔をそらし、腕で目をかばう。それでもまだまぶしい。両足を踏ん張って、じっと耐えた。

やがて、光が薄れてきた。ドラゴンは、もう影も形もなかった。それに、帰還の魔法陣も。捕まえていた相手が急にいなくなったからか、スライムがべちょっと平らになって芝の上に落ちていた。元の形に戻ろうとしていたけれど、さすがに疲れたらしくその動きはゆっくりだった。

ほっとしたら、膝から力が抜けた。その場にぺたんと座り込んでしまう。

「ほんとに……できた……」

ルルたちがわらわらと駆け寄ってきて、私の膝や肩の上でぴょんぴょんと飛び跳ねている。いつも以上にご機嫌だ。周り中から、ちいちいという鳴き声が聞こえてくる。

「大丈夫ですか!?」

「怪我は……なさそうだな」

セティとカイウス様が、私のそばで膝をついた。

「だいじょうぶ……色々あってびっくりしただけ……二人とも、ありがとう。それに、ルルたち、スライム、黒ヒョウたちも」

芝の上に座り込んだまま、周りのみんなに声をかける。笑顔だったり鳴き声だったり体を揺らしたり、色んな返事がやってきた。

それらに笑顔で答えていたら、向かいにカイウス様がどっかりと腰を下ろした。

「ところでお前たち、なんでドラゴンと戦ってたんだ？　状況からすると、召喚獣たちに後を任せて逃げられただろう？」

不思議そうに見つめてくる彼に、セティと二人していきさつを説明する。

「……友達を助けにいって、それから召喚獣や城下町が心配になって離れられなくなった、か……健気すぎて泣けるぜ。騎士たちも少しは見習えってんだ。あいつら、『陛下の御身をお守りせよ』しか言わないんだよなあ。あの頭、中身入ってるのか？」

カイウス様は、感心しながら盛大にぼやいている。

「あの……騎士って、そういうものだとおもいますよ」

ぼそりと言葉を挟んだら、セティも苦笑しながらうなずいていた。

「まあいい、ドラゴンの問題は無事に片付いたんだしな。……ところでジゼル、さっきの魔法陣について知ってるのって、ここにいる者だけか？」

「はい。セティと二人だけで戦っていたら、ルルたちがあの魔法陣を教えてくれたので……」

当のルルは、私の膝の上でくつろいでいる。目を細めて、ひげを風にそよがせて。

「そうか。そいつに聞いてみたいこともたくさんあるが……それはまた今度だな。だいたい、召喚獣と意思疎通ができていることすら伏せてるしな、俺たち」

ルルの手旗信号について、カイウス様も知っている。ルルのリュックを見て目を輝かせていたカイウス様に、ルルは手旗で答えたのだ。『しごと、がんばる』と。そしてカイウス様はたまたまその手旗信号を知っていたらしく、さらに目をきらっきらに輝かせてしまったのだ。

でも、このことはやっぱり内緒だった。「俺たちには召喚獣の事情をうまく説明できそうにないし、ルルがもっと人間の言葉に慣れて自分で説明できるようになるまで、隠しておこう」というカイウス様の一言によって。

「ひとまず、あの魔法陣についても秘密だな。細かい検証は後だ」

「それより、この状況をどういいつくろうか、それを急いでかんがえないといけませんね……」

私とカイウス様の隣に、セティも腰を下ろす。三人で円陣を組むようにして、こそこそとささやき合った。

「……よし、じゃあその言い訳でいくか」

やがて、カイウス様がそう話をまとめる。

「『俺たちがみんなでドラゴンを追い払おうとしていたら、ドラゴンが帝都の外のほうに飛んでいってしまった』だ。あの巨体が誰にも見つかることなく行方不明になったってのは若干苦しいが……帝城も混乱してるし、ぎりぎり通るだろう」

その言葉に、私とセティ、ルルにウサネズミたち、それにスライムと黒ヒョウたちが一斉にうなずく。話し合いの最中に、全員集まってきていたのだ。

「でも、だいたいは本当のことをいっていますし！」

「……最後のところ以外は、ですが」

「そうだな。よし、それじゃあ俺は騎士たちが来る前に逃げ……ん？　何だこれ？」

立ち上がりかけていたカイウス様が、首をかしげて何かを拾い上げた。それは、ほんのり透き通った、宝石のように美しい赤い板だった。大きさはだいたい、彼の親指の爪くらい。

「三つ同じものがありますね。はじめて見ました、これ」

「石にしては軽いんだよな。ひんやりした感じもしないし……やけに硬いし……」

「まさか、これって……」

三人でカイウス様の手の上のものをのぞき込んで、小声でつぶやく。

「……ドラゴンの、鱗……？」

そうして同時に、黙り込む。

「……どうしましょうか、これ？」

「魔導士の塔に持ち込めば、大喜びされるのは間違いないが……そうすると、さっきの言い訳が苦しくなるんだよな。どうやってドラゴンから鱗をもぎとったんだって話になるから。この面々だと、守るのは得意だが攻撃はそこまででもないし」

「だったら、わたしたちで分けてしまいませんか？　ちょうど三枚ありますし、一人一枚ずつ」

この鱗は偶然落ちたものではなく、あのドラゴンが置いていったものなんじゃないかなと、何となくそんな気がしていた。最後、まばゆい光の中にちらりと見えたドラゴンの顔には、いら立ちも怒りも浮かんでいなかった。どことなく、嬉しそうだった。だからきっとこの鱗は、私たちへのお礼なんだと思う。

「ああ、お前がそれでいいのなら。頑張ったご褒美といったところだな」

さっさとそう決めてしまって、鱗を分け合う。しかしセティは、浮かない顔をしていた。

「……ぼくは、あまり役に立てなかったのですが……もらってもいいのでしょうか」

すぐ隣に置いた機械弓に視線を落として、セティは深々とため息をついた。

「何言ってるんだ、お前も役に立ってたじゃないか。いい弓さばきだったぞ」

カイウス様が朗らかに言い、黒ヒョウがセティの肩に大きな頭をすりつける。けれどセティは、顔を上げない。うつむいたまま、低い声でつぶやいている。

「でもぼくの機械弓では、ドラゴンに傷一つ負わせられませんでした。……やっぱり、もっともっと威力を上げたものを作らないと……設計図だけなら、もうできていますし……」

小さなこぶしをぎゅっと握りしめるセティに、カイウス様があわてた様子で声をかける。

「おい、落ち着けセティ。さらに威力を上げるって、そんな物騒なものを持ち歩く気か？　見たところその機械弓は、既にそこらの剣より強いぞ。今回は少々、相手が悪すぎただけで」

「ですが、また似たような目にあうかもしれません。そして次は、もう助けがこないかもしれません」

それでもセティは、強固に主張している。

「ゆっくり強くなっていたら、おそすぎるんです。やっぱり一刻も早く、力をてにいれないと……」

焦りをにじませた彼に、カイウス様が静かに言った。

「守れなくて、後悔する。その気持ちは、嫌というくらい分かるさ」

なぜだろう。その声が一瞬、泣きそうに聞こえたのは。

「でもな、力だけを求め続けたら……きっとその先に待つのは、破滅だよ。……だからこそ俺は、帝国を変えることにしたんだ」

彼の言葉に、自然と前世のことを思い出す。父王は自分を守るための力を追い求め、他のものをないがしろにし続けていた。もっともその結果である破滅は、私の上に降りかかったのだけれど。

セティも思うところがあるのか、唇をぎゅっと引き結んで黙り込んでしまった。

そんな私たちを、カイウス様は無言で見守ってくれていた。けれどやがて、ふっと笑みを浮かべる。

「なあ、セティ。そもそも俺は、お前の知恵と勤勉さを買っているんだ。そんなお前を戦いに放り込むなんて、使い道が間違っていると思わないか？」

快活なその言葉に、セティはきょとんとした顔でカイウス様を見つめた。そうして、困ったようにつぶやく。

「でも……それでも、ぼくは強くなりたいっておもってしまいます……これって、間違いですか？」

「さあな。それを判断するのは俺じゃなくて、お前だよ。ただ、そうだな……」

すがるような目をしたセティに、カイウス様は笑いかけた。鮮やかな、見事な笑顔だった。

「自分が望むもの、目指すところ。その辺を忘れずにいれば、たぶん何とかなるんじゃないか？根拠なんてないけどな」

「……ありがとうございます」

そう言って、セティがぺこりと頭を下げた。彼の幼い顔にも、ようやく笑みが戻っている。

張りつめていたこの場の空気が、ようやく和らいだ。と、カイウス様が何かに気づいたような顔で目を見張る。すっと立ち上がると、困ったように顔をしかめて小さくうなった。

「あ、まずい。あの鎧の音、騎士たちが来たぞ。今頃来るとか遅すぎるよな」

「相変わらず見事な耳ですね」

前に帝城の中を歩き回った時のことを思い出してそう言うと、カイウス様は得意げに目を細めた。

「だろう？　それはそうとして、逃げようにも運動場の出入り口は一つきり、そしてこの服装だと研究生のふりをしてやり過ごすのも難しいし……だったら、あれしかないな」

にやりと笑って、彼はすっと胸元に手を当てる。

次の瞬間、黒かった髪は美しいエメラルドグリーンに、青い目はきらきらとした金色に変わった。彼の、本来の姿だ。

生気にあふれた軽妙な表情も鳴りをひそめ、堂々たる威厳に満ちた笑みがその顔に浮かぶ。

たったそれだけのことで、『学園の研究生カイン』は『帝国の若き皇帝カイウス』へと姿を変えていた。……帝冠がないせいで、髪が一房跳ねてしまっているけれど。

「……見事ですね」

セティが目を丸くして、カイウス様の変わりっぷりをたたえている。私たちが立ち上がってカイウス様のそばに控えたちょうどその時、騎士たちが運動場になだれ込んできた。剣を抜いたまま、統制の取れた足取りで。

しかし彼らは、目の前の光景を見て立ち止まった。顔を完全に覆っている兜のせいで表情は分からないけれど、あれは間違いなく驚いている。だって明らかに、腰が引けているし。

まあ、それも仕方がない。運動場の真ん中には大きなスライムがどっしり構え、その隣では翼の生えた黒ヒョウが二頭、互いに寄り添って昼寝している。そしてその横にいるのは、初等科の子供二人。さらに辺り一帯を、小さなネズミのような生き物の群れがうろちょろしている。

これだけでも、彼らを驚かせるには十分だっただろう。ところがその子供のすぐ隣には、なんと皇帝陛下までもが立っていたのだ。ついさっきまで野良召喚獣が大暴れしていたはずの、この場に。

「へ、陛下！」

「どうしてこのようなところに！」

うろたえつつも、騎士たちは剣を鞘に納め、一斉にひざまずく。

あ、いけない。私たちがカイウス様と親しくしているのは内緒なんだった。だったらここは、私たちもひざまずくべきなのかな。そう思った次の瞬間、カイウス様がにやりと笑って片目をつぶってきた。そのまま立っていろ、と身振りで示している。

それからカイウス様は、ゆったりと彼らに向き直った。

「面を上げよ。我は、学園で騒ぎが起きていると聞き、こうして足を運んだ。帝国の未来を担う子供たちに、万が一のことがあってはならぬ。そう考えたのだ」

その言葉に、騎士たちの間に動揺が走った。それも無理はない。誰よりも優先して守られるべき存在が、よりによって最前線に出てきてしまったのだから。しかも、自分たちを連れずに。

「そうしたら、子らがドラゴンと戦っているところに行きあった。子らは、ドラゴンが城下町に飛んでいったら大変なことになると、自らの身をもって懸命に足止めしていたのだ」

静かに語っていたカイウス様の声が、少しくぐもる。

「このような幼子が、健気に頑張っておったのだ。大人が助太刀にくるのを、ただひたすらに待ちながら。……助けが遅くなったことを、我らはわびねばならぬな」

皇帝の重々しい言葉に、騎士たちが身をこわばらせた。

「そうして我らは怪我一つ負うことなく、ドラゴンを帝都の外へと追い払うことに成功したのだ。

そちらがたどり着くより、ずっと前に」

息を呑むようなかすかな音が、あちこちから聞こえてきた。そこにカイウス様が、とんでもないことを言い放つ。

「……もっとも我は、少々力を貸したに過ぎないが」

続いて聞こえてきたのは、はっきりとしたどよめきのさざ波だった。騎士たちは皇帝陛下の御前であることも忘れてしまっているのか、せわしなく顔を動かし、私たちを順に見ていた。ルルを頭に乗せた私と機械弓を提げたセティ、それに周囲の召喚獣たち。

ああ、みんな呆然としているなあ。兜の下の表情が見てみたい。きっと、すごい顔をしているんだろうな。そう思ったら、うっかり笑ってしまいそうになった。

笑いをこらえようと騎士たちから視線をそらしたら、カイウス様の姿が目に入った。どうにかこうにか皇帝らしく悠然と構えているものの、口元がわずかに笑いの形に引きつっている。……自分は力を貸しただけっていうあの発言、騎士たちの反応が見たくてわざと言った気がする。

「さて、そちたちが来たのならちょうどよい。この場の調査及び後片付けを命ずる」

小さく息を吐いて、カイウス様はそう言い放つ。そして、騎士たちにてきぱきと指示を与え始めた。そんな姿を見やって、そっと後ろに下がる。セティの袖を引いて。

「あの、セティ」

ドラゴンと戦っている間から、ずっと気になっていることがあった。ずっとばたばたしていて聞けずにいたけれど、今なら。

「さっき、わたしの騎士がどうとか、そんなことを言っていなかった？」

そう尋ねると、セティはぽっと頬を染めて、視線をそらしてつぶやいた。

「あ、はい。その、場の勢いで、つい……」

けれど彼はすぐに姿勢を正し、私に向き直る。

「でもあの時、ぼくの頑張りが、ぼくの力がきみの役にたつのだと思ったら……いつもよりもずっと、いい動きができたんです。不思議な感覚でした」

ほんの少しうっとりしたようにつぶやいてから、彼は小声で続ける。

「ぼくは前世の苦しみからのがれたくて、力を求めていました。でもそれだけでは意味がないのでしょう。さっきドラゴンと戦って、そしてカイウス様と話して、そう感じました」

「意味がないって、どういうこと？」

「きっとこのままだと、いくら力を得ても苦しみからは逃れられないのだとおもいます。カイウス様が言っていたように」

この短い間に、セティの心境にも大きな変化があったらしい。驚きに目を見張りながら、彼の言葉に耳を傾け続ける。

「ぼくの望み……それは、考えるまでもなくはっきりしているんです。『エルフィーナさまを守りたかった』ただそれだけです。今となってはもうかなうことのない、そんな望み」

「……うん」

「きみはエルフィーナさまだったけれど、もうエルフィーナさまではない。それでも、ぼくにとって大切な存在であることはかわりありません」

以前とは違う力強さが、その声からは感じ取れた。

「だから……その、きみの騎士になってもいいですか？　ぼくの力で、きみを助けるのだという決意の証として。言葉遊びみたいなものですが、これはぼくが前をむいていくための、最初の一歩となるようなきがするんです」

とても真剣な目で、まっすぐに私を見つめてくるセティ。そのまなざしの強いきらめきに一瞬見とれて、それから大きくうなずいた。

「うん。わたしはエルフィーナじゃないけれど、それでもいいならよろこんで」

そうして、二人で笑い合う。子供のごっこ遊びのようなものだと分かってはいるけれど、それでもくすぐったかった。

と、セティの表情が突然変わる。いつもは湖面のように澄んだ水色の目が、極限まで見開かれ、凍りついた。驚きと動揺を顔に張りつけ、彼は周囲の人ごみの一点を凝視していた。

そのあまりに尋常でない様子にうろたえながら、彼が何を見ているのか探す。その視線をたどり、目を凝らして……そして私も、驚きに息を呑むことになった。

かつて湖月の王国で、私を守ってくれたあの人の姿が見えた。私を力づけてくれたあの面影、記憶にあるものより年を取っているけれど、間違いない。

周囲の騎士たち、兜を脱いで作業に取りかかっている彼らの中に、ヤシュアがいた。ああ、彼は生き延びていたんだ。

胸がじんわりと温かくなる。滅びゆく王国から命からがら逃げだしたのだろう彼は、たった数年で翠翼の帝国の騎士となっていた。きっと、色々なことがあったのだろうな。でもさすがは、ヤシユアだ。

私が、エルフィーナがふがいないせいで、彼にはたくさんの苦労をかけてしまった。生きてくれていて、よかった。

懐かしさに目を細めていると、隣からうめくような声がした。

「……にい、さん……」

それは、セティの声だった。そのとぎれとぎれの声には、まぎれもない恐怖と、そして絶望とがにじんでいた。

# あとがき

はじめまして、あるいはこんにちは、一ノ谷鈴と申します。

……まさか、入選するとは思わなかった!!


こちらの作品は元々、『小説家になろう』にて連載していたものでした。そしてふと見かけた『第6回アース・スターノベル大賞』に気軽に応募してみたところ、入選の運びとなり……。連絡をいただいたときはものすごく驚きました。人生、何事も挑戦。

せっかくの受賞作ということもあって、いつも以上に気合を入れて書き直しました。なろう版をご存知の方でも楽しめるような、そんなものに仕上がったと思います。大筋は同じですが、新キャラと新エピソードをもりもり詰め込んでいます。よりわちゃわちゃと楽しい、そんな話を目指して。


本作は、ちっちゃな子が元気に頑張るお話を書きたい、ただひたすらにほんわかしているところを見ていたい、そんな衝動から始まったお話です。

ただ「前世が辛かった分、幸せになってほしいなあ」から「……前世から目をそむけて幸せになるの、難しくない?」とうっかりそう考えてしまったせいで、ちょくちょくジゼルが思い悩むようになってしまいましたが。大丈夫です、ハッピーエンドは保証します!!

そして本書の一番の見どころは、ㅍ猫R様の愛らしいことこの上ないイラストの数々です!! 最初にルルのラフを見たときに「んんっ」と変な声が出ました。それからもラフや完成画が上がってくるたびに、感動に打ち震えていたものです。毎回毎回、予想を超える素敵なものがどんどん出てくるので……。

読者のみなさまも、きっと表紙のジゼルに見とれたに違いないと思っています。そして、ルルの愛らしさよ……。可愛い以外、何も言えない……。

そんな本作ですが、まだまだ謎が残っています。

セティはどうなってしまうのか、そしてヤシュアとジゼルは再会を果たすのか。彼女たちはどんな結末を迎えるのか……?

……これらに加えてあんなことやこんなことや、色んなことが2巻で一気に明らかになりますので、今しばしお待ちいただけると幸いです。

忙しいスケジュールの中お付き合いいただいた編集様、あれこれと注文をつけてしまったにもかかわらず素晴らしいイラストをつけてくださったㅍ猫R様、そしてこの本に携わってくださったみなさま、本書を手に取ってくださった読者の方々に、心よりのお礼を。
ありがとうございました。

一ノ谷鈴

# ちっちゃな私の二度目の人生、今度こそは幸せに

発行 ―――― 2025年2月3日　初版第1刷発行

著者 ―――― 一ノ谷鈴

イラストレーター ―――― ㄇ猫R

装丁デザイン ―――― AFTERGLOW

発行者 ―――― 幕内和博

編集 ―――― 川井月

発行所 ―――― 株式会社アース・スター エンターテイメント
〒141-0021　東京都品川区上大崎 3-1-1
目黒セントラルスクエア　7F
TEL：03-5561-7630
FAX：03-5561-7632

印刷・製本 ―――― 中央精版印刷株式会社



ISBN 978-4-8030-2068-7